VOIX FRANC
DE CHEZ NOUS

CONTES ET HISTOIRES

Une Anthologie Franco-Américaine

NORMAND BEAUPRÉ et autres

Llumina
Press

La couverture: drapeau franco-américain conçu par Robert Couturier

Du même auteur, NORMAND BEAUPRÉ :

- *L'enclume et le couteau The Life and Works of Adelard Coté Folk Artist* (texte anglais/français), NMDC, Manchester, N.H., 1982. Réimpression par Llumina Press, Coral Springs, Fl, 2007.
- *Le Petit Mangeur de Fleurs*, Éd. JCL, Chicoutimi, Québec, 1999.
- *Lumineau,* Éd. JCL, Chicoutimi, Québec, 2002.
- *Marginal Enemies*, Llumina Press, Coral Springs, Fl, 2004.
- *Deux Femmes, Deux Rêves*, Llumina Press, Coral Springs, Fl, 2005.
- *La Souillonne, Monologue sur scène*, Llumina Press, Coral Springs, Fl, 2006.
- *Before All Dignity Is Lost*, Llumina Press, Coral Springs, Fl, 2006.
- *Trails Within, Meditations on the Walking Trails at the Ghost Ranch in Abiquiu,New Mexico*, Llumina Press, Coral Springs, Fl, 2007.
- *La Souillonne, deusse*, Llumina Press, Coral Springs, Fl, 2008.
- *The Boy with the Blue Cap---Van Gogh in Arles*, Llumina Press, Coral Springs, Fl, 2008.

ISBN: 978-1-60594-289-6

Printed in the United States of America by Llumina Press

Library of Congress Control Number: 2009903571

À la mémoire de GÉRARD ROBICHAUD, une voix franco-américaine de chez nous qui s'est éteinte tout récemment.

TABLE DES MATIÈRES

ESQUISSES BIOGRAPHIQUES

NORMAND BEAUPRÉ

Normand Beaupré est natif de Biddeford, Maine. Il a reçu sa maîtrise et son doctorat en littérature française de l'Université Brown. Il est Professeur émérite à l'Université de la Nouvelle-Angleterre où il a enseigné plus de trente ans. Il aime voyager et écrire; il écrit en français et en anglais. Ses oeuvres sont publiées depuis dix ans. "Voix Francophoncs" est sa onzième oeuvre. Le gouvernement français vient de lui décerner l'Ordre des Arts et des Lettres, grade d'officier, pour sa contribution remarquable à la culture française.

CONTRIBUTEURS:

ROBERT B. PERREAULT

Né à Manchester au New Hampshire en 1951, Robert B. Perreault est écrivain bilingue. Depuis 1973, il travaille dans les domaines de la culture franco-américaine de la Nouvelle-Angleterre et de l'histoire de Manchester. Outre ses cinq livres publiés, dont un roman, *L'Héritage* (1983), ainsi qu'une histoire de sa ville natale illustrée en cartes postales, *Manchester* (2005), il est l'auteur de près de 160 articles, essais, etc. Depuis 1988, il donne des cours de conversation française au Saint Anselm College de Manchester. En 2008, il obtient une seconde maîtrise (en beaux-arts/fiction) pour laquelle il écrit comme thèse son premier roman en anglais, **A Marriage Made in Purgatory.**

GRÉGOIRE CHABOT

Titulaire d'une maîtrise ès arts de l'Université du Maine, Grégoire Chabot est le fondateur et directeur de la troupe de théâtre «Du Monde d'à côté», qui s'est produite en France, en Louisiane, au Québec, au Nouveau-Brunswick, de même que dans les États de la Nouvelle-Angleterre. Il est également l'auteur de nombreuses pièces de théâtre ainsi que d'essais et de scénarios pour la radio/télévision. Sa première pièce, «Un Jacques Cartier errant», fut publiée en 1976 par le National Materials Development Center(NMDC) à Bedford, N.H. «Chère maman»(1978) et «Sans atout»(1980) furent publiées également au

NMDC. Il écrit toujours en anglais et en français, surtout pour la scène.Originaire de Waterville, Maine, Grégoire habite maintenant South Hampton, New Hampshire.

SYLVAIN JOHNSON

Sylvain Johnson est né à Montréal. Très jeune, il fut initié à la lecture par sa mère, une passion qui ne fit que grandir. Après l'école secondaire, il a étudié en Arts et Littérature au Cégep de Shawinigan et a effectué un court passage à l'Université de Trois-Rivières, étudiant la géographie. Après plusieurs années à travailler dans de grandes corporations, il s'est installé au Maine avec sa femme où il travaille pour un organisme à but non lucratif. Passionné de littérature et de cinéma, il fut grandement influencé par les écrivains modernes américains et français classiques. Il est fier de son état de Franco-Américain. Sylvain tient en main les manuscrits de deux romans qu'il est à rédiger. À vrai dire, son avenir en tant qu'écrivain est prometteur.

CLÉO OUELLETTE

Cléo Paradis Ouellette est née à Frenchville, Maine, fille de Sylvio et Roselle (Michaud) Paradis. Éduquée dans les petites écoles de Frenchville et au couvent de Notre-Dame de la Sagesse à Ste Agathe, elle reçut son baccalauréat au St. Joseph College à Windham et sa maîtrise à l'Université du Maine à Orono. Cléo a enseigné le français et l'anglais pendant 29 ans à l'école secondaire Wisdom et le français à l'Université du Maine à Fort Kent, tout en prenant une part active dans sa paroisse, dans sa communauté, et dans la préservation de la langue et la vie culturelle française de la Vallée St-Jean. Avec son époux, Jean-Paul Ouellette, elle a élevé six enfants, qui leur ont donné onze petits-enfants. Parmi tous les honneurs que Cléo a reçus pour ses efforts, elle prise surtout sa réception à la Salle de la Renommée des Franco-Américains à Augusta en 2007.

ANGELBERT PAULIN

J'ai rencontré Angelbert Paulin, un Acadien pure laine, (sa famile et ses amis l'appellent Bébert) pour la première fois à Lamèque au Nouveau Brunswick lors d'une représentation de ma pièce de théâtre, «La Souillonne, Monologue sur scène». Sa soeur, Marie Cormier, interprétait le rôle de la Souillonne. Angelbert est natif de Lamèque où l'on se sent toujours en Acadie. J'ai trouvé Anglebert gai luron qui se servait habilement de la verve d'une personne douée de la parole facile. Il aimait raconter des histoires surtout des histoires de la pêche. Une fois rentré chez moi, je reçus de lui un petit bouquin intitulé, «La Mer et Moi». C'était son histoire de pêche qu'il a bien voulu raconter à ses enfants et petits-enfants. Je me suis décidé d'incorporer la grande partie de cette histoire dans mon anthologie pour la simple raison que je voulais inclure un auteur acadien. Plusieurs de nos ancêtres, nous Franco-Américains, furent acadiens. Son histoire est très intéressante. Elle est écrite dans son parler acadien. Je ne voulus aucunement changer sa manière de dire les choses et c'est pourquoi le lecteur jouira de son histoire dite dans une langue francophone-acadienne et vraie.

MICHAEL GUIGNARD

Michael Guignard fut adopté un peu après sa naissance et grandit à Biddeford, Maine où il a fréquenté les écoles paroissiales. On enseignait alors le français une demi-journée dans ces écoles élémentaires pourvues d'un personnel religieux, entre autres, une congrégation canadienne, les Soeurs du Bon Pasteur. Il reçut son diplôme de Bowdoin College et écrivit sa thèse d'honneur sur les Franco-Américains et leur comportement politique dans l'État du Maine. Sa thèse de doctorat à l'Université de Syracuse adressa la population franco-américaine de Biddeford, Maine. Il est présentement en retraite ayant servi aux Affaires étrangères et fut envoyé au Japon, Québec, Costa Rica, et en Italie. Le prix *Geogia Truslow Memorial Prize* lui fut décerné par la Société Historique de Biddeford pour son service remarquable dans la conservation de l'histoire de Biddeford, Maine. Il apprit l'identité de sa mère naturelle lorsqu'il avait cinquante-sept ans.

NORMAND DUBÉ

La voix de Normand Dubé fut une des belles et talentueuses voix de la Francophonie de la Nouvelle-Angleterre. Ce fut une voix poétique qui se faisait évocatrice du riche héritage franco-américain. Parmi les oeuvres de Normand Dubé on retrouve *Un mot de chez nous*, *Au coeur du vent*, *La Broderie inachevée*, et *Les Nuages de ma pensée*. Normand Dubé est décédé en 1988. C'est à lui que j'ai dédicacé mon premier roman en français, *Le Petit Mangeur de Fleurs* puisque je tenais cet écrivain en haute estime. Je me permets alors d'inclure, dans cette anthologie, deux de ses poèmes, «La Toupie», genre de conte de Noël, et «Théophile», [l'Acadien]. Les deux oeuvres tirées du recueil, *Un mot de chez nous,* furent publiées sous les auspices du National Assessment and Dissemination Center for Bilingual Education at Fall River, MA in cooperation with the National Materials Development Center, Bedford, N.H., 1976. Normand Dubé est originaire de Lewiston,Maine.

LOUISE PÉLOQUIN

Américaine et de nationalité française depuis 1997, docteur en linguistique appliquée (Université de Franche Comté, Besançon, 1981) et Ph.D. en didactique et enseignement de langues étrangères (Middlebury College, Vermont, É-U, 1985). Spécialiste de l'enseignement de l'anglais langue étrangère (ESL) et du français langue étrangère (FLE). Maître de conférences à Sciences-Po, Paris depuis 1991. Formateur en anglais au Ministère des Affaires Étrangères depuis 2005. Auteur de deux livres sur les Franco-Américains de la Nouvelle-Angleterre et de nombreux travaux socio-linguistiques publiés en France, au Canada, et aux États-Unis. Conférencière sur la francophonie en Amérique du Nord. Nommée Chevalier dans l'Ordre des Palmes Académiques en 2007. Elle est originaire de Westford, Massachusetts.

MICHEL COURCHESNE

Michel Courchesne est natif de Lewiston, Maine où il a passé toute sa vie. Il enseigne le français au Lewiston Middle School depuis plusieurs années. Il jouit de l'enseignement à ce niveau et participe à plusieurs activités scolaires et communautaires. Il fait beaucoup de bénévolat surtout pour sa paroisse, *Prince of Peace.* Il aime tout particulièrement incorporer dans ses présentations pédagogiques l'histoire et la culture franco-américaines, et il donne des projets à ses élèves sur des thèmes franco-américains. Dans son temps libre, il jouit de la compagnie de son épouse, Betty-Ann, et de leur fille Aimée. L'histoire qu'il a soumise est sa première expérience dans le domaine de l'écriture en français pour publication.

JULIANA L'HEUREUX

Quoique Juliana L'Heureux, née de parents de souche italo-ukrainienne, ne soit pas francophone, elle est néanmoins franco-américaine de coeur et d'âme. Elle dérive son nom français de son époux, Richard qui, lui, est francophone et natif du Maine. Juliana est responsable d'une rubrique hebdomadaire intitulée, «Les Franco-Américains». Elle a tellement à coeur l'héritage franco-américain qu'elle déborde d'enthousiasme pour l'histoire et les valeurs de ce patrimoine adopté. Elle n'hésite jamais de se proclamer franco-américaine. Nous, écrivains francophones de la Nouvelle-Angleterre, nous n'hésitons pas de la recevoir parmi nous tout en célébrant son courage d'appartenance. C'est pourquoi, lorsque Juliana m'a demandé de faire partie de cette anthologie, je n'ai pas hésité de l'inclure dans cette oeuvre francophone. Après tout, elle parle notre langue avec son coeur. Son histoire/témoignage fut écrit en anglais, mais son contenu est puisé du plus profond de son être franco-américain.

AVANT-PROPOS

Après avoir terminé mon dernier roman, **The Boy with the Blue Cap---Van Gogh in Arles,** j'ai ressenti le besoin de me remettre à l'écriture en français. J'avais déjà publié cinq oeuvres en français et quoique j'écrive en français et en anglais, ma prédilection de langue c'est le français. D'autre part, je voulais bien rassembler des oeuvres d'autres écrivains francophones de chez nous, surtout de la Nouvelle-Angleterre, afin de lancer une oeuvre qui serait le reflet de notre vocation collective, artisans des écrits de l' imagination créatrice en français. Bien sûr, il vient de paraître une anthologie d'oeuvres bilingues sous le titre de «Voyages», mais ce n'est pas une oeuvre tout à fait littéraire ni est-elle totalement en français. Elle est très bien cette oeuvre, mais j'en voulais une autre qui proclamerait notre appartenance au monde littéraire francophone. De nos jours, il est difficile de trouver un Francophone de notre région qui puisse écrire des oeuvres littéraires en français car la langue se fait de plus en plus rare chez nous. Et bien, la voici cette oeuvre que je voulais tant mettre sur pied. Non seulement y a-t-il quatre de mes contes, on y retrouve aussi des oeuvres par des écrivains de souches et de styles variés, d'invention et d'observation riches et stimulantes. Ces auteurs viennent de divers endroits et apportent chacun une voix à cette anthologie. C'est, en sorte, une coupe transversale des auteurs qui maintiennent la langue française pour écrire. Certes, l'anthologie n'est pas tout à fait représentative de maints auteurs franco-américains de la Nouvelle-Angleterre, puisque la plupart de nos écrivains n'écrivent pas en français. Cependant, elle en représente une bonne partie de ceux qui ont maintenu le français comme langue première. Après la quatrième génération de Franco-Américains, surtout la cinquième génération, le français chez nous est rendu à un niveau où les jeunes ne parlent plus la langue quoique certains la comprennent un peu, assez pour dire «mémére» et «pépére». On pourrait discuter la lutte sinon le danger de la perte de la langue française chez nous *ad infinitum,* mais ce n'est pas l'endroit ici d'amorcer ce sujet toujours stimulant. Qu'il me suffise de dire que le fait cette anthologie existe fait preuve que notre langue est encore vivante, car nous Francophones de chez nous, refusons de cesser de vivre et d'écrire en français. Tant qu'il y aura des écrivains, tels que ceux qui sont représentés ici dans cette oeuvre, il y aura l'espoir d'une Franco-Américanie dynamique dans sa créativité francophone. Alors, celle-ci est la première tentative, je crois, d'une anthologie littéraire qui est organisée dans le but d'introduire aux lecteurs à travers le monde francophone la preuve que le français écrit existe encore chez nous dans notre petit coin de l'univers.

Normand Beaupré

LE PETIT GARÇON BLEU
Normand Beaupré

Ceci est un conte de Noël pour les grandes personnes qui ont perdu le sens de Noël. Quant aux autres, ils pourront le raconter aux enfants si ça leur plaît car les tout petits comprennent bien les contes. Ils vivent presque tout le temps de leur imagination.

Il y avait une fois une femme de campagne dont le mari faisait des sculptures sur bois. Il était fermier et forgeron. En hiver pendant les mois de neige et de glace, alors que les journées sont courtes et les soirées se font longues, le mari de la femme de campagne aimait passer ses veillées à s'entretenir avec son épouse. Ils parlaient de toutes sortes de choses: la quantité d'oeufs ramassés le matin, de la bonne vache laitière, vache normande, qu'ils dénommaient, la Vèreuse, des cancans du voisinage, malgré que les deux campagnards ne visitaient que rarement les voisins, et parfois de la qualité de la farine troquée contre les produits de la ferme chez le Père Grondin, le meunier du village. Mais, lorsque la femme allait se mettre au lit le soir, souvent très tôt même avant que l'horloge ne sonne ses sept heures moins le quart, l'homme aimait aménager le reste de la soirée avec ses sculptures sur bois. Il le faisait non seulement pour passer le temps mais parce qu'il avait la passion du bois. Il aimait manier tout genre de bois avec ses doigts. Il palpait le bois, humait l'odeur boisée de tous ses fibres, et lui faisait sentir la lame de ses couteaux afin de voir si le morceau choisi était bien celui d'où sortirait la pièce voulue. Il était devenu artiste de coeur et d'âme, le mari de la femme de campagne. Il était doué de la verve pour le bois sculpté.

L'homme de campagne aimait bien les animaux de la ferme, surtout les chevaux. Il forgeait les sabots de chevaux et aimait ferrer sa jument, la *chestnut*. C'est comme ça qu'il l'appelait, la *chestnut,* parce qu'elle avait la couleur des marrons. On disait de lui qu'il avait une prédilection pour les chevaux. Il sculptait des tout petits chevaux de bois ainsi que des chevaux de taille plus grande. Ensuite, il leur appliquait de la peinture afin qu'ils ressemblent à ses chevaux à lui, des blancs, des noirs et des marrons. Il leur fabriquait des crinières et des queues faites de gros fils que sa femme lui trouvait. Ce n'était pas pour vendre qu'il les fabriquait de ses mains calleuses. Non, il les faisait pour sa propre joie de sculpteur. Il avait appris son métier de sculpteur tout en maniant plusieurs morceaux de bois sur lesquels il utilisait son gros canif à tout faire. Plus tard, lorsqu'il avait exercé son métier assez longtemps pour en sortir de belles sculptures à son goût, il fabriqua d'autres couteaux, lames longues et lames courtes, avec des manches que lui-même fit en forme soit d'une main, soit d'un pied de cheval ou soit d'une tête d'animal. Il était devenu maître sculpteur sur bois. Sa femme en était ravie. Elle ne trouvait pas du tout qu'il perdait son temps à «gosser», comme elle appelait cela. Elle aimait toutes ses sculptures, les chevaux, les taureaux, les vaches, et les voitures de campagne, tout comme le petit *surrey* avec la frange, ainsi que le petit tombereau que son mari avait passé de longues heures à fabriquer. Elle jouissait même des figures d'hommes et de femmes sur bois que le mari avait ajoutées à sa collection.

La femme de campagne et son mari vivaient bien simplement, les deux ensemble sans grandes cérémonies, sans embellissement de gestes ni d'efforts. Tout était d'une simplicité campagnarde. Rarement ils allaient au centre du village où il y avait une petite épicerie, une humble pharmacie, un bon magasin qui vendait de tout, et une gracieuse boulangerie avec des rayons où l'on étalait de la confiserie, le dimanche. Les deux campagnards avaient pour leur dire que les choses achetées ne sont pas du tout comme les choses faites à la maison. Alors, ils achetaient juste le nécessaire; le reste, ils le fabriquaient eux-mêmes. La femme cuisinait et elle cousait; elle faisait presque tout de ses propres mains. Son mari forgeait, il prenait soin de la ferme et les animaux et le soir, il sculptait. Oui, la vie de nos deux campagnards était bien simple mais fructueuse.

Tout ce qui leur manquait c'était des enfants. La femme avait accouché d'un petit garçon il y avait longtemps, mais celui-ci n'avait vécu que quatre mois. La mort était venu prendre le seul enfant qu'ils pouvaient avoir. Après cette perte, nul autre enfant nc leur avait été donné. Ils avaient souvent et longtemps pleuré leur perte mais, avec le temps, la douleur était devenue moins lourde, moins aiguë. On en parlait beaucoup moins souvent dans la maisonnée. La routine s'était faufilée dans la vie de ces gens de campagne dépourvus du bruit et du confort des enfants. Cependant, la vie continuait, la vie, le ménage, la vie, les sculptures, la vie, les saisons, et la routine.

Lorsque venaient les fêtes, la femme de campagne se préparait bien avant le mois de décembre car elle pensait aux tartes, à la bûche de Noël, aux tourtières, au ragoût et au sucre à la crème qu'elle devait confectionner. C'était, après tout, les fêtes et traditionellement toutes les femmes de ménage s'apprêtaient à la célébration de Noël et du Jour de l'An. Comme il le faut. Elle inviterait les voisins comme dans le passé, mais elle le savait bien qu'ils refuseraient parce qu'ils avaient leurs propres célébrations à eux. Elle avait même déjà invité Monsieur le curé, mais il recevait tant d'invitations qu'il n'osait froisser personne et, donc, il refusait toute invitation avec un sourire bénin. C'est alors que nos deux campagnards s'emmitouflaient dans leur propre aisance de célébrer les fêtes seuls. Excepté pour la messe de minuit où ils retrouvaient le curé, le peu d'amis qu'ils avaient, et les voisins. La parenté se faisait toute petite, un frère pour la femme et deux soeurs pour l'homme. Cependant, ils vivaient tous trop loin ct ne visitaient jamais. Pas de neveux ni de nièces, non plus. La femme avait déjà eu un petit chien, Froufrou, mais il était mort de vieillesse, enterré dans la cour d'en arrière. Ils avaient bien sûr des animaux de la ferme, mais pas d'animal familier tel un chien, un chat ou un perroquet. Il faut dire que l'homme aimait bien ses chevaux surtout sa *chestnut,* mais eux demeuraient dans la grange, pas dans la maison. Lorsque l'homme s'ennuyait, il allait pénétrer dans la grange afin de parler à sa jument et parfois lui apporter un morceau de sucre ou une belle carrotte avec une longue dentelle de verdure. Sa femme lui reprochait de gaspiller la jument. Après tout, ce n'était qu'un animal. Lui ne disait toujours rien et les visites se multipliaient de plus en plus le soir après le souper. La femme le laissait tranquille avec son cheval de prédilection. Elle savait bien que faute d'avoir des enfants, l'homme avait besoin de prodiguer ses affections sur un être vivant fusse-t-il humain ou non.

Un jour de dimanche, fin octobre, alors que l'homme n'avait pas besoin d'accomplir ses tâches quotidiennes et que le temps lui était donné par le Bon Dieu de se détendre et jouir de sa journée, il pensa à ce qu'il pourrait faire puisqu'il ne s'adonnait pas à la lecture ni aux longues dévotions que sa femme pratiquait. Il n'avait connu les bancs de l'école de campagne que pour deux ans seulement. Son père en avait eu de besoin pour les exigences de la ferme. Il ne pouvait presque pas lire. Juste assez pour capter quelques mots et parcourir les images dans les journaux. C'est là qu'il retrouvait souvent les modèles pour ses sculptures à part de ses animaux de la ferme, on sait bien. Il avait déjà tracé l'esquisse d'un orignal puisqu'il n'en avait jamais vu lui-même de cette bête à l'énorme bois plat. Il en avait seulement vu dans le journal hebdomadaire. Il avait aussi favorisé l'image d'un ours tout blanc sur la neige dans le cercle polaire arctique que le journal avait mis en vedette dans un de ses articles. Ce jour-là, cependant, il découvrit la photo d'un traîneau tiré par six rennes avec le Père Noël assis sur le banc du traîneau. La photo lui avait tombé dans l'oeil. Il allait la copier sur bois, se dit-il. C'est alors qu'il se mit à sélectionner le bois qu'il allait utiliser pour cette magnifique sculpture de six rennes, un traîneau, et puis un petit Père Noël assis tenant les guides de cuir dans ses deux mains. Tout comme il l'avait vu ce matin-là. Il alla montrer l'article à sa femme et lui demanda de le lire pour lui donner plus des détails. Sa femme savait lire. C'est elle qui lisait les récettes, celles qu'elle n'avait pas dans la tête. Elle lisait aussi des livres qu'elle avait hérités de sa chère tante, Rosée, et puis elle écrivait de temps en temps à son frère qui répondait rarement à ses lettres, seulement pour lui annoncer la mort d'un tel ou une telle. Cependant, elle recevait de lui, une fois par année, une carte de voeux de Noël. Elle chérissait bien ses cartes. Elle les avait toutes conservées dans un petit coffret depuis des années, ses jolies cartes, et chaque fois qu'elle ouvrait le coffret, elle laissait échapper un long soupir. Le mari ne recevait jamais de courrier. Trois ans passés, la femme n'avait pas reçu de carte de voeux de Noël de son frère. Elle le pensa malade ou bien incapable d'expédier du courrier. L'année d'ensuite, pas de carte. L'année dernière, pas de carte non plus. C'est alors qu'elle sut que son frère était mort. Elle n'avait donc plus de famille; son dernier frère était mort. Elle alla récupérer son petit coffret de cartes de voeux de Noël et sortit, une après l'autre, les cartes qu'elle avait reçues de son frère maintenant parti. Il y en avait avec des crèches peintes de douces couleurs montrant un petit Jésus à la chair tendre, la tête nimbée de petits rayons dorés, d'autres avec des sapins verts surchargés de neige avec une étoile brillante au faîte, mais celles qu'elle aimait le plus c'étaient celles avec le Père Noël en beau costume rouge portant sur son dos un gros sac rempli de jouets pour les petits. Elle se délectait des images du Père Noël, ce bonhomme aux yeux pétillants qui faisait tourner l'imagination jusqu'à ce que la tête trotte comme un cheval d'orgueil.

Elle n'avait jamais reçu de jouets lorsqu'elle était jeune parce que la famille ne pouvait pas se payer le plaisir d'en acheter pour les enfants. Les jouets restaient là dans les magasins ou bien dans les gros catalogues de vente par correspondance.Tout ce qu'il y avait à Noël c'était un repas spécial que la mère confectionnait. Cependant, le Jour de l'An, jour des étrennes et des bons souhaits, les enfants recevaient un petit sac en papier brun contenant quelques bonbons faits à la maison et une grosse orange que le père avait achetée à l'épicerie. Un vrai délice d'enfant. Après tout, une orange, c'était quelque chose de rare et même presque exotique dans nos campagnes d'antan.

Cependant, encore toute petite, elle avait tellement souhaité voir le Père Noël dans son traîneau filant dans un ciel étoilé et illuminé par la lueur argentée d'une nuit d'hiver. Le moins qu'elle ne souhaitait c'était d'avoir une image de sa bonne figure aux joues roses qu'elle avait vue dans un catalogue chez sa voisine. Sa mère n'aimait pas le Père Noël; elle trouvait son effigie païenne. Elle disait que la Noël c'était la fête du petit Jésus, pas la célébration d'un gros bonhomme fabriqué pour vendre des choses toutes faites. Le Père Noël, c'était la manigance des colporteurs de rêves et d'illusions, quant à la maman. Pas d'illusions dans la maisonnée des campagnards. Non, rien pour faire tourner la tête des jeunes. Il fallait à tout prix sauvegarder la bonne tenue des gens pauvres et tenaces à des valeurs solides et traditionnelles. Rien pour susciter la folie de l'imagination à la déroute, disait-elle, la bonne maman.

Lorsque le mari annonça à sa femme qu'il s'imaginait faire une sculpture sur bois du Père Noël assis dans son traîneau tiré par les six rennes, la femme en était aux anges. Elle aurait enfin son Père Noël. Elle le placerait tout près de la fenêtre afin qu'il puisse devenir la fierté de tout le voisinage. Elle le garderait sur son site de prédilection de la Noël jusqu'à la Chandeleur tout comme on gardait la crèche dans nos églises. Bien sûr, elle avait sa crèche sur la petite table au salon, mais le Père Noël, c'était pour son imagination à elle pas pour son âme. Elle avait donc réconcilier dans son coeur la présence chrétienne de l'Enfant Jésus avec la présence païenne du Père Noël. Pour elle, le Père Noël c'était la joie même du coeur pur des petits enfants qui faisait tourner la tête comme une grosse toupie.Son mari allait lui fabriquer tout un ensemble du bonhomme rouge. Son coeur en éclatait de joie.

L'homme de campagne se mit à tailler le bois. Il commença avec le petit traîneau. En premier lieu, il fallait le fabriquer avec des lisses de métal que lui-même forgerait. Ensuite, les rennes avec des épois à cinq et six pointes chacun. Quelle fragilité et quelle manoeuvre d'exécution pour le talentueux sculpteur sur bois. Viendraient ensuite les six rennes. Et puis, au comble de la complexité d'oeuvre, l'attelage avec les guides tout fait de cuir comme il en avait l'habitude avec les attelages des chevaux. En dernier lieu, le petit Père Noël qu'il peindrait rouge avec une barbe et une décoration au costume argentées. Il lui a fallu presque deux mois pour finir la pièce voulue. Lorsqu'elle fut terminée, il l'assembla et la montra à sa femme. C'était une oeuvre à la fois compliquée, bien proportionnée et méticuleusement réalisée. Elle la regarda bouche bée. Elle n'osa la toucher tellement elle était frappée d'admiration pour ce qu'elle voyait devant elle. «Tu as vraiment réussi cette fois-ci», lui dit-elle. «Pas que tu n'aies pas réussi avec les autres pièces, mais, mon vieux, tu t'es surpassé avec celle-ci». L'homme de se tenir muet aux éloges de sa femme. Lui aussi était ravi de cette sculpture qui lui avait coûté tant d'effort et de diligence. «Juste à temps pour les fêtes», lui dit sa femme. Elle alla déposer la pièce sur une petite table devant la fenêtre du salon, celle qui faisait face au chemin. De temps en temps, elle alla admirer son bonhomme rouge assis dans un traîneau tenant dans ses mains les guides d'un attelage attaché à six rennes. Dans son imagination active, la femme, récupérant les joies de petite fille, pouvait même entendre les grelots tinter dans l'air pur d'un soir où tout semblait vibrer d'enchantement.Chaque fois qu'elle contemplait la sculpture, elle esquissait un large sourire. Personne ne pouvait lui dérober sa joie, personne ne pourrait lui enlever son Père Noël.

Après un certain temps, alors que l'on répétait les mêmes rites des fêtes à chaque année, il arriva, un jour, quelque chose de surprenant sinon de merveilleux dans la vie des deux campagnards. C'était juste un peu avant la Noël alors que la femme se préparait pour les fêtes. L'homme, lui, était assis dans sa chaise berçante et contemplait sa prochaine pièce de sculpture sur bois. Peut-être il confectionnerait un ensemble de cochons avec une truie et ses cochonnets. Pas aussi grandiose que sa pièce du Père Noël, mais à sa portée en tant que fermier. Il se faisait tard dans l'après-midi et le vent sifflait dehors. La neige tourbillonnait autour des pôteaux de clôture et le vent geignait lamentablement macabre, vorace. Tout à coup, on entendit une voix d'enfant, un cri désespéré de la part de quelqu'un qui cherchait peut-être un abri. La voix venait de la porte du salon. Quel pouvait être cet enfant? D'où venait-il? Était-ce un enfant perdu? Pourquoi venait-il à leur porte? Sans trop d'hésitation, la femme s'approcha de la porte, tira le verrou et s'apprêta à l'ouvrir. L'homme, plus prudent, lui dit de demander qui était là. Peut-être serait-ce un voyou imitant la voix d'un enfant. Peut-être venait-il quêter ou même causer du trouble chez eux. La voix se fit entendre une autre fois, cette fois-ci un peu plus plaintive. «Voyons, son père, on laisse pas un étranger au froid surtout si c'est un enfant». Elle ouvra grande la porte et aperçut un tout petit bonhomme recroquevillé de peur et de froid. Elle se précipita vers lui et l'emmena vite dans la cuisine. Ses vêtements dégouttaient tout le long du parcours entre le salon et la cuisine. Tant pis pour l'eau, on l'essuierait plus tard. L'homme resta debout près de sa chaise un peu confus et émerveillé de voir un enfant dans sa demeure.

Le petit garçon avait une tuque blanche et bleue sur la tête, des mitaines de couleurs variées tricotées à la maison, et portait un Mackinaw, une grosse veste de laine à carreaux rouges, un pantalon de laine grise, et des bottes de neige. Très remarquable pour sa couleur vive, la grosse écharpe de laine tricotée d'un bleu clair autour du cou lui cachait et les oreilles et la bouche. La femme de campagne voulut lui enlever l'écharpe, mais le petit garçon refusa de se détacher d'elle. Il tenait à garder son écharpe. «Mais, il faut que je te déshabille, mon petit, parce que tu es mouillé et tu as froid», lui dit la femme. Mais, il ne broncha pas. «Vous pouvez m'enlever mes autres habits, mais pas mon écharpe», lui dit le garçon. «C'est une chose étrange que tu veuilles garder cette grosse écharpe autour de ton cou alors que tu es à l'intérieur de la maison». «C'est à moi et je veux la garder. C'est mon écharpe préférée. Maman me la faite. Elle est bleue, le bleu du ciel comme maman le dit». «Tu aimes le bleu assez pour garder ton écharpe en dedans de la maison»? «Oui, c'est elle que j'aime le mieux». La femme regarda le petit garçon dans les yeux et elle remarqua la couleur bleu de ses yeux ardents. Clair comme de l'eau de source et profondément bleu, on aurait dit qu'un ciel d'azur s'était distillé dans deux orbes humains, tellement bleus étaient les yeux du petit garçon. «Je vais t'appeler le petit garçon bleu. Ça me plaît. Tu le veux»? «Ça m'est égal pourvu que je puisse garder mon écharpe. Je ne voudrais pas la perdre». «Fais à ton goût, petit monsieur». Et le petit garçon de commencer à rire.

Par la suite, la femme de campagne apprit que c'était la mère du petit qui lui avait tricoté la tuque, les mitaines, ainsi que l'écharpe. Il les eût voulues toutes bleues mais la mère s'était trouvée à court de laine bleue après qu'elle lui avait fait l'écharpe. C'est la raison pour laquelle elle lui avait tricoté des mitaines de couleurs variées.Quant au Mackinaw, la maman avait pris le gros vêtement de laine du grand-père afin de confectionner un habit pour son enfant. C'était dans du vieux, elle lui avait dit, mais ça serait chaud. Le petit garçon dit à la femme de campagne qu'ils étaient pauvres, lui et sa mère, et que les sous manquaient souvent.

7

Que son père était parti, on ne savait où, et que sa mère l'avait fait garder par le grand-père parce qu'il fallait qu'elle aille travailler dans un hôtel à quelque part pour gagner de l'argent. La femme de campagne hocha la tête sans rien dire.

La femme demanda au petit garçon quel était son nom et il lui répondit, «Tapeau». «Comment, Tapeau»? «Oui, Tapeau. C'est comme ça que mon grand-père m'appelle. *Tape s'a peau et tu trouves tes os, Tape la galette, les gars, les filles avec.* C'est un jeu de mots qu'il fait avec moi. Oui, il m'appelle Tapeau, tout court. Tapeau». Curieux de nom, pensa la femme de campagne. «D'où viens-tu»? «Je viens de chez mon grand-père. Nous restons pas trop loin d'ici, je pense». «C'est assez loin pour te perdre, tu penses pas»? «Oui, c'est parce que je me suis égaré. J'ai pas tourné comme il faut». «Qu'est-ce que tu faisais seul dehors dans la neige poudreuse et à la fin de l'après-midi, alors qu'on ne peut à peine voir la route»? «J'étais juste sorti pour aller chercher de l'onguent pour les yeux de mon grand-père à la pharmacie, Doyon, et il faut croire que j'ai pris la mauvaise route. Pourtant mon grand-père me l'avait bien dit de tourner à droite. La neige s'est mise à tourner et tourner en rond autour de moi et j'ai perdu mon sens de direction». «Pourquoi ton grand-père t'a laissé sortir au grand froid»? «Parce qu'il voulait voir clair. Il a bien de besoin de son onguent. Je me suis habillé chaudement et puis je suis sorti avant que la noirceur du soir prenne. Lorsque je me suis senti seul et perdu, j'ai vu la lueur de votre fenêtre et je me suis approché de votre maison. C'est là que j'ai bien vu le Père Noël dans son traîneau. Ô, qu'il est beau votre Père Noël».

Sur les entrefaites arriva le mari. Il interrogea le petit garçon à propos de son grand-père et se rendit compte que c'était le petit fils de Thomas Lapointe, le septième voisin pas loin du centre du village. Il dit au petit qu'il faudra sous peu avertir le grand-père pour qu'il ne soit pas trop inquiet. Que lui-même, l'homme de campagne, irait reconduire le petit garçon chez le père Lapointe. Il le connaissait assez bien pour savoir que le vieux était presque aveugle. Il l'avait rencontré un jour à la forge du village. Une fois les vêtements séchés, la femme de campagne voulut rhabiller le petit garçon et l'envoyer chez lui le plus tôt possible pour ne pas alarmer son grand-père qui, sans doute, l'attendait avec souci. Sans trop qu'elle le sache, le petit bonhomme s'était faufilé dans le salon pour admirer le petit Père Noël dans son traîneau. Il l'avait pris dans ses mains pour mieux l'examiner. La femme lui dit qu'il ne fallait pas jouer avec la sculpture parce que ce n'était pas un jouet. Le petit garçon déposa soigneusement le Père Noël dans son traîneau. «Oh, j'aimerais tant avoir un Père Noël comme ça», dit-il avec la convoitise d'enfant. «Je n'en ai pas, vous savez. Maman ne peut pas m'en offrir un parce que nous n'avons pas d'argent. Si j'en avais un, le soir de la veille de Noël, je le mettrais avec moi dans mon lit et je lui demanderais de m'apporter des cadeaux. Juste une fois, c'est tout. Oui, juste une fois». Les deux époux se regardèrent la mine triste et remplie de compassion pour le petit bonhomme. «Voulez-vous me le prêter votre Père Noël»? L'homme répondit, «Je ne peux pas le faire puisqu'il appartient à Madame ici». La femme de campagne se sentit un peu embarrassée. Que faire? Après tout, c'était son premier et seul Père Noël à la femme. «Je te dis ce que je ferai pour toi. J'en sculpterai un autre juste pour toi, Tapeau», dit l'homme de campagne. «Oh, oui, je le voudrais bien. Est-ce qu'il sera prêt pour la veille de Noël»? «Je ne sais pas parce la veille tombe jeudi prochain et je n'aurai pas le temps de le confectionner pour que tu l'aies à temps. Mais, je ferai mon possible». Le petit bonhomme bleu, comme l'appelait la femme de campagne, riait de joie tellement il était content. On alla reconduire le petit chez sa demeure, et la femme de campagne et son mari, le sculpteur sur bois, étaient très heureux d'avoir rencontré le petit garçon bleu et de pouvoir le rendre vraiment heureux une fois dans sa vie.

L'homme de campagne se mit à tailler le bois afin de confectionner un autre Père Noël pour le petit que lui et sa femme avaient vite appris à aimer comme leur propre enfant, car celui-ci avait su combler un vide dans leur vie.

Mal à propos, homme de campagne tomba malade. La femme le mit au lit et le soigna avec des tisanes et des potions. Il avait la fièvre et toussait «creux», comme disent les gens de campagne. Il n'y avait aucune possibilité que le Père Noël du petit garçon bleu puisse être terminé à temps pour la veille de Noël. La femme le savait trop bien. Lorsque la fièvre du vieillard tomba et que la toux diminua, la femme de campagne osa laisser son mari seul pour un instant. Elle prit son petit Père Noël et alla le porter chez Monsieur Thomas Lapointe. Elle le faisait avec une joie tempérée par le regret de la perte de son seul Père Noël. Cependant, elle savait bien que son mari, une fois rétabli, lui confectionnerait un autre Père Noël, peut-être un plus beau que le premier. Elle s'en alla chez le voisin la tête haute et le coeur rempli d'empressement parce qu'elle allait revoir son petit garçon bleu. Le petit aurait enfin son jouet de Noël, le premier. Il pourrait donc dormir dans son lit et rêver comme il le voudrait, car le Père Noël lui remplirait la tête de délices et de confort. Elle étreignit un peu plus fort sur sa poitrine son Père Noël, ce petit bonhomme de bois peint rouge à la barbe argentée.

Malheureusement, il y eut une chute de la santé de l'homme de campagne. La mort survint fin janvier et laissa la femme de campagne seule à pleurer son mari. Une semaine après l'enterrement, Thomas Lapointe et son petit fils vinrent rendre visite à la femme de campagne. Le vieillard lui offrit ses condoléances et lui expliqua pourquoi il ne put assister aux funérailles. Elle l'invita, lui et le petit garçon, à s'asseoir à la table de cuisine. Elle leur offrit quelque chose à boire. Lorsque vint le temps de s'en aller chez lui, le grand-père se leva de table et ne vit pas le petit s'esquiver pour aller dans le salon. Il le congédia et tandis que l'homme parlait à la femme de campagne, le petit garçon était déjà sorti dehors devançant son grand-père. «Eh, le petit passe comme une balle. Il doit avoir hâte de jouer avec son Père Noël. Ça et son écharpe bleue, ce sont ses plus précieuses possessions», dit-il en sortant sur le perron. «Il n'a même pas pris le temps de me dire aurevoir. Ça doit presser», répondit la femme de campagne. «Vous voyez, Madame, depuis que le petit Père Noël est entré chez nous, la douceur semble avoir pénétré dans la demeure. Aussi, me paraît-il que la vue ne s'est pas détériorée comme le médecin me l'avait dit. Je ne sais pas pourquoi. Faut croire que c'est un petit miracle». «Oui, un miracle de joie», lui répondit la femme de campagne. Le grand-père rejoignit le petit garçon et ils regagnèrent leur demeure.

La femme rentra chez elle un peu triste de n'avoir pas eu assez de temps avec le petit garçon bleu. Elle se mit à songer pourquoi le petit avait eu si hâte de s'en aller. Elle s'assit à la table de cuisine et son regard se fixa sur l'entrée du salon. Elle se leva, alla pénétrer dans le salon et s'approcha du petit traîneau qui baignait dans les rayons de soleil. Le traîneau avait une particularité cet après-midi-là. Tout à coup, elle aperçut l'écharpe bleue du petit sur le banc du traîneau. Elle semblait rayonner d'un bleu saisissant tellement la vive clarté du soleil l'envahissait. Évidemment, le petit garçon bleu l'avait laissée là comme remplacement pour le Père Noël que la femme lui avait donné en cadeau. Il savait bien qu'elle adorait son Père Noël. Avoir abandonné son écharpe bleue qui lui était si précieuse afin de faire plaisir à une vieille femme de campagne devait lui avoir arraché le coeur, se dit la femme de campagne. Quel sacrifice! Quel beau geste de sa part. Oui, le petit garçon bleu, l'enfant qu'elle n'avait pas pu avoir elle-même mais qu'elle avait pu connaître et s'attacher à lui. Elle prit l'écharpe, l'étreignit contre sa poitrine et se résolut dorénavant de placer l'écharpe du petit garçon bleu dans le traîneau chaque année de la Noël jusqu'à la Chandeleur. Dorénavant, l'écharpe remplacerait le Petit Père Noël sur le banc du traîneau, car les deux étaient un symbole du coeur. Comme ça, elle conserverait le précieux souvenir d'un petit garçon aux yeux bleus comme l'azur du ciel. Elle ne songea pas non plus de remettre l'écharpe bleue au petit garçon puisque c'était un cadeau. On ne remet pas un cadeau donné de tout coeur. Oui, le petit bonhomme, même lorsqu'il aura grandi, se dit-elle, je l'aurai comme petit garçon bleu dans mon coeur et dans mon imagination. À la différence de sa propre mère, elle croyait dans le pouvoir et la tendresse de l'imagination qui venait lui apporter les délices des fêtes toute l'année. Il faut croire que la femme de campagne a vécu le reste de sa vie dans le confort de ses doux souvenirs bleus.

LE JOUEUR DE FLÛTE

Normand Beaupré

Il y en a qui trouveront ce conte étrange sinon bizarre. Cependant, il est basé sur une fable mexicaine que j'ai retrouvée à la bibliothèque de Oaxaca, Mexico alors que je faisais des recherches sur le *curanderismo* (les soins de santé hispaniques traditionnels). Je vous l'offre sans autres commentaires.

Son nom était Luc; on l'appelait Luce. Dès sa toute petite enfance, sa maman avait essayé de lui faire dire avec l'occlusive vélaire, LuK, mais, le petit ne lui répétait qu'avec la sifflante, LuSS. On avait alors adopté sa manière à lui de dire son nom, et puis on l'écrivait L-u-c-e. Parfois, son papa l'appelait, «sa puce», ce qui irritait la maman. «Il va rester avec ce nom-là, méchant», l'avertissait sa femme. Alors, tout le monde aimait l'appeler Luce. Personne ne savait d'où venait le petit Luce, pas même sa maman, car elle l'avait trouvé abandonné dans une corbeille de jonc sur le pas de sa porte, le jour de la Chandeleur. Elle l'avait recueilli avec grande joie puisqu'elle n'avait pas d'enfant, elle qui en souhaitait depuis très longtemps. D'ailleurs, elle-même avait été un poupon abandonné. Délaissée par une mère prostituée sur le perron de l'église paroissiale.

Elle l'aimait tant son Luce, ce cadeau venu du ciel le jour avant la Saint-Blaise. Et, le petit grandissait clair de teint et de regard tout comme une image sainte d'autrefois où l'on perçoit la chair potelée des chérubims qui s'harmonise avec des yeux pétillants de clarté mystique. La maman aimait l'appeler son trésor alors que le papa s'échappait de temps en temps et l'appelait, «sa puce».

La maman, qui aimait la propreté à l'excès, savait bien aller dans tous les recoins de sa maison frottant et essuyant jusqu'à ce que luisent les objets sous sa touche. Ainsi, elle aimait tellement que son petit Luce luise de netteté; elle frottait la peau tendre de l'enfant jusqu'à la faire rougir avec la brosse et le savon. Un jour, elle aperçut deux petites enflures rosâtres, une sur chaque omoplate du petit bonhomme. Elle tâta chacune d'elle avec son index et se demanda si le petit avait quelque chose d'anormal. Chaque jour, la maman se demandait si elle se faisait des imaginations à propos de son enfant, si c'était vraiment une petite singularité qui, à la longue, se tuméfierait. Elle alla chercher son mari et lui montra les enflures. Il lui déclara qu'elle s'en faisait pour rien. Que le petit garçon grandissait, c'était tout. Tout de même, la maman emmena l'enfant chez le médecin, juste pour apaiser son inquiétude. Le médecin la rassura en lui disant que le garçonnet n'avait absolument rien, et que, peut-être, il poussait des ailes au petit bonhomme. Et, l'homme de science congédia la maman avec un sourire un peu moqueur. Néanmoins, la maman continuait à s'inquiéter de son petit Luce, car elle ne voulait pas que son cher trésor grandisse différent des autres.

Luce grandissait comme une pousse de bouleau, fluet et agilement lisse. Il pouvait se faufiler partout: dans une armoire à glace, au milieu des jambes des grandes personnes, et dans n'importe quel orifice fusse le trou du gros chat, Jérôme. La maman l'avait baptisé comme ça, Jérôme, d'après son grand-père qu'elle aimait tant et qui était disparu depuis longtemps dans une fosse du cimetière de la paroisse. De plus, Luce était un peu trop perspicace pour son jeune âge, disaient les gens. Plus que les jeunes de son âge. Un enfant prodige qui, de jour en jour, poussait comme une vilaine herbe, disait-on. Et, si l'on n'y prenait pas garde, il grandirait, le petit Luce, tout probablement comme un monstre talentueux. La mère n'aimait pas trop ce mot «monstre», car elle le trouvait trop dénaturé, pervers même. Elle voulait que son cher enfant soit comme tous les autres enfants, normal, sain, et sans anomalies.

Chaque jour, elle priait la Vierge et Saint Théophile de surveiller son Luce pour qu'il ne s'égare pas de la bonne voie et que le ciel lui prodigue les meilleures grâces, les plus belles faveurs octroyées aux plus choyés de la terre. Cependant, au plus profond de son coeur, la maman ne pouvait s'empêcher de s'inquiéter au sujet de son Luce. Il lui semblait que quelque chose clochait. Quelque chose qui n'allait pas. Mais quoi? Le petit Luce aimait jouer la flûte. Il passait des heures à jouer de cet instrument de musique que son oncle, Lucino, lui avait fabriqué. D'abord, ce fut une toute petite flûte de bois de pommier avec quatre trous, et plus tard, l'oncle lui en avait fait une autre, genre de flûte de Pan avec des roseaux d'inégale grandeur. Le garçon avait certainement du talent, aimaient dire les gens du voisinage. Un vrai cadeau du ciel. De temps à autre, le petit Luce avait ses moments où il montait comme une soupe au lait, mais rarement il se fâchait tout rouge contre quelqu'un.

Un jour, juste entre la fin de l'après-midi et le début du crépuscule, la maman entendit une frénésie de sons sortir du grenier. Elle se demanda ce qui pouvait causer un tel vacarme, car jamais de sa vie elle n'avait entendu une telle perturbation de sons. Si aiguë, si délirante que les cheveux lui en dressaient sur la tête. Elle se précipita dans l'escalier, entrebâilla la porte du grenier et vit de ses yeux agrandis de stupéfaction le petit Luce en train de jouer de la flûte de Pan. Il était assis sur un vieux tambour, le dos tourné vers elle, en train de se trémousser sur une musique passionnée; on aurait dit un écervelé de sons. La maman pénétra craintivement dans le grenier. Soudain, le plancher craqua sous le pas de l'intruse. Luce s'arrêta net et se retourna. Jamais la maman n'avait vu dans les yeux de son fils une telle intensité. Si étrange, si bizarre que la figure du garçon était irradiée d'une lueur presque sauvage sinon démoniaque. Et puis, il lui avait esquissé un sourire tellement sensuel qu'elle en avait eu des frissons.

Par contre, lorsque Luce faisait vibrer sa flûte dans les champs du voisinage où les bêtes, même les insectes, venaient à lui pour l'auréoler de leur présence, la maman était aux anges. Oui, le garçon avait du talent, assez pour faire dresser même les oreilles des bêtes. Elle n'en revenait plus.

Or, Luce n'avait pas d'amis. Pas de petits garçons avec qui il pouvait s'entretenir; il se privait des délices de la jeunesse où les petites conversations n'ont souvent ni queue ni tête. Ni même des petites filles à qui tirer les couettes ou à taquiner jusqu'au fou rire. Pourtant, la maman avait tenté, à plusieurs reprises, de lui trouver de petits amis, à son cher Luce. Le garçon les avait tous repoussés ou ignorés d'une manière plus désinvolte que dédaigneuse. C'est alors que la maman s'était résignée à ne plus intervenir dans la jeune vie de son fils qui était devenu, selon elle, un être à part.

Le papa vint à mourir. Luce ne versa aucune larme, ne trahit aucun de ses sentiments envers son père. Assis sur un gros coussin de peluche écarlate dans le salon où l'on avait exposé le corps, Luce fixait son regard sur le profil du défunt jusqu'à ce que sa mère vint lui dire que ce n'était pas bon de contempler les morts ainsi. Qu'il finirait par rester marqué s'il continuait à dévisager le mort sans arrêt. Il regarda sa maman si intensément qu'elle crut voir la flamme d'une bougie lui danser dans les yeux. Elle recula sans ajouter un seul mot. On enterra le corps et Luce vint chaque jour, entre chien et loup, jouer de la flûte sur la fosse. La maman devenait nerveuse tellement elle se tourmentait à propos de son Luce. Que faire? La parenté, les voisins, les amis même la délaissaient puisqu'elle en était devenue, disait-on, à s'imaginer toutes sortes de choses; elle déparlait même. Luce grandit jusqu'à ses quinze ans sans que sa mère en connaisse plus de ses étranges manières et ses démarches si différentes des autres humains du village qu'on appelait, *Puerta Cerrada*.

Un jour, la maman s'aperçut que Luce cachait des oeufs enveloppés de flanelle dans son armoire. Des gros oeufs, plus gros qu'ordinaire. Elle n'avait pas osé les toucher. Plus tard, elle en parlerait à son fils. Drôle de trésor enfantin, se dit-elle. Lorsqu'elle en parla enfin à Luce, il la regarda dans les yeux et affirma n'avoir jamais gardé d'oeufs dans l'armoire. La maman alla ouvrir la porte du placard pour le confondre. À sa grande surprise, le fond de l'armoire était vide. Luce esquissa un très large sourire narquois.

Plus tard, les gens du village commencèrent à se sentir très mal à l'aise lorsque plusieurs d'entre eux aperçurent sur leurs perrons un oeuf enveloppé dans une flanelle épaisse portant une étiquette qui se lisait comme suit: «Prenez bien soin de cette offrande qui vous est présentée en cadeau du ciel. Malheur à ceux qui le briseront ou même l'égareront, car ceci renferme l'embryon d'un futur mortel». Le troisième voisin rit de son cadeau qui n'était, après tout, qu'un oeuf. Il le lança dans la rue et le jaune d'oeuf éclaboussa le pavé. Le lendemain, on le trouva mort, la langue lui pendait des lèvres comme un gros ver de terre tordu. Un autre alla porter son oeuf au pasteur qui se mit à le sermonner, lui disant que les superstitions n'étaient que pour les vieilles femmes qui ont le cerveau détraqué. Le pasteur alla déposer l'oeuf à la poubelle tout en réconfortant l'homme qui, lui, avait grande peur des sorts et des oboles de sorcellerie. Le surlendemain, on trouva le pasteur ahuri et tout à fait égaré tellement le presbytère était envahi de rats. Ils venaient, le soir, jusqu'à son lit ronger la tête et les pieds. Sa femme était devenue folle d'ahurissements et de tremblement de mains. La ménagère était partie sans même apporter ses bagages. Il fallut donc mater le pasteur qui fut placé, plus tard, dans un asile. Quant à sa femme, elle tomba dans des convulsions et en mourut.

Un autre qui avait lancé son oeuf dans le champ de blé coupé pour le laisser brûler sous un soleil de feu, se retrouva, un jour, la peau toute brunie et la chair décomposante jusqu'à le rendre comme une squelette. Les gens finirent par avoir une peur délirante des oeufs enveloppés dans la flanelle.

Tout le village était en état de panique. Le Chef du village n'en pouvait plus. Il était à bout de forces et de patience. Un jour, Luce arriva au chef-lieu et demanda à voir Monsieur le Chef, lui disant qu'il avait une solution à ce problème. On lui conseilla de revenir lorsqu'il aurait un peu plus de barbe au menton. Les yeux du jeune homme flambèrent de colère et se mirent à luire d'un éclat de braise. Des rires moqueurs accompagnèrent le jeune homme jusqu'à la porte. Le soir même, la fille du chef fut kidnappée. On la retrouva aux frontières de l'autre village, le regard effaré et la mine hagarde. Elle demeura affolée pendant des semaines et puis elle était dévorée par des cauchemars à n'en plus finir. Plus tard, on fit demander Luce. Celui-ci présenta sa demande. Il voulait qu'on le nomme chef et devin du village. Le Chef fut saisi de rage devant une telle effronterie. Luce riposta que si sa demande n'était pas satisfaite, tout le village se soulèverait contre son maître et personne, dorénavant, ne respecterait la parole du Chef. Le Chef accusa Luce de semer la panique. On le fit mettre à la porte. Une semaine plus tard, on découvrit des preuves auparavant cachées ou non-existentes de détournements de fonds de la part du Chef. On voulut s'enquérir auprès des témoins respectés, mais personne, absolument personne, n'avait un bon mot pour le Chef, ni ses aides, ni même ses confidents. Il voulut, à tout prix, démontrer son honnêteté à ses concitoyens en leur adressant la parole. Alors, il convoqua une assemblée à laquelle les hommes et les femmes du village assistèrent sans faute. Tout à coup, le Chef remarqua que tous et chacun avaient les yeux d'une rougeur glaciale. Le rouge d'un sang figé. Personne n'arborait ce regard de confiance habituel à son égard. Aussitôt, il reconnut que personne ne se fiait encore à lui. Sa parole ne valait plus rien. Il rentra chez lui découragé et tout à fait confus. Après une tentative de suicide ratée, on perdit toute trace du Chef. Certains disent qu'il gagna le large où il fut englouti par la mer.

Longtemps après, alors que régnaient la chaos et un désordre anarchique dans le village, les femmes annoncèrent que désormais Luce, maintenant dans la force de l'âge, serait le Chef. Elles en avaient assez du contrôle des hommes. Personne n'osa souffler mot. Trois hommes voulaient élever la voix, mais on les fit taire sans délai. Dorénavant, les oeufs se multiplièrent et les femmes en prirent soin les couvrant de la chaleur de leur corps pendant la nuit. Les hommes, eux, n'osaient rien dire, car les femmes avaient pris la parole et leur nombre dépassait maintenant celui des hommes.

Puisque seule la chaleur de la femme pouvait faire éclore les oeufs, toutes les femmes du village ne prodiguaient, maintenant, leurs faveurs qu'à ceux-ci. Les hommes ne pouvaient absolument rien faire contre cela, car les femmes aimaient leurs oeufs comme leurs propres rejetons. Dorénavant, elles n'accorderaient plus leurs faveurs aux hommes, maris ou non. Avec le temps, elles étaient toutes devenues d'âge avancé puisque les pucelles du village étaient mortes ou avaient quitté le village. Ces oeufs, une fois éclos, donnèrent des nains. Ils n'étaient ni vilains ni gentils. Cela dépendait de leur sort et surtout du traitement que leur infligeaient les gens. Au dire des femmes, les nains étaient maintenant les seuls êtres qu'elles pouvaient appeler leurs «enfants». Il y avait des hommes qui les chassaient, les oeufs, lorsqu'ils en trouvaient. Ils les cassaient avant qu'ils ne puissent éclore en nains. Mais, les femmes les cachaient si bien et elles étaient si discrètes à leur égard, que les nains les récompensaient en leur donnant des écus faits de pierres précieuses. Alors, les femmes s'ornaient la gorge, les doigts, les poignets, les oreilles, et les cheveux avec ces oboles, car elles savaient bien que les hommes, dépourvus de leur honneur et de leur réputation de maître, convoitaient leurs bijoux. Les femmes savaient trop bien que les hommes rageaient de racheter leur honneur déchu avec des pierres précieuses. Cependant, aucune d'entre elles ne voulut se séparer de ses joyaux. Elles n'osèrent point les enfouir dans des tiroirs ni les enterrer de peur que les hommes ne viennent les réclamer.

Après quelque temps, la mère de Luce vint prendre soin de la maison du Chef et devint bientôt la doyenne du village. Que son fils soit maintenant Chef lui paraissait assez normal. Mais, qu'il soit devenu maître-musicien et devin du village la remplissait d'une joie parfaite. Chaque soir, il rassemblait tous les nains du village et les entraînait dans une musique envoûtante avec sa flûte de Pan. Attirés par cette musique de roseaux sifflants, les faunes surgissaient en grand nombre des sous-bois et venaient jusqu'à l'orée des grandes forêts qui entouraient le village. Là, ils dressaient les oreilles pour écouter les mélodies enivrantes dont chaque note séduisait l'âme.

Au faîte de la célébration journalière, en plein coeur de la nuit, alors qu'un feu de joie réchauffe la moelle de ses os, et au comble du délire de la musique, Luce semble s'envoler vers les hautes flammes du bûcher cérémonial pour prendre feu et se métamorphoser en phénix. C'est alors que les femmes dansent d'une frénésie voluptueuse autour du feu ardent qui fait rutiler leurs yeux et étinceler davantage les pierres précieuses qu'elles portent avec fierté. Les hommes, eux, enfouis dans leurs demeures, les regardent aux coins des fenêtres n'osant même pas remuer la tête comme des statues de sel. Naît ensuite l'aurore et la sérénité du jour réapparaît.

Tout le village fourmille de nouvelles vies maintenant. Les nains n'en finissent plus de peupler le village et les nouveaux rites viennent puiser un nouvel élan mythique dans la force des nouvelles clartés de la nuit, tout comme dans le drame d'Orphée remontant des enfers vers la lumière. Les rites mythiques ont fait place aux rites habituels imposés par les hommes. Le temple du village est tombé en ruines. Le village dort pendant la journée alors qu'il se réveille pour la célébration du mystère de la nuit au grand feu de joie. Le phénix est revenu de son éternel sommeil réincarné pour les délices des femmes sans enfants,et pour tous ceux que l'on trouve irréguliers.Surtout pour un village trop longtemps sous le domaine totalitaire des hommes. Depuis, le village a pris pour nom, *Epifania*.

LA PROMENADE DU DIMANCHE

Normand Beaupré

Octave Gingras aimait faire sa promenade tous les dimanches. Il la faisait très tôt le matin bien avant que les hirondelles s'envolent de leurs nids juchés dans les gros pins du voisinage. La lueur rosâtre du lever du soleil à peine apparaissait dans le ciel. Il y avait un tendre calme dans la petite vallée, alors que le pépiement des moineaux commençait à fendre l'air avec son constant acharnement. Il y avait un parfum frais, doux, et mélancolique dans l'air que le vieux Gingras humait à forte haleine et qu'il voulait bien le décrire aux autres, mais il lui échappait, chaque fois qu'il essayait de l'exprimer avec des mots pourtant valables mais si indigents. Il se satisfaisait à le ressentir tout simplement dans le plus profond de son être, ce parfum de délice.

Le vieux Gingras était un homme pas comme les autres, on disait de lui. Il laissait les gens parler à leur gré même s'ils parlaient de lui à tort et à travers. Il gardait toujours un petit sourire sur ses lèvres minces et pâles que certaines gens appelaient bienveillant et d'autres bonasse. Il laissait couler les mots sans en faire aucun cas. Après tout, le vieux Gingras avait appris à surmonter les petits achoppements dans la vie et il vivait son plein épanouissement dans la nature tôt le matin, alors que le monde dormait sur ses deux oreilles.

On l'appelait le vieux Gingras par opposition au Père Gingras, car il n'était ni père ni grand-père. Et puis, les gens ne s'attachaient pas à lui, soit qu'ils ne l'aimaient pas, faute d'affection pour un homme qu'ils ne connaissaient guère, soit que l'homme lui-même ne s'attirait pas à lui l'affection des autres. Il était célibataire. Il l'avait été toute sa vie. Pas qu'il n'eût point d'affection pour les femmes, mais il ne s'était pas attaché à aucune d'elles. Certains disaient qu'il ne savait pas ce que c'était l'amour. Il ne l'avait jamais connu. Pourtant, gravé dans sa mémoire était le tendre souvenir d'une jeune demoiselle qu'il avait rencontrée lorsqu'il avait dix-sept ans et dont le père l'avait pris en aversion, simplement parce qu'il était de la basse classe ouvrière. Son statut social s'expliquait par des manques dans sa pauvre vie, manque d'éducation formelle, manque de famille normale, car il avait été orphelin toute sa jeune vie, manque de chances dans une vie cousue de malchances, et surtout manque de bonheur qu'apporte l'amour entre deux personnes vouées à elles-mêmes. Sans doute, il eût souhaiter que le père de la jeune fille lui ait accordé la chance de prouver son habileté et son honnêteté. Mais, rien ne pouvait faire le père changer d'avis. Il trouvait le jeune Gingras trop piètre pour sa fille, trop maladroit et pas assez dégourdi pour sortir de son malaise social. Quoique la jeune fille éprouvât un attendrissement pour le jeune homme qu'elle trouvait gentil et sympathique, elle n'osa point contredire son père. C'est alors que le jeune homme se sépara d'elle pour ne plus la revoir, sauf une fois lorsqu'elle sortit de l'église après la cérémonie de mariage avec le jeune Turmelle. Pourtant le jeune Turmelle n'était ni beau ni doué de talents; il avait eu, cependant, un bel héritage de ses grands-parents. Assez pour séduire le père de la jeune fille. Le jeune Gingras finit par s'en aller loin du village où il avait vécu toute sa jeune vie.

Avec le temps, le jeune homme devint forgeron, métier qu'il exerça pendant plusieurs années. Cependant, puisque les chevaux se faisaient de plus en plus rares avec l'arrivée de l'automobile et surtout que ces bêtes de somme ne se trouvaient plus sur la ferme de ses ancêtres, le jeune Gingras se décida de se lancer dans la fabrication de jouets mécaniques. Il aimait travailler avec ses mains et de sa tête, car il avait le talent de créer toutes sortes de jouets, soit des poupées avec des ressorts, des baleines, et des crochets, soit des petites voitures faites de maintes parties complexes que l'on pouvait faire rouler avec des fils, soit des petits animaux de métal, tels des singes qui hochaient la tête, frappaient des mains ou montraient la langue chaque fois qu'on appuyait sur le bouton derrière le dos. Tout le monde appréciait la disposition et la manoeuvre de ces jouets. Les enfants en raffolaient. Il avait du talent le jeune Gingras, assez pour faire sauter les enfants de joie et leurs parents applaudir ce monsieur qui avait, disait-on, du génie à tout faire. Il vendait les jouets à ceux qui avaient les moyens d'en acheter, ou il les donnait à ceux à qui la bonne fortune n'avait pas doté de ses faveurs. Il ne les fabriquait pas pour faire fortune mais pour la joie qu'éprouvaient les petits à recevoir un jouet mécanique. Le jeune homme vivait d'un modeste revenu et exerçait un mode de vie très simple. Il ne cherchait aucunement à rehausser son statut social. Ni la gloire du succès ni les vaines illusions de se faire prévaloir aux yeux des gens n'emplissaient sa tête. Il avait les pieds bien plantés sur le sol d'une existence pratique et bien mesurée. Pourquoi s'en faire avec des rêves de mérites ou de succès, se répétait-il, chaque fois qu'il apercevait un tel ou une telle se pâmer devant un abri de confort social. Il était de la classe ouvrière et se contentait d'y rester. L'ascension sociale ne lui disait rien. Pourtant, il y avait des gens qui étaient hantés par elle, jusqu'à la trahison de leur propre identité. Non, un coeur simple se sent mal à l'aise dans la complexité des tendances hors de son domaine, se dit-il maintes et maintes fois. Il n'était pas formellement éduqué comme la plupart des gens l'étaient, car son éducation venait des contacts avec les gens qu'il rencontrait et de ses propres talents innés qu'il faisait fructifier à force de travailler avec ses mains et sa tête bien plantée sur ses épaules. Les gens le trouvaient parfois un peu trop naïf dans sa façon de faire face à la vie. Il leur souriait de son sourire bénin. Qu'ils le trouvent bêta ou pas, il n'en faisait aucun cas. Lui savait bien qui il était et de quoi il s'agissait dans sa petite vie à lui.

Un jour, il s'aperçut qu'il pouvait faire chanter les petits oiseaux si il leur parlait et leur donnait des graines de son modeste grenier. Les gens ne trouvaient rien de surprenant avec cela, mais ce qui les étonnait, c'était la durée et la teneur de leur chant. Il pouvait les garder à chanter pendant des heures et des heures. Tout ce qu'il avait besoin de faire c'était de leur parler et parfois chanter des bouts de chansons pour qu'ils l'entourent et même se juchent sur ses épaules, ses bras, et sur la tête. Parfois, les petits oiseaux se disputaient la faveur de se mettre sur un des membres du jeune homme émerveillé. Il donnait libre cours à son ébahissement devant tout, que ce soit un petit oiseau, un coucher de soleil, l'éclosion d'une fleur, un brin d'herbe où perle une goutte de rosée, ou même une toute petite coccinelle. Tout était merveille pour lui: le sourire sur les lèvres d'un enfant, une larme au bord de l'oeil, une fossette au coin du menton, un ride sur la joue d'une vieille, la peau satineuse sur la main d'une jeune fille, la grosse veine saillante au revers du poignet d'un travailleur mûr, l'éclat d'un rire, le ventre bombé d'une femme enceinte, l'ébauche d'un dessin sur une feuille de papier, et l'étoile qui scintille avant le coucher du soleil. Toutes les petites choses dans la vie l'émerveillaient jusqu'au grain de sable sur le bout du doigt. Les gens riaient de lui, surtout si il les appelait à l'imiter dans sa vision des choses. «Si il pense que je vais me mettre dans la boue pour inspecter une bulle qui chatoie, il a tort de me traiter comme un enfant», disait l'une, ou «Imagine-toi qu'il voulait que je fasse des bulles de savon avec une paille, rendu à mon âge», disait un autre. «Pense pas que je me mette à genoux pour tenter de palper un vil champignon. Pas de ma vie», ou bien, «Jamais je prendrai dans la main une sauterelle ou je ferai exprès pour écouter un grillon». «Qu'est-ce qu'il pense, lui, me faire passer des insectes sur le bras. Est-il fou»? Un autre, «Il chavire lui et sa manie de petites bêtes. Les bêtes, petites ou grandes, on les laisse tranquilles». Toute exclamation de la part des gens à l'égard de l'invitation de l'homme laissaient entrevoir un certain mépris pour l'homme aux petites merveilles. Quant aux jouets mécaniques, avec le temps, ils avaient perdu l'attrait chez les gens qu'ils avaient eu dans le passé et ceux-ci considéraient que l'homme perdait son temps.

En grandissant, Octave Gingras s'était fait la réputation d'un être à mettre de côté. «Faut pas se mêler avec lui», avaient beau dire les gens. «C'est bien beau les jouets mécaniques et tout cela, mais...», murmuraient les gens. Toujours est-il que l'homme, qu'on appelait Gingras, devint un à part destiné à vivre seul et sans amis. Un malotru. Un fêlé sinon un fou, pour ceux qui ne le comprenaient pas.

Et bien, avec les années, l'homme qu'on appelait le jeune Gingras et puis Gingras tout court devint le vieux Gingras. Tout comme il l'avait toujours fait dans sa vie, le vieux Gingras aimait aller à la campagne puisqu'il se trouvait bien en plein air hors de la portée des villageois qui lui en voulaient pour sa conduite étrange sinon bizarre. Il voulait s'éloigner des mauvaises langues qui le calomniaient et le faisaient sentir mal à l'aise. Pas qu'il était devenu un misanthrope, parce qu'au fond il aimait les gens, mais il ne pouvait plus accepter ceux qui le rejetaient lui et sa manière de voir les choses. Il se faisait appeler ours, sauvage et solitaire à force que les gens exerçaient une politique à courte vue envers lui. C'est alors qu'il se réfugia à la campagne tout près de ses amis, les bêtes apprivoisées ainsi que les fauves. Au moins, il s'y sentait à l'aise et sans peine, car les remarques des gens souvent lui blessaient le coeur. Même les enfants avaient appris à le mépriser. Ses jouets mécaniques ne lui procuraient plus aucune faveur d'affection de la part des petits. Ils étaient rendus impolis voire insolents. Le sourire du vieux Gingras devenu faible s'éteingnit graduellement.

Au fur et à mesure qu'il s'éloignait du village, il ressentit une joie inexprimable devant la liberté de coeur qu'il atteignait avec les bêtes. Cependant, il sut trop bien qu'il ne pouvait pas vivre seul comme un ermite, car il fallait se nourrir et garder son abri. Il ne pouvait pas vivre comme une bête. Il se décida alors de vivre à la marge du village, sans trop dépendre des gens. Il se bâtit une modeste cabane à l'orée du petit bois tout près de la campagne, mais assez proche du village afin qu'il puisse s'approvisionner chez l'épicier du quartier, puisqu'il le connaissait bien et l'épicier ne parlait jamais en tort de lui. Puis, il pourrait continuer à faire ses jardins potagers afin de se nourrir de légumes et de fruits qu'il favorisait, et dont il en était si fier. Tous les dimanches, comme d'habitude, le vieux Gingras alla faire sa promenade tôt le matin alors que les gens dormaient comme des bûches. Il en avait pris l'habitude lorsqu'il était encore enfant. Chaque dimanche matin, il se leva de bonne heure afin d'aller faire sa promenade. On dit qu'il voulait s'esquiver de la vue des gens, mais c'était plutôt pour regagner la campagne lors de la naissance de la journée, alors que les êtres qu'il favorisait sortaient de leur sommeil et pouvaient répondre à son appel. Les bêtes, les fleurs et les herbes sauvages, jusqu'au plus petit des êtres vivants, tous le remplissaient de bonheur. Le vieux Gingras avait appris à communiquer avec eux et il les aimait tous comme des amis sympatiques. Nul ne le rejetait, nul ne savait lui faire tort, et nul le remplissait de douleur, cet homme si simple que même la flore et la faune pouvaient lui sonder le coeur. Les liens entre elles et lui étaient devenus des plus étroits. Sans doute, les promenades du dimanche du vieux Gingras lui avaient favorisé de plus profonds contacts avec cette nature ouverte et accueuillante. Il s'en remit à fabriquer d'autres jouets mécaniques, cette fois-ci des colibris satinés, de gros bourdons jaunes, des abeilles ronfleuses, des sauterelles sauteuses, des libellules aux ailes transparentes, en somme tout un petit peuple de menus êtres mécaniques qui venaient aménager son monde imaginaire à lui.

Un jour, l'homme s'aperçut, de plus en plus, que les vraies petites bêtes des champs n'apparaissaient pas aussi souvent autour de son humble demeure, ni dans les champs avoisinants, même pas dans la campagne qu'il fréquentait le dimanche matin. Qu'est-ce qu'il se passait, se demandait-il. Pourtant les bêtes ne disparaissent pas si facilement. Il y avait une cause à cela, se dit-il. Le vieux Gingras se mit à étudier la cause de la disparition des petites bêtes qu'il favorisait. Il n'était pourtant pas un homme de science, mais il en connaissait assez pour déterminer la cause de ce désastre. Puisqu'il ne fréquentait pas les gens du village, il ne pouvait pas communiquer avec eux. Cependant, il y en avait un, au moins, à qui il pouvait poser des questions. L'épicier qui avait toujours de bonnes et généreuses façons avec lui. Il l'approcha un jour alors qu'il venait au village pour s'approvisionner et lui demanda pourquoi on ne voyait plus tant de petites bêtes voler dans l'air. L'épicier lui répondit qu'il ne le savait pas pourquoi et qu'il ne s'était pas rendu compte qu'il y en avait moins. Cependant, il demanderait aux autres gens pourquoi les menues bêtes se faisaient rares, ce qui avait plu au vieux Gingras.

De retour à sa demeure, l'homme continua à fabriquer des insectes et des oiseaux mécaniques. Deux semaines plus tard, il alla voir l'épicier et lui demanda s'il avait eu une réponse des gens. L'épicier lui dit que les gens ne savaient pas pourquoi les petites bêtes se faisaient rares et, en outre, ils ne voulaient pas se mêler à l'affaire des bêtes car, après tout, elles étaient toujours ennuyeuses et même bonnes à rien. Il valait mieux s'en débarrasser et, si elles disparaissaient, tant pis. «Mais», lui dit le vieux Gingras, «ne savent-ils pas que ces petits animaux, tels les oiseaux, apportent la joie dans nos vies et que les petites bêtes, tels les bourdons et les abeilles, viennent féconder les fleurs de nos fruits et nos légumes»? L'épicier lui repondit que lui le savait bien, mais les autres gens ne s'occupaient pas si ces petites bêtes, qu'on dénommaient intruses, leur étaient importantes ou non. «Dommage», lui dit le vieux Gingras, et puis il s'en alla la tête basse.

Le jour arriva où il n'y avait aucune petite bête qui venait dans le jardin du vieux Gingras. L'homme reconnut que le désastre avait frappé. Mais, qu'est-ce qu'il s'était passé pour que la disparition de ces petits amis arrive tout à coup? Il se proposa d'aller au fond de la chose. Il y avait certainement une cause à cela, se dit-il. La nature ne détruit pas ses propres ressources de fécondité, ni se débarrasse-t-elle pas des petites joies provenant des chants d'oiseaux. Non, il y avait une cause en dehors de la nature. Tout être dans la nature avait une raison pour vivre et se multiplier. Il ne fallait pas trancher le fil qui liait les bêtes et la nature. Il y avait quelque chose qui s'était passée. Mais quoi?

Or, il y avait dans le village un homme de science qui aimait faire des expériences avec les produits chimiques à sa disposition, et parfois même il en tentait avec ceux qui étaient dangereux. Il avait fait des expériences sur des cobayes, mais rien de salutaire en était sorti. Tout ce qu'il avait sur les mains c'était des carcasses blanchies. Il avait abandonné ce genre d'expériences. Il était présentement à la recherche d'une substance qui dépasserait la forte teneur des pesticides, tels les débroussaillants, les désherbants, les fongicides, les herbicides, et les insecticides, car les gens du village s'étaient plaints à propos des petites bêtes ailées qu'ils trouvaient nuisibles. Surtout les coléoptères du genre japonais. Ils les détestaient à mort puisqu'ils détruisaient leurs roses adorées.

L'homme de science avait enfin trouvé un mélange chimique qui détruirait ces objets de mépris. Cependant, il trouva que le produit était si fort, si néfaste, qu'il pouvait anéantir toutes bêtes et même se répandre dans la nature pour enfin se prolonger à n'en plus finir. Il lui est venu à l'idée les retombées radioactives d'une bombe atomique. «Non, trop dangereux», se dit-il. C'est vrai que c'était à une échelle beaucoup moins élevée qu'une bombe atomique, mais les retombées pouvaient en être bien désastreuses pour les pauvres bêtes des champs et peut-être pour la nature aussi. Non, pas de super-pesticide, s'avisa-t-il. Cependant, l'homme de science avait un faible pour les honneurs et l'approbation des autres à son égard. Il rêvait d'être élevé au sommet du statut social des gens estimés supérieurs. Il en avait la hantise.

Poussé par la fureur d'un grand succès et par un désir insatiable d'accomplir ce que les autres n'avaient jusqu'alors pas fait, et convaincu que son produit chimique serait la grande découverte de tout temps, il se résolut d'avancer dans la production de son anéantisseur de petites bêtes nuisibles. En dépit de la possibilité de résultats néfastes et en dépit de revers quelconques, il poussa de l'avant. Il aurait donc la gloire de bien réussir avec les gens. C'est cela qui comptait pour lui, la gloire. Et, malgré les remarques de certains et les avertissements de l'épicier, il se mit à fabriquer le produit chimique toxique pour se débarrasser des pauvres bêtes inconscientes du danger qui les attendait.

Après avoir démontrer aux gens l'efficacité de son produit, l'homme de science laissa l'application du nouveau pesticide toxique au gré et donc à l'inexpérience des gens. Si un peu en détruisait une petite quantité, un grand montant pouvait donc détruire un très grand nombre. Puis, après un très grand nombre, une multitude pour satisfaire la hargne des gens. Pourquoi pas toutes les détruire une fois pour toute? L'homme de science n'en finissait plus de fabriquer son produit, dit-il, miraculeux. Les gens vinrent à voir la fin de toutes petites bêtes volantes inclus la plupart des oiseaux. Ils regrettaient la perte des oiseaux mais il faut sacrifier certains pour s'assurer la destruction des autres, se dirent les gens. Après tout, chaque progrès a parfois des victimes. C'est inévitable. Ce qu'ils regrettaient le plus c'était les roses devenues piètres et non-odoriférantes. Mais, il valait mieux de sacrifier les oiseaux et les roses pour se débarrasser de cette peste de bêtes volantes.

Le vieux Gingras pleura la perte des petites bêtes, car il l'avait prévu. Il se mit à fabriquer une grande quantité de petites bêtes mécaniques afin de parer la destruction totale des êtres bénéfiques. Elles viendraient combler le vide causer par cette terrible destruction.

Au moins, le vieux Gingras aurait la présence simulée de ses petits amis. Il avait tellement perfectionner sa fabrication que les petites bêtes mécaniques, non seulement ressemblaient à leurs pareils vivants, mais on aurait cru que le fabricant leur avait insuffler la vie. Le vieux Gingras en raffolait tellement sa joie débordait. Avec le temps, il les entraîna à féconder les éclosions de ses fruits et de ses légumes pour que la récolte soit assurée. Il aurait pu la faire artificiellement, la fécondation, mais ceci lui aurait pris beaucoup de temps et sans garantie de réussite. Après plusieurs mois de l'absence des petites bêtes, les gens se mirent à reconnaître leur valeur. Pas de fruits, pas de légumes. Seulement des pousses flasques et noircies. Et puis, pas de qualité de blé. La récolte fut maigre, très maigre. La deuxième année, il n'y avait pas eu de récolte, si empoisonné fut l'environnement par la propagation du produit chimique de l'homme de science.

Les gens vinrent à découvrir que le vieux Gingras avait de beaux fruits et de très beaux légumes. Comment se faisait-il que le bonhomme Gingras pouvait récolter alors qu'eux ne le pouvaient pas? Sachant bien que l'épicier avait de bonnes relations avec le vieux Gingras, ils lui demandèrent d'aller le voir pour apprendre pourquoi lui récoltait et eux ne récoltaient pas. Après une longue conversation avec le vieux Gingras, celui-ci conclut que les gens avaient besoin de changer leur attitude ainsi que leurs habitudes. «Les gens doivent réapprendre à nouer les liens avec la nature. Ils doivent aller faire des promenades plus souvent. La promenade du dimanche est disparue chez nos gens. Les affaires et les travaux comblent leur journée du dimanche. Ils n'ont plus le temps de se détendre et d'apprécier ce qui les environne. Ils ont aussi perdu le sens de la vie du dimanche avec la parenté assis autour de la table à manger». Alors l'épicier alla rapporter ce qu'il avait entendu du vieux Gingras.

Les gens maugréèrent en entendant le message du bonhomme Gingras. «Il doit être fou, le vieux, pour nous envoyer à la campagne le dimanche afin de résoudre notre problème», dirent-ils. Alors, ils envoyèrent une délégation chez le vieux Gingras afin de se mettre, eux-mêmes, au courant de l'affaire des petites bêtes. C'était bien simple leur dit le vieux Gingras, pas de bêtes volantes pas de récoltes. «Vous n'en vouliez plus de vos petits amis, alors vous les avez tous détruits parce que vous pensiez qu'ils étaient nuisibles. La vérité est qu'ils sont bénéfiques et pour vos récoltes et pour votre environnement». «Mais comment avez-vous pu vous garantir une très bonne récolte en dépit du manque de petites bêtes»? lui demandèrent-ils. «Parce ce que j'ai toujours cru en elles et je me suis approvisionné de mes propres petites bêtes». «Mais comment les avez-vous conservées malgré le fléau que le produit chimique a causé»? «J'ai fabriqué mes propres petites bêtes». «Est-ce que l'on peut en avoir de ces bêtes»? «Je n'en ai pas pour tout le monde», leur dit-il. Alors, ils se disputèrent qui en aurait et qui en aurait pas. Le vieux Gingras trancha la dispute en leur disant que personne en aurait si les gens du village ne changeaient pas d'attitude envers les petites bêtes. Comment changer d'attitude? ils lui demandèrent. «Et bien, il faut que vous reconnassiez pleinement la vraie valeur des petites choses dans la vie humaine avant dc vous confier mes petites bêtes mécaniques. Sans cela, ça ne marchera pas. Surtout, il vous faut renouer les liens avec la nature afin que vous puissiez vous racheter vous-mêmes et votre place dans la nature. La nature vous est toujours fidèle, elle ne vous trahira jamais. C'est vous qui l'avez trahie». Alors, ils lui vouèrent leur fidélité à la vie des petites bêtes et à l'importance de ne pas sacrifier ce qui leur semble nuisible mais qui, en vérité, ne l'est pas.

Des mois et même des années s'écoulèrent avant que les vraies petites bêtes retournent au village. On avait arrêté de fabriquer et de répandre le produit chimique néfaste. Le chant des oiseaux se faisait entendre à tous les matins depuis le retour à la nature. Même les coccinelles vinrent se réinstaller sur le feuillage vert, ces petites bêtes porteuses de bonne fortune. Il faut croire que les gens avaient repris la promenade du dimanche et que le mode de vie et la vision du vieux Gingras avaient porté profit. Après plusieurs années et trois autres générations de villageois, la promenade du dimanche bat son plein. Les petites bêtes volantes fécondent les éclosions, les abeilles donnent de leur miel, le blé est bien fourni, et les enfants jouent avec les sauterelles. On dit que les petites bêtes mécaniques du vieux Gingras existent encore. Les gens rapportent qu'elles volent autour de la pierre tombale du vieillard à chaque dimanche, alors que l'aube commence à poindre. Il y en a qui disent que tout ceci, ce sont des cancans de vieilles femmes, alors que d'autres jurent qu'ils les ont vues. Que voulez-vous? Cela fait partie du fabuleux conte de la promenade du dimanche. Ah, oui, qu'est-il devenu de l'homme de science? Et bien, il a joui de sa petite gloire éphémère pour ensuite tomber dans l'abandon et l'oubli. Il est devenu menuisier.

LES PETITS OISEAUX DU LAITERON[1]
Normand Beaupré

Lorsque j'étais jeune, vers l'âge de huit ans, j'ai lu dans un bouquin de botanique intitulé, *A Countryman's Flowers(Les Fleurs d'un campagnard)*, que le laiteron avait l'un des plus doux parfums de fleur. Que la fleur du laiteron était vraiment multiflore et s'épanouissait en boule d'éclosions tirant sur un lilas brunâtre et parfois sur un pourpre rosâtre très pâle. Chaque menue fleur ressemble à un cornet de chair tendre dont le pavillon prend la forme d'une étoile. La fleur est formée de manière à attraper une des pattes des insectes, ces ravaudeurs de fleurs qui viennent en pomper le nectar. C'est ainsi que les insectes sont pris au piège jusqu'à ce qu'ils meurent. Aussi, les fleurs fécondées font éclore de grosses gousses vertes qui ressemblent à des têtes de canard. À la longue, ces gousses se dessèchent et, vers la fin d'octobre et le début novembre, elles éparpillent dans le vent leurs graines aux touffes de soie. Voilà ce que j'ai lu. Cependant, la lecture dans un livre, dit scientifique, ne m'apportait pas toutes les explications voulues, car les faits écrits venaient brouiller les choses plutôt que les éclairer. Le problème fut, pour moi, la conciliation des connaissances acquises et des récits de certaines gens du voisinage, telles mémère Desautels. Le fait et la fable, la raison et l'imagination, voilà mon dilemme. Quand on est tout jeune et pas encore assez vieux pour discerner les lignes très fines entre les choses, alors tout est mélange d'intelligence tâtonnante et d'invention gratuite.

Mémère Desautels, celle qui fabriquait de petits anges dorés avec des gousses desséchées pour l'arbre de Noël, m'avait raconté que, renfermés dans les gousses vertes du laiteron, de très petits oiseaux de soie blanche se blotissaient jusqu'à ce qu'ils puissent s'envoler dans la nuit vers la cime des gros sapins bleus. Pas les verts, les bleus. Là, ils se réfugiaient et, pendant les nuits très chaudes, ils venaient illuminer les champs d'été avec leur plumage satiné réfléchissant la lumière argentée de la lune. Comme de grosses étincelles. Pas des mouches à feu ni des oiseaux-mouches, mais des oiseaux faits de lait et de soie. Et les grillons annonçaient toujours leur arrivée. Mais, il faut y croire pour les voir, me disait la vieille, la vérité dans les yeux.

---

1 Ce conte est tiré de mon recueil intitulé **Lumineau**, pp. 12-15. JCL, Chicoutimi, Québec, 2002.

Moi qui voulais tout voir, tout toucher afin de me renseigner et de satisfaire une curiosité active, il me fallut longtemps avant de me décider à vérifier par moi-même l'existence de ces petits oiseaux du laiteron. Or, il y avait, attenant à la cour d'en arrière chez nous, un champ de fleurs sauvages où poussaient des îlots de laiterons. Un jour, je me suis approché peureusement de l'un d'eux, car j'ai toujours été un petit bonhomme craintif devant l'inconnu (c'est pour cela qu'on m'appelait parfois le «p'tit pisseux»), et j'ai voulu ouvrir l'une des gousses vertes attachées à la tige. J'hésitai, tout d'abord, et puis ma curiosité l'emporta sur ma crainte. J'ouvris avec difficulté l'enveloppe verte où reposait, au dire de la vieille, un petit oiseau satiné. Je n'osai point l'enlever de son menu cachot de peur de gêner la faible palpitation que je crus percevoir. Tout ému par le pressentiment de ce qui se produirait, je laissai tomber par terre la gousse et je courus à la maison. Plus tard, je revins au même endroit où je retrouvai la gousse détachée et, résolu de mettre fin à mes tentatives d'exploration avortées, j'ouvris pleinement la gousse et sortis le petit amas de touffe de soie où j'aperçus aux extrémités de pâles graines flasques, vides de vie. Pas d'oiseau. Je m'empressai vers la demeure de mémère Desautels pour lui annoncer ma déception.

La vieille me rassura en me disant qu'il y avait une explication à mon dilemme. Que je ne devais pas me faire du mauvais sang pour rien. «Viens prendre une bolée de lait frais avec une galette au sucre que j'viens d'faire, assis-toi près d'moi, pis j'vais ben abrier tes peurs...C'est parce que tu as voulu voir avec tes yeux et pas avec ton coeur», me dit-elle. La vieille m'expliqua que la curiosité d'un enfant est bien saine et, quand il le faut, on devrait s'en servir. Mais que la curiosité mise à nue, c'est-à-dire, tout à fait raisonnée et privée de l'imagination, c'est elle qui apporte parfois des déboires. Que l'on ne peut pas tout apprécier par les sens, tels la vue et le toucher, car ils nous empêchent par leurs bornes, de vraiment «voir» les choses. « Par exemple», continua-t-elle, «est-ce que tu crois aux pingouins et aux aigles même si tu n'en a jamais vus de tes yeux»? « Oui, parce que je les ai vus dans des livres», je m'empressai de lui répondre. « Ah, mais tout ce que tu vois dans les livres ne veut pas dire que les gens l'ont vu eux-mêmes. Par exemple, les licornes et les fées». « Mais, elles existent», j'insistai. « Oui, elles existent, mais pas tout existe dans une réalité à toucher. Quant à l'oiseau du laiteron, il existe, tu sais, mais aussitôt que tu ouvres la gousse pour le voir, il ne reste que des touffes et des graines. Pis, toutes les gousses ne produisent pas d'oiseaux, tu sais. Il en faut pour des graines afin que se produisent d'autres laiterons. Mais, ceux qui produisent des oiseaux, il faut les laisser tranquilles, car les petits oiseaux se forment à la noirceur, et aussitôt que leur plumage voit le jour, eux aussi tournent en graines. Tu vois, ce sont des êtres de noirceur. Ils sont trop sensibles à la clarté du jour. Alors, si tu crois sans voir, ils existent». Elle ajouta que la seule manière pour moi de les voir, c'était pendant la nuit dans un champ d'été où tout bouge de vie. Et, c'est alors que, même aujourd'hui lorsque les nuits d'été étendent leurs longs bras sur les cours et sur les champs, et que le cri du grillon se fait entendre sous les fenêtres entrouvertes, je crois aux oiseaux laiterons. Je sais qu'ils existent parce que je peux percevoir au loin des scintillements dans les herbes folles. Ne pas y croire serait comme ne pas croire aux étoiles dans le firmament.

L'ESCALIER INTERDIT
Robert B. Perreault

Comme presque tous les petits garçons de son âge qui sont à la recherche de l'inconnu, Bernard est rempli de curiosité. Il désire tout voir et tout connaître, surtout les endroits et les choses qui lui sont défendus.

Jour après jour, lorsqu'il suit ses compagnons à la salle de classe, il regarde le grand escalier qui conduit au grenier de l'école.

---- Quoi c'est qui y a de si intéressant en haut pour que les maîtresses nous laissent pas monter? Y doué y avouère queuque grand secret qu'y veulent pas qu'les enfants découv'ent. Ben moué, j'vas l'trouver c'te secret-là un d'ces bons jours!

Mais pour le moment, c'est l'heure du catéchisme. Bernard écoute attentivement alors que Soeur Marie-Thérèse explique aux élèves ce qu'on entend par le péché.

----Mes p'tits enfants, dans quelques semaines, vous allez tous recevoir le p'tit Jésus dans vos coeurs pour la première fois. C't'un moment important dans vot' vie, pis y faut que vous soyez préparés, que vot' âme soit pure et blanche, qu'y ait pas une seule tache de péché.

Soeur Marie-Thérèse veut que ses élèves sachent reconnaître le mal afin qu'ils puissent l'éviter à l'avenir. Pour les impressionner, elle se décide à créer pour eux une vision de l'enfer. Elle leur raconte l'histoire de Lucifer, jadis le plus magnifique parmi tous les anges du ciel, et comment Dieu l'a condamné à l'enfer à cause de son péché.

----Eh ben, c'te Lucifer-là, qui s'appelle aussi Satan, c't'un vrai monstre! Y est ben laid, tout couvert de pouels nouères comme un animal. Y a deux grosses cornes pointues de chaque bord d'sa tête, pis y porte une moustache pis une barbiche. Y a des grandes ailes comme une chauve-souris…vous savez c'que c'est une chauve-souris?...y en a des fois dans l'grenier ici. Lucifer, y a aussi des mains pis des pieds qui sont comme des griffes…avec ça, y essaiera de vous accrocher si vous faites pas les bons p'tits garcons pis les bonnes p'tites filles! Pis, si y réussit pas d'vous avouère comme ça, y va se servir de sa longue queue comme un lasso pour vous attraper. Là, ben, y vous f'ra descendre chez lui au bout d'sa grosse fourche pis y vous laissera là pour brûler dans les feux de l'enfer.

31

Les élèves ont la bouche toute grande ouverte alors qu'ils écoutent cette histoire effrayante. Bernard, lui, ne semble pas avoir du tout peur, car il se croit bon petit garcon, et il sait bien que ses parents ne permettraient jamais au Diable de leur enlever leur précieux petit trésor. Soeur Marie-Thérèse continue son discours ainsi:

----Lucifer, y reste dans l'enfer où l'bon Dieu l'a envoyé pour toujours. C'était pour le punir parce qu'il avait été ben méchant...y se croyait plus bon pis plus beau que l'bon Dieu...imaginez-vous l'audace! En tout cas, l'enfer, c't'un grand trou au fond d'la terre, pis si quelqu'un a l'malheur de mourir en état d'péché mortel, on l'jette dans l'enfer. Une fois rendu, le pécheur rencontre des diables ordinaires, les serviteurs de Satan. Ces diables-là, quanqu'y vivaient su'a terre, y étaient du monde ordinaire pareil comme vous autres pis vos parents, mais qui sont morts en état de péché mortel. Là, ben, ces diables-là y amènent le pécheur devant leur chef. Lucifer est assis sur son trône d'où y juge toutes les personnes damnées, chacune selon ses péchés. Y a d'autres diables pis toutes sortes d'animaux qui dansent autour de Lucifer. Au-dessus d'sa tête, y a une horloge qui indique une seule heure : L'ÉTERNITÉ! On est là pour toujours pis on sort jamais! Là, vous verriez pu vos papas pis vos mamans, pis le pire c'est qu'vous verriez jamais le bon Dieu.

À trois heures de l'après-midi, la cloche sonne et c'est le temps de rentrer chez soi. En sortant de la salle de classe, Bernard va trouver son ami Louis:

----Y a longtemps que j'me meurs pour monter dans l'grenier de not' école, mais j'veux pas y aller seul...veux-tu v'nir avec moué?

Louis hésite, mais en fin de compte il se laisse entraîner par son compagnon. En attendant que tous les élèves et les maîtresses soient partis, Bernard et Louis se cachent derrière une cloison dans le couloir où l'on accroche les manteaux. Ensuite, ils montent tranquillement l'escalier interdit, une marche à la fois, sur la pointe des pieds, pour tâcher de ne faire aucun bruit qui pourrait avertir le concierge, Monsieur Bilodeau.

Sur une des marches, les garçons aperçoivent un seau, oublié là probablement par Monsieur Bilodeau. Bernard, toujours curieux, s'oblige naturellement à se mettre le nez au-dedans.

----Mon doux!

----Quoi c'est qu'y a dans' chaudière-là, Bernard? Moué j'ai trop peur pour r'garder.

----C't'une chauve-souris…morte! A dû tomber là-d'dans par accident pis a s'est noyée dans l'eau sale à Monsieur Bilodeau.

----Eh, Bernard, t'rappelles-tu quanq' Soeur Marie-Thérèse parlait d'Lucifer pendant not' leçon d'cat'chisse, pis qu'a dit qu'y avait des ailes comme une chauve-souris? Penses-tu p'tête que c'te chauve-souris-là, que ça pourrait êt'e…êt'e Lucif…?

----Vouéyons donc, Louis! Dis-moué pas qu'tu crés que c't'affaire-là dans'chaudière c'est Lucifer!

----Ben j'sais pas, moué, mais j'sais qu'j'aime pas ben ça icitte, j'ai peur, pis t'sais quoi c'est que les soeurs nous disent toujours à propos de c't'escalier'citte, on a pas l'droit d'monter en haut, pis t'sais étou quoi c'est que Soeur Marie-Thérèse nous a dit à propos des enfants qu'écoutent pas au bon Dieu pis aux maîtresses. Viens-t-en donc avant qu'y soué trop tard!

----O! toué, vas donc pleurer à ta maman, p'tit peureux! Moué j'su's brave pis j'veux vouère ce qu'y a dans l'grenier. Comprends-tu?

----Fais comme tu veux, mais moué, j'm'en vas. Au r'vouère Bernard, pis bonne chance!

Louis fait le signe de la croix avec l'espoir que son ami ne rencontrera aucun danger, et ensuite il part.

Bernard est maintenant seul. Il ne se sent peut-être pas tout à fait aussi courageux qu'auparavant, mais le grenier mystérieux continue à piquer sa curiosité. Il fait un signe de croix lui aussi, après quoi il continue à monter l'escalier.

Rendu là-haut, Bernard aperçoit devant lui un long couloir sombre, et de chaque côté, plusieurs pièces qui sont directement au-dessus des salles de classe. L'élève s'approche devant la porte de la première pièce à gauche, il l'ouvre, il entre, et là il trouve une quantité de boîtes remplies de vieux manuels scolaires. Il examine un de ces livres, le *Catéchisme en Images* et malgré le fait qu'il ne sait pas encore trop bien lire, car il n'a que six ans et demi, il vient à bout de comprendre que ce livre n'est pas d'hier.

----Mon doux! Maman a été à c't'école'citte quanqu'êta p'tite. Tedben que c'était son liv' à elle!

Il remet le livre dans la boîte où il l'avait pris, puis il continue son excursion dans le grenier. Il traverse le couloir pour essayer une autre porte. Tout de suite en l'ouvrant, il voit une rangée de cabinets de toilette. Il va jusqu'au fond de la pièce et là, sur le rebord de la fenêtre, il trouve une cloche, celle avec laquelle Soeur Marie-Thérèse terminait la récréation à tous les jours. Alors qu'il reconnaît la cloche comme étant celle de sa maîtresse, qui a dû l'oublier là ce jour même, il ne peut presque plus se contenir, et il commence à rire seul.

----Imagine ça, moué, un élève, un garçon par-dessus l'marché, drette dans l'milieu des touélettes des soeurs! J'sais pas mais tedben que j'su's l'premier élève dans toute l'histouère de l'école à trouver c'te place icitte. Y a longtemps que j'me d'mandais y'où c'que les soeurs allaient à touélette. Là j'sais ben pourquoi qu'y nous défendaient d'monter dans l'grenier…y voulaient pas qu'on découv'e leurs touélettes…c'est ça le grand secret! Pis Louis, lui, y pensait qu'les soeurs c'ta pas faites comme nous autres, qu'y avaient pas besoin d'aller à touélette comme le monde ordinaire. Attends que j'le voué, Louis…J'assez hâte d'y dire!

Bernard ferme la porte de la salle des toilettes après avoir fait cette grande découverte, et il continue à marcher, toujours sur la pointe des pieds, vers une troisième pièce. En ce moment, il devrait être complètement satisfait de sa promenade dans ce monde défendu mais, comme tout grand explorateur, et comme tout petit garçon curieux, Bernard s'oblige à prolonger son trajet afin de connaître le contenu de cette troisième pièce.

La porte de celle-ci est déjà ouverte comme si quelqu'un l'avait laissée ainsi pour tâcher d'attirer l'attention de ce petit bonhomme curieux. Lentement et sans bruit, Bernard pénètre dans la pièce. Elle est tout à fait vide, à l'exception d'une espèce de tableau que l'on avait accoté contre le mur et qui est caché sous un drap. Bernard se place directement devant cet énorme tableau, qui le dépasse en grandeur d'un pied au moins. Il regarde fixement le vieux drap poussiéreux et, ne pouvant plus retenir sa curiosité, il dévoile petit à petit le tableau.

Il voit tout d'abord, à gauche en bas, un serpent. En levant le drap davantage, il aperçoit des figures apparemment humaines, vêtues en noir…et ensuite, des flammes jaunes, oranges et rouges. Vient enfin le cauchemar en plein jour: Bernard lève le drap encore un tout petit peu et se trouve face à face avec le visage féroce de Lucifer lui-même! Celui-ci est assis sur son trône entouré de diables qui dansent, et au-dessus de sa tête, c'est la fameuse horloge de l'ÉTERNITÉ !

Lucifer, lui, regarde Bernard avec ses yeux perçants, sans rien dire…il n'a vraiment pas besoin de parler, car son message est assez clair.

----O! mon Dieu! C'est le portrait d'Lucifer pis l'enfer pis l'horloge, pis tout ça, pareil comme Soeur Marie-Thérèse nous l'a raconté dans son histouère pendant not' leçon d'cat'chisse! Eeeeeeeehhh Maman! Maman!

Et pour l'instant, Bernard perd son sentiment de curiosité. Il laisse tomber brusquement le vieux drap et se sauve au plus vite…le long couloir…l'escalier interdit…rendu en bas, la porte de l'école…dehors…Il n'arrête pas de courir jusqu'à ce qu'il soit rentré chez lui dans la sécurité et le confort des bras de sa maman.

LES MAINS DU PÈRE ET DU FILS
Robert B. Perreault

Né en Nouvelle-Angleterre, mon père n'avait jamais mis les pieds au Québec. Jamais ne devait-il respirer cet air pur du nord qui a donné à des générations de nos ancêtres le souffle de la vie depuis la naissance de la Nouvelle-France.

Lorsque j'étais jeune, cela me paraissait assez étonnant, surtout que, à l'exception de son père et de son grand-père paternel, nés eux aussi en Nouvelle-Angleterre, tout le reste de ses devanciers ont vu le jour quelque part au Québec. Pourquoi n'allions-nous jamais rendre visite à des cousins québécois comme le faisaient mes camarades de classe à l'école paroissiale?

Pourquoi mon père n'éprouvait-il pas la moindre curiosité d'aller voir le village natal de sa mère et d'une partie de sa lignée maternelle, qui ne se trouve qu'à une demi-journée en voiture de chez nous? Et pourquoi ne parlait-il presque jamais du Québec et le connaissait-il encore moins?

Avec les années, je me suis rendu compte jusqu'à quel point mon père détestait voyager, lui, chat de cabane, qui préférait rester à la maison pour bricoler à coeur de jour dans son atelier. D'ailleurs, même si mon père avait eu du goût pour la route, ce n'est sûrement pas au Québec qu'il nous aurait conduits. Devenu adulte moi-même, j'ai appris que son indifférence à l'égard de notre patrie ancestrale lui avait été inculquée par sa mère qui, elle-même, avait tourné le dos à son pays natal. Dès l'âge de vingt ans, elle avait déjà pris la décision de ne plus vivre dans une famille de cultivateurs québécois qui continuaient de permettre à cette terre ingrate de les avaler plus rapidement qu'elle ne les nourrissait. Quant à elle, il ne fallait plus regarder derrière soi, mais plutôt aller de l'avant, vers l'avenir, vers le sud, au-delà de la frontière dans les villes industrielles de la Nouvelle-Angleterre, terre promise de milliers de Québécois et de Québécoiscs comme elle.

Si mes prédécesseurs ont coupé le cordon ombilical avec la mère patrie, moi je peux au moins tenter de renouer avec mes racines. Après tout, dans mon cas, le Québec n'évoque aucun sentiment de tristesse personnelle, puisque le passage du temps a sans doute séché la sueur et les larmes de mes ancêtres paternels. De plus, la famille de ma mère, qui maintient un attachement profond à tout ce qui touche le Québec, m'a toujours inspiré un amour intense pour ce peuple et sa culture.

J'essaie donc, depuis bien des années, d'y venir aussi souvent que possible. De fait, c'est ici au Québec où je me trouve en ce moment, quoique j'y sois venu cette fois pour des raisons professionnelles plutôt que familiales.

----Et maintenant, mesdames et messieurs, nous allons écouter un représentant des écrivains francophones de la Nouvelle-Angleterre qui va nous lire de ses propres écrits, d'abord un poème et ensuite un conte. Il s'agit de monsieur Bernard Lusignan de Manchester au New Hampshire. Nous avons donc le plaisir de vous présenter monsieur Lusignan.

Ber-nard-Lu-si-gnan. Dès que j'entends s'échapper des lèvres du présentateur cette séquence de syllabes m'appelant à la tâche, d'un seul coup je me sens secoué de ma rêverie qui, jusqu'ici, m'avait empêché d'apprécier les paroles des autres représentants des divers pays et régions du monde francophone à cette soirée littéraire. Si je n'y suis pas tout à fait en esprit, je sais au moins que mon corps s'y trouve, planté ici parmi une quinzaine d'autres écrivains devant cet auditoire de plusieurs centaines de personnes. Je sais également que ces auditeurs s'attendent à quelque chose de ma part.

Malgré mon état d'âme ce soir, je dois faire mon possible pour paraître serein tout en essayant de plaire à l'auditoire. Mon poème étant assez bref, je tenterai donc de le réciter d'une voix émue, toutefois de lire mon conte de façon plutôt automatique. Alors, avec l'esprit et le corps fragilement réunis, je me lève de mon fauteuil pour m'approcher du micro. Heureusement, les feux des projecteurs m'aveuglent sur le coup, m'offrant ainsi une sorte de protection contre les centaines de regards attentifs qui doivent sûrement provenir de la noirceur devant moi.

La séance étant radiodiffusée en direct, les organisateurs de la soirée nous ont tous bien avertis de ne pas dépasser la limite des dix minutes que l'on accorde à chaque écrivain. En dépit des circonstances, je suis bien conscient de l'heure: il est onze heures moins vingt-cinq et je dois terminer ma lecture à onze heures moins le quart. Ce seront sans doute parmi les dix minutes les plus longues de ma vie.

Après un moment d'hésitation, ayant respiré à pleins poumons, je commence ma lecture. Tout de suite, je m'aperçois que mon détachement de la réalité autour de moi ce soir est tellement fort que les vers que j'ai devant les yeux me semblent avoir été composés par quelqu'un d'autre. Certes, ce corps-robot qui est le mien remplit plus ou moins bien sa tâche. Toutefois, dès que j'aborde la lecture du conte, je me sens retomber doucement dans ma rêverie durant laquelle je revis non seulement l'intensité d'événements récents mais aussi le tiraillement qui me préoccupe depuis presque toute ma vie à propos de certains rapports familiaux.

En peu de temps, mon esprit quitte encore l'intérieur de cette salle publique située au bord de la rivière Outaouais à Hull au Québec, pour se transporter de nouveau au-delà de la frontière, jusqu'à Manchester, au chevet de ce père mourant que j'ai dû à regret laisser derrière moi, hier. Ce n'est donc qu'à mon père que je pense maintenant, et c'est bien à lui que, dans mon coeur, je dédie ma lecture ce soir.

Je le vois très clairement, couché dans son lit à l'hospice où il habite depuis neuf mois, ma mère n'étant plus capable d'en avoir soin à la maison sans détruire sa propre santé. Paralysé du côté droit depuis son attaque d'apoplexie, il y a trois semaines, sans mentionner la pneumonie attrapée par la suite, mon père a passé deux semaines à l'hôpital, incapable de parler ni de manger et pouvant à peine avaler les liquides. Tout comme les médecins qui l'ont laissé partir de l'hôpital, mon père sait maintenant que ce n'est plus qu'une question de temps. Il s'est donc retrouvé à l'hospice où, depuis, il ne fait qu'attendre. Et moi, dans mon esprit, j'attends avec lui.

En regardant fixement ses mains, je remarque qu'autour du poignet gauche, mon père porte toujours le bracelet d'identité qu'on lui a mis à l'hôpital. Je lis le nom que ses parents lui ont donné à son baptême il y a un peu plus de quatre-vingt-sept ans mais que, dans son état actuel, la bouche de travers, les lèvres raides et la langue épaisse de paralysie, il n'arrive même plus à prononcer: Louis Lusignan.

Maintes et maintes fois durant ces trois semaines douloureuses je vois mon père saisir, avec sa main gauche, sa main droite immobile---celle avec laquelle il a tenu si habilement une variété d'outils au cours de sa longue carrière---pour ensuite la laisser retomber à côté de lui sur le lit avec un air d'impatience, de frustration, voire de désespoir. Puis, il pousse un cri incompréhensible en soi, mais qui laisse entendre très nettement son profond désir d'être libéré non seulement de cet état pénible d'inactivité mais, finalement, de ce monde.

On entend parfois dire que l'on est ce que l'on fait. Or, depuis son attaque, Louis Lusignan a décidé qu'il n'est plus, puisqu'il ne fait plus. Faire, dans son cas, signifiait mettre en marche, maintenir et réparer. De temps en temps, il s'agissait aussi de construire. Linotypiste-machiniste de son métier, il a également oeuvré à la maison comme charpentier, menuisier, ébéniste, électricien, plombier, peintre, mécanicien et je ne sais quoi d'autre. À vrai dire, mon père, c'est un homme qui, dans la tradition de nos ancêtres québécois, a hérité de l'habileté manuelle qui se transmet de père en fils à travers les générations, un cadeau dont il a toujours été fier et reconnaissant envers ses devanciers. Pour cette raison, il croit que, du moment où les mains arrêtent de fonctionner, l'homme à qui elles appartiennent cesse d'exister.

Lorsque je jette un dernier regard sur les mains de mon père, pour fixer les yeux ensuite sur les miennes, je me demande pourquoi mon héritage m'a toujours paru tellement lourd, tellement que, finalement, je l'ai laissé tomber pour ne plus jamais m'en soucier. Soudainement, cette pensée fait revivre un tas de souvenirs d'enfance auxquels je n'avais pas songé depuis bien longtemps.

J'ai huit ans et j'adore regarder «*Captain Jack*» à la télé. En ce moment, le capitaine est debout devant son immense tableau blanc que nous appelons notre fenêtre magique et par laquelle, à l'aide de notre imagination, nous pouvons créer nos propres aventures en images. Aujourd'hui, le capitaine nous apprend à faire une série de dessins, en commençant par la mer, puis ensuite une chaloupe dans laquelle nous naviguerons vers une île lointaine quelque part dans le Pacifique sud. Tout à coup, à haute voix, j'entonne «Il était un petit navire», que grand-papa Bernard me chante souvent et que j'ai maintenant sur un disque qu'il m'a rapporté de son dernier voyage d'affaires à Montréal.

Toujours au large avec le capitaine, nous apercevons une baleine souriante que nous baptisons du nom de Belinda. Celle-ci offre de nous conduire jusqu'à notre destination. Ce sera facile, car nous n'avons qu'à suivre son jet d'eau. Par la suite, nous débarquons sur l'île pour y découvrir des plantes et des animaux que nous ne voyons jamais chez nous en Nouvelle-Angleterre. Il s'agit surtout de palmiers ainsi que d'oiseaux que le capitaine appelle des kiwis. À l'un d'eux, nous donnons le nom de Horatio. Enfin, le capitaine nous annonce que Horatio Kiwi sera notre guide lorsque se poursuivra demain l'exploration de l'île. C'est donc à la prochaine, capitaine.

Rempli d'inspiration et sans délai, je sors un nouveau bloc de papier à écrire et des crayons de couleur pour ensuite monter à ma chambre, où je m'installe à mon pupitre que Papa m'a construit il y a deux ans, peu après mon entrée à l'école. Même si j'aimerais bien pouvoir dessiner comme le capitaine Jack, je n'y arrive pas. De toute façon, je préfère les mots aux images, car ceux-là me viennent plus facilement à l'esprit. Alors, après avoir dessiné le mieux possible des images de Belinda et de Horatio, je compose quelques phrases qui, éventuellement, serviront de début à une histoire originale à propos des deux personnages dont je viens à peine de faire la connaissance. J'avoue que la sensation de mon crayon à mine de plomb glissant en travers de la première feuille de papier d'un bloc tout neuf et épais, formant lettre après lettre et mot après mot, me donne un plaisir exceptionnel. Tout à coup, en plein milieu de ce que je considère comme une session de travail sérieux, j'entends les pas de quelqu'un montant l'escalier vers ma chambre.

----Allô, Ti-Bé. Que c'est que tu fais là?

----S'il te plaît, Papa, arrête de m'appeler Ti-Bé. Toi pis Maman, vous m'appelez toujours comme ça, même devant les autres enfants. Pis après ça, eux-autres ils se moquent de moi dans la cour d'école: «Ti-Bé, Ti-Bébé…Ti-Bé, Ti-Bébé»! J'aime pas ça, moi.

----Ok, Bernard. Mais c'est pas facile pour nous autres. Ta mère pis moi, on est tellement accoutumés à t'appeler comme ça. Après tout, c'est toi qui pouvais pas dire ton nom quand t'étais petit. Tu disais, «Bé-Bé» au lieu de Bernard, pis on a pris l'habitude de t'appeler Ti-Bé, et c'est comme ça que c'est resté depuis.

----Oui, je l'sais, mais essaie donc de t'en rappeler. Mon nom c'est Bernard.

----Eh, écoute…tu sais que t'es supposé de construire queuqu'chose pour ta réunion de scouts cette fin de semaine. Viens donc en bas pis on va voir que c'est qu'on pourrait bien faire tous les deux ensemble.

Même si je préférais rester ici dans ma chambre pour écrire mon histoire, je sais que Papa a bien raison. Seul, sans lui, je ne pourrai jamais accomplir cette tâche. Je n'ai aucune idée par où commencer.

----Ok, Papa, j'm'en viens tout de suite là.

L'atelier de Papa est situé dans un coin du sous-sol qui, à cette époque, n'a pas encore subi la transformation qu'il y apportera plus tard pour en faire trois pièces modernes et confortables. Dans son état actuel, cependant, le sous-sol, que nous appelons toujours la cave, me donne des frissons à chaque fois que j'y descends, ce qui n'arrive pas trop souvent, et surtout jamais seul. C'est sombre, c'est poussiéreux, et la chaudière me fait sauter à chaque fois qu'elle se met en marche. De plus, si nous ne faisons pas attention, nous pouvons nous faire chatouiller par les toiles de toute une armée d'araignées qui y font leur camp un peu partout, sans mentionner que Papa prend un plaisir fou à enlever leurs tentes de soie minuscules avec ses doigts et à écraser ces petits soldats octopodes avec son pouce. Pour nous épeurer, il nous les apporte ensuite, tout écrapoutis et nous les montre en plein visage!

----Et puis, Ti-Bé…

----Papa!

----…euh…j'veux dire Bernard…as-tu décidé que c'est que tu veux faire?

----Bien, il faut que ça soit queuqu'chose en bois, pis il faut aussi que ça bouge.

Après environ un quart d'heure de discussion, m'inspirant toujours des dessins du capitaine Jack, je réussis à convaincre Papa de m'aider à construire un petit bateau qui pourra non seulement satisfaire à mes obligations comme louveteau, mais aussi avec lequel je m'amuserai dans la baignoire ou bien, en été, dans la piscine que Papa et Maman nous ont achetée pour le jardin.

Quoique Papa m'ait parfois permis de l'observer dans son atelier lorsque le projet en question ne posait aucun danger aux enfants, ce sera réellement la toute première fois que nous travaillons ensemble. Pour cette raison, je lui fais voir que j'ai bien hâte de commencer. Sur le coup, je place un escabeau contre le mur auquel Papa accroche sa collection de scies à main et je monte pour y chercher une toute petite scie que je trouve parfaite pour des mains d'enfant.

----Eh! Pas si vite, là, ti-bonhomme! Tu sais qu'on touche pas à mes outils, et surtout pas queuqu'chose de dangereux comme une scie. Tu veux pas te couper, hein? Quand on travaille, il faut y aller tranquillement, avec soin.

Avec Papa, qui recherche la perfection dans tout ce qu'il fait, j'apprends que l'on ne procède jamais sans bien réfléchir et planifier. Selon lui, j'ai besoin d'avoir une leçon préliminaire avant même de mettre la main sur un outil. Je dois donc lui prêter toute mon attention lorsqu'il me montre les outils dont nous nous servirons pour construire mon bateau. Un par un, il me les présente comme s'il s'agit de nouveaux amis, tout en m'expliquant la fonction de chacun et le respect que je leur dois. Sachant que Papa travaille presque toujours en anglais à son emploi de linotypiste-machiniste au journal local, je l'écoute nommer ses outils en français, puis j'en suis fort impressionné. Ici, je ne parle pas seulement des outils les plus communs, comme le marteau, le tournevis et, bien sûr, la scie, dont tous nos gens connaissent le nom dans les deux langues. Je pense plutôt aux outils que l'on utilise un peu moins fréquemment, comme la varlope, un mot que je viens tout juste d'apprendre ce soir.

Nous nous mettons finalement à l'oeuvre. Papa trouve un morceau de bois d'une assez bonne épaisseur sur lequel il trace soigneusement la forme d'un bateau, et qui me fait aussi penser aux vitraux de notre église. Après avoir bien fixé le morceau de bois entre les mâchoires de l'étau, Papa sélectionne une petite scie à main et, me montrant comment la tenir correctement, il commence ensuite à scier légèrement le long de la ligne courbe qui indique le côté droit du bateau. En le regardant faire, je hume l'odeur de la sciure de bois, ignorant que, quelques minutes plus tard, cela provoquerait en moi une réaction allergique.

----Apitchou!

----Ouf!...pauvre Ti-B...j'veux dire Bernard. C'est vrai...j'ai oublié que tu étais aussi allergique au brin de scie et pis à la poussière. Nous v'là, la saison d'la fièvre des foins achevée, pis là tu recommences à faire apitchou à cause du brin de scie. Pauvre ti-gars...sensible à tout, comme ta mère.

----C'est correct, Papa. Au moins avec le brin de scie, ça durera pas pendant des semaines de temps, comme la fièvre des foins. En tout cas, j'aime ça, le brin de scie...ça sent assez bon.

----Laisse faire...mouche-toi le nez là, pis après ça, tu vas scier l'autre côté de ton bateau.

Maintenant, c'est à mon tour. Papa place la scie à l'endroit précis où je devrai attaquer le contour gauche du bateau. Ensuite, il m'invite à prendre le manche de la scie entre mes mains, qu'il enveloppe de ses propres mains afin de me guider. En ce moment, il doit sûrement penser que le cadeau de l'habileté manuelle va bientôt passer, comme une sorte de courant d'énergie spirituelle ou magique, de ses mains aux miennes. Alors, avec le premier mouvement de la scie, nous entamons doucement ce travail à deux. Du moins pour mon père, qui est sans doute rempli d'espérance, cela doit bien représenter la naissance d'une longue et fructueuse collaboration entre père et fils.

----Eh, regarde comment ça va bien. Penses-tu que tu vas aimer ça, scier?

----Oh, oui, Papa.

Donc tout va tel que prévu, c'est-à-dire, jusqu'à ce que Papa nous oblige à interrompre notre travail.

----Bon. J't'ai montré comment faire. Là, tu vas continuer à scier toi-même. Tu suivras la ligne, j'vas te regarder faire tout seul.

Lorsque je reprends la scie, j'éprouve presque immédiatement de la difficulté, car la lame est prise où nous nous sommes arrêtés tantôt.

----Regard, Papa, c'est pris là-dedans. Ça veut pas bouger. Aide-moi, s'il te plaît.

----Tiens, tiens, inquiète-toi pas. On fait rien que commencer.

Tel qu'auparavant, Papa me guide, et nous reprenons notre rythme.

----C'est ça...vas-y...comme ça, là.

----Oui, Papa...ça va bien mieux quand tu me tiens les mains.

----C'est bien, ça, mais va falloir que tu apprennes à le faire toi-même. Oublie pas que c'est ton projet à toi.

De nouveau, Papa me laisse faire par moi-même, avec le même résultat.

----Papa, ça veut pas marcher!

----Énerve-toi pas, là, Bernard. Pis aie un peu plus de patience. C'est pas des choses qui s'apprennent dans une journée. Il faut prendre son temps, pis avec beaucoup de travail, ça va venir.

Une fois de plus, nous recommençons ensemble. Cependant, vu les circonstances, je suis forcément tendu. Pour l'instant, s'il y a quelque chose qui passe entre nos mains, ce n'est rien de spirituel ni de magique. C'est plutôt mon découragement, qui va de mes mains aux siennes, et Papa s'en rend bien compte.

----Écoute, là, j't'ai dit de pas t'énerver, Bernard. J'peux sentir que t'as les bras pis les mains raides, pis que tu essayes trop fort. C'est pour ça que ça marche mal. Serre pas le manche de la scie autant, pis laisse la scie faire le travail.

----Papa, c'est trop dur pis j'aime pas ça. J'veux plus en faire de ce travail-là.

Afin de rétablir le calme, Papa s'offre à finir ce qui reste du sciage. J'en suis très soulagé. J'accepte avec plaisir et reconnaissance. Juste au moment où je quitte l'atelier de Papa pour remonter à ma chambre, où j'ai bien hâte de reprendre la rédaction de mon histoire, je me fais arrêter soudainement.

----Eh!...où c'est que tu penses que tu t'en vas, là, ti-gars?

----À ma chambre pour...

----Attends une minute, là. On n'a pas fini, t'sais. Le sciage, c'est rien que le commencement. Tiens, viens ici, pis j'vas te montrer

43

comment cogner des clous. Après ça, bien, pendant que tu pratiques avec le marteau, moi, je pourrai finir le sciage. Pis après ça, on verra…

Je ne suis pas content, mais au fond, je sais que Papa a raison. Donc, à la suite d'une leçon semblable à la première, tandis que Papa retourne au bateau, moi, je commence à cogner des clous dans un vieux morceau de bois qui ne servira à rien. En plein milieu de cette activité…bang!

----Aie!...Papa!...Papa!...mon pouce!...mon ongle!...le sang!...vite!

Cette première leçon est, pour ainsi dire, terminée.

Au cours des années suivantes, cette scène se reproduira assez souvent. Ce sera, outre les pouces écrasés et les ongles fendus, des outils cassés ou égarés, de la peinture ou du vernis renversés sur moi-même ou par terre, des étapes mal exécutés dans la construction d'un objet quelconque, et donc à refaire complètement par mon père, et ainsi de suite. Malgré tout, mon père se trouvera là, à mes côtés, toujours prêt à m'aider, prêt à tenter de m'enseigner le plus souvent avec douceur et patience, prêt à me consoler lorsque cela marche mal, et prêt à accomplir la tâche au moment où moi je n'en peux plus. De fait, comme témoignage d'amour paternel et afin de m'encourager, mon père me fera la surprise de m'offrir, une année à Noël, non seulement une trousse d'outils taillés sur mesure pour un enfant de neuf ans, mais aussi un coffre qu'il aura construit et peint de ses propres mains. Que de projets, grands et petits, nous allions réaliser «ensemble», mon père et moi!---pour les louveteaux, et, par la suite, les scouts, sans mentionner la longue liste d'autres tâches qui se prolongera jusqu'à ce que je devienne adulte. Je ne peux guère les énumérer, ces tâches, puisqu'elles doivent sans doute compter par dizaines, comme celle du chapelet, car j'imagine que mon père les considère, chacune, justement comme une prière, lui qui nourrit une si profonde révérence envers tout travail manuel bien fait.

Je n'oublierai jamais la fois, devenu enfant de choeur et, croyant alors avoir une vocation pour la prêtrise, j'ai demandé à mon père si, «ensemble» nous pourrions construire un tabernacle de bois pour l'autel que je m'étais érigé dans ma chambre pour jouer à la messe avec d'autres amis, tous comme moi des enfants de choeur et futurs prêtres. Il y avait cette fois-ci, ou bien cette autre fois, beaucoup plus tard dans la vie. Ayant décidé depuis longtemps que je n'allais pas figurer parmi les futurs prêtres, j'ai réussi à convaincre mon père qu'une certaine jeune fille que j'adorais, m'adorerait elle aussi, si je pouvais lui construire un tour de potier. En fin de compte, elle n'en fut pas tellement impressionnée. De toute façon, si cela avait été, c'est envers mon père qu'elle aurait dû être reconnaissante puisque, comme d'habitude, il avait fait la plupart du travail.

En dépit de son attitude généreuse et patiente à mon égard, au fond, je crois que mon père a toujours été déçu des résultats peu prometteurs des heures passées ensemble dans son atelier. Voilà un sentiment que je conserve depuis mon enfance, mais que je n'arrive jamais à discuter avec lui, car mon père, c'est un homme qui réfléchit beaucoup, qui parle peu et qui garde tout à l'intérieur de lui-même. S'il doit s'exprimer parfois, c'est plutôt par gestes, qui témoignent de sa bienveillance pour tous ceux autour de lui, sans le moindre grain de malice envers personne. Ce que je me demande souvent, c'est si sa déception provient de son incapacité à m'enseigner tout ce qu'il sait faire grâce à un talent naturel qu'il prend donc pour acquis, ou bien si, en revanche, cette déception ressort de mon incapacité de profiter de ses connaissances et d'apprendre de lui. Éduqué par les bonnes soeurs, chez qui j'ai peut-être trop absorbé de culpabilité, j'ai tendance à me blâmer de n'avoir pu accepter ce cadeau que mon père a tenté de me léguer. Certes, c'est bien avec moi que s'est arrêtée la transmission de cette habileté manuelle des mains du père aux mains du fils.

Cette pensée, que j'ai pu décevoir mon père, me rappelle un de ses rares commentaires par lequel il aurait trahi ses sentiments les plus cachés. Je nous revois tous les deux un jour, dans son atelier, lorsque le travail ne va pas bien et que j'en suis la cause. À cette époque, j'ai environ quatorze ans.

----T'sais Bernard, de plus en plus, tu me fais penser à ton grand-père Bernard pis à ton oncle Jacques aussi.

Papa a bien raison, car tout le monde me le répète souvent: plus je grandis, plus je deviens l'image en miniature de grand-papa Bernard et de son fils, mon oncle Jacques. Toutefois, dans ce cas, je reconnais que Papa ne parle pas de ressemblance physique. C'est au caractère et aux capacités qu'il se réfère. Je comprends donc ce que Papa veut dire. Mon oncle Jacques est le successeur de grand-papa Bernard à la présidence d'une société de secours mutuels francophone. En plus de cela, grand-papa Bernard est journaliste et écrivain de langue française, tandis que mon oncle Jacques est pianiste, organiste et chef d'orchestre. Il est évident qu'à chaque fois que leurs mains touchent le clavier, soit d'une machine à écrire soit d'un piano et d'un orgue, ces deux hommes font preuve, chacun à sa façon et selon ses capacités individuelles, d'une certaine dextérité. D'après Papa, cependant, ni l'un ni l'autre ne sait utiliser ses mains pour accomplir des tâches dites manuelles. De fait, grand-papa Bernard a renoncé aux travaux des champs pour faire des études classiques avant d'émigrer à la Nouvelle-Angleterre. Bien sûr, il adore le Québec et sa culture---pourvu qu'il ne s'agisse aucunement de culture du sol. Et moi, puisque j'aime bien écrire et que je voudrais prendre des leçons de guitare, Papa considère que je ressemble plus à grand-papa Bernard et à mon oncle Jacques, qu'à lui, mon propre père. Depuis longtemps, je remarque également que durant nos fêtes familiales, la conversation entre eux et Papa demeure assez banale, car eux et Papa n'ont pas beaucoup en commun, à moins que l'on discute de musique classique, pour laquelle Papa a toujours manifesté un fort penchant.

Parfois le soir, en essayant de m'endormir, je réfléchis à tout cela et je me demande si un jour, lorsque je serai adulte, ce sera comme cela entre nous deux, Papa et moi, et que nous n'aurons presque rien à nous dire. J'en suis inquiet, mais que puis-je faire à l'âge de quatorze ans?

J'interroge ma mère sur les raisons possibles qui ont pu contribuer à cette attitude de la part de mon père. Il paraît que Louis et Rosalie Bernard, mais surtout Louis, rêvaient d'un mariage entre leur fille unique, Amanda, et un médecin, un avocat ou un autre professionnel. On espérait également que le candidat en question serait profondément attaché au Québec et à sa culture. Amanda Bernard, alors toujours célibataire à trente-deux ans, préférait Louis Lusignan à tous «ces ennuyants» que son père aurait voulu lui imposer---un linotypiste-machiniste, membre de la classe ouvrière, un homme tout à fait détaché, sauf pour la langue française, de ses racines québécoises. En fin de compte, c'est Amanda qui a triomphé.

Peu après leur mariage, Louis Lusignan a trouvé moyen de montrer ses capacités pratiques auprès de la famille de son épouse. Un jour, le téléviseur chez les Bernard ne semblait pas vouloir marcher. Louis a réglé le problème en quelques instants, après quoi il a prié la femme de ménage de faire plus attention la prochaine fois qu'elle irait nettoyer derrière le téléviseur, au risque de le débrancher à nouveau. Et puis, quelques semaines plus tard, cette fois chez Jacques Bernard, tout le monde est demeuré stupéfait en regardant Louis réparer une lampe de bureau qui refusait de s'allumer. Il n'avait eu qu'à resserrer l'ampoule, qui s'était légèrement dévissée. L'épreuve définitive s'est présentée durant le troisième mois du mariage d'Amanda avec Louis. Celui-ci étant atteint de pneumonie, on avait dû l'hospitaliser et le placer sous une tente d'oxygène. Comme le régulateur de la bouteille à oxygène ne fonctionnait pas et que le personnel de l'hôpital n'y pouvait rien, Louis, à moitié mort, le visage violacé, a sorti la tête de la tente pour remettre l'appareil en état et sauver ainsi sa propre vie. Par conséquent, les membres de la famille Bernard, effrayés jusqu'ici par l'idée de leur Amanda devenue veuve en bas âge, étaient tous d'accord qu'enfin, Louis Lusignan avait gagné ses épaulettes. Maintenant, il ne lui restait qu'à devenir père de famille afin de rehausser davantage son image aux yeux de ses beaux-parents.

Sans aucun doute, de telles anecdotes ont éveillé ma curiosité d'adolescent, au point où je voulais en apprendre de plus en plus, pour tâcher de mieux comprendre mon père. Puisque celui-ci ne révélait que des fragments de sa vie de temps à autre et toujours avec réticence et timidité, j'ai pris l'habitude de tendre l'oreille et de poser des questions lors de nos réunions familiales. Et, tout en continuant, avec les années, à interroger ma mère, j'ai aussi commencé à rendre visite plus fréquemment à mes deux tantes paternelles, Marie Lusignan et sa soeur, Zoé Lusignan-Potter, qui ont partagé avec moi leurs souvenirs en tournant les pages de leurs albums de photos de famille. De celles-ci, j'ai réussi à me faire raconter des secrets familiaux que même ma mère n'avait jamais entendus---des secrets qu'il vaut mieux oublier.

Onze ans après que mon père ait pris sa retraite, c'est-à-dire, peu après que les linotypes se fassent remplacer par les ordinateurs, il a reçu un appel urgent du seul imprimeur de Manchester qui employait toujours cette technologie ancienne. Sa machine s'étant cassée en plein milieu d'un projet, l'imprimeur désirait la faire réparer le plus vite possible. Toutefois, sa recherche l'avait amené à conclure qu'à peu près tous les linotypistes-machinistes de la ville étaient soit morts soit trop vieux ou malades pour lui venir en aide. Lorsque mon père, âgé alors de quatre-vingt-un ans, est sorti de sa retraite pour une seule journée afin de prêter secours à cet imprimeur, j'ai vu dans cet événement un fait d'importance. Voilà un homme et sa machine, tous deux les vestiges d'une époque maintenant révolue, qui revenaient brièvement sur la scène pour un rappel final. Je me suis donc décidé à écrire un article sur mon père pour un journal pour lequel j'étais correspondant.

Au moment où j'entreprenais la rédaction de l'article sur mon père, je ne me suis pas rendu compte de l'impact que ce texte devait avoir sur lui, sur moi et sur les rapports entre nous deux. Je dois avouer que pendant nombre d'années, mon père et moi, tout en nous aimant profondément l'un l'autre, n'avons parlé que de banalités. Tel que prévu, j'ai évolué dans une direction autre que celle de mon père, choisissant plus ou moins, en devenant écrivain, de suivre les traces de mon grand-père maternel. Par conséquent, j'ai continué à penser qu'en ne m'intéressant presque plus au travail manuel, je décevais mon père, quoiqu'il ne me l'ait jamais dit. Je regrettais également qu'il ne paraissait ni comprendre ni apprécier mon désir de créer et d'écrire, et que pour lui, il fallait être créateur non seulement avec la tête mais surtout avec les mains. Comme mon grand-père, j'utilisais mes mains presque uniquement pour toucher le clavier de ma machine à écrire. Et puis, c'était presque toujours pour pondre des articles à propos de sujets historiques et littéraires ou parfois des oeuvres de fiction, et qui demeuraient en dehors de la sphère des intérêts de mon père.

Je n'étais aucunement préparé pour la réaction de mon père lorsqu'il a vu mon article sur lui publié et illustré par une assez grande photo de lui debout à la linotype qu'il venait de réparer quelques mois auparavant. Je m'en souviens comme si cela s'était passé hier, bien qu'il y ait de cela déjà six ans. Je nous vois encore, assis à la table dans la cuisine chez mes parents.

----Et puis, qu'est-ce que t'en penses, Papa?

----J'sais pas quoi dire. C'est…c'est tellement beau! Pis, avant d'le lire, j'savais pas que j'avais eu une vie aussi intéressante. J'sais pas comment t'as fait pour mettre tout ça ensemble, une chose après l'autre, pis le rendre si intéressant. Tous ces mots pis ces expressions…j'savais pas que t'avais un vocabulaire comme ça. Pis c'est long, mais ça s'lit vite.

----Tu l'aimes vraiment tant que ça?

----Oui, bien, la manière que tu racontes ça, c'est comme une histoire qu'on veut continuer à lire…pas comme un article de journal, mais une histoire qu'on raconte pour amuser le monde. J'te l'dirai encore, j'sais pas comment tu fais pour organiser tout ça. Moi, j'pourrais jamais faire ça…j'saurais pas comment faire.

Assis devant mon père, le regardant lire et relire ce que je viens de publier à propos de lui, je demeure stupéfait. Sa réaction à mon article, complètement inattendue, me boulverse tellement que je ne sais plus quoi penser. Finalement, je me rends compte que l'article est autant une surprise pour mon père que sa réaction l'est pour moi. Quoiqu'il m'ait toujours encouragé lorsque je réussissais bien à l'école ou ailleurs, c'est la première fois depuis le début de ma carrière professionnelle que mon père me parle ainsi. Enfin, il reconnaît en moi un talent qu'il ne possède pas. Grâce à cet article, je crois avoir gagné son respect pour le travail que j'essaie d'accomplir dans ma propre vie. Je pense également que mon père se rend compte que, malgré le fait qu'il n'ait jamais réussi à me passer le cadeau de l'habileté manuelle, j'ai bien appris l'autre leçon qu'il a tenté de m'enseigner: de toujours bien travailler et de ne pas lâcher jusqu'à ce que je fasse mon possible pour atteindre la plus haute qualité, qu'il s'agisse de travail manuel ou créateur.

Lorsque je suis sur le point de partir, mon père se lève et me sert la main.

----J'te remercie pour cet article. Félicitations, Bernard. J'suis fier de toi!

----C'est moi, Papa, qui te remercie. Puis moi aussi, j'suis fier d'être ton fils.

Ce moment précis, où je tiens dans la mienne la main de mon père, toujours forte malgré l'âge, et qu'il tient la mienne, restera gravé à jamais dans ma mémoire. À partir de cet instant, je sais que la main du travail manuel et la main du travail de l'esprit peuvent se rejoindre. Ce sera le point tournant dans nos deux vies, témoignant ainsi de notre rapprochement et de la solidité de l'amour paternel et de l'amour filial.

Revenu au chevet de mon père mourant, je réfléchis sur ce moment, et combien ces quelques dernières années, passées ensemble, m'ont été précieuses.

À plusieurs reprises depuis quelques jours, je lui demande s'il veut que j'annule mon voyage au Québec afin de pouvoir rester près de lui. Et, à chaque fois, il me fait un signe de tête négatif. Dans ses yeux qui, en dépit de son état physique, demeurent assez clairs, je puis lire le message qu'il voudrait tant me communiquer plutôt de sa bouche:

----Vas-y, Bernard. C'est bien important pour toi, pour ton travail, pour ta famille. Toi, t'es jeune, pis t'as besoin de gagner ta vie. Moi, j'suis vieux, pis j'suis rendu au bout. Y a rien, absolument rien, que toi tu peux faire ici pour moi. Vas-y, fais ce que tu dois faire. Pis crains pas…si l'bon Dieu le veut, on pourra se revoir quand tu reviendras du Canada. Sinon, on se reverra un jour au paradis. Bonne chance pis bon voyage.

Alors, avec le coeur gros je dis au revoir à mon père en me demandant toutefois si je ne devrais pas plutôt lui dire adieu. Je prends le chemin qui mène vers le nord, vers notre pays ancestral, accompagné d'Hélène, mon épouse, et de Victor, notre fils. Malgré la distance qui nous sépare, mes pensées demeureront toujours avec mon père pendant le voyage entier.

De nouveau, ma rêverie s'interrompt. Presque sans m'en rendre compte, je viens de finir ma lecture. J'entends applaudir, mais je n'ai aucune idée si c'est parce que l'auditoire apprécie ce que je viens de lire ou bien si ce n'est que par politesse que l'on applaudit. De toute façon, ce soir, cela m'est égal, car autre chose me préoccupe.

----Merci, monsieur Lusignan. C'était donc monsieur Bernard Lusignan de la Nouvelle-Angleterre. Et maintenant, mesdames et messieurs, nous allons écouter une représentante des écrivains francophones de…

La soirée littéraire terminée, je rentre chez des amis, là ou nous couchons. Tout le monde dort, sauf Hélène, qui m'attend. Je lui demande si elle a écouté les lectures à la radio, mais elle me regarde dans les yeux et je devine sur le coup ce qu'elle est sur le point de m'annoncer.

Mon père est mort. Ma mère vient à peine de téléphoner avant que je rentre. Et puis, lorsque je demande à Hélène l'heure précise de la mort de mon père, elle me répond qu'il a rendu le dernier souffle à onze heures moins vingt. Donc, il est parti en plein milieu de ma lecture.

En plein milieu de ma lecture---est-ce une pure coïncidence ou y a-t-il quelque chose de plus? De toute façon, quoique mon père soit mort toujours sans avoir mis le pied au Québec, je préfère croire que son esprit était là avec moi ce soir, dans cette salle publique, pour m'offrir une dernière poignée de main avant de quitter ce monde pour l'autre.

Et puis, y ayant réfléchi davantage, j'arrive à conclure que, après tout, mon père s'était finalement rendu au Québec.

CRACHE OU MEURS
Grégoire Chabot

«C ombien de vous autres sont prêts à devenir martyrs, à mourir pour Notre Seigneur Jésus-Christ»?

Richard Beaulieu s'était levé la main tout de suite. Il avait regardé autour de lui et s'était aperçu que ses compagnons de classe du cinquième grade à l'école St Louis partageaient tous son avis. On meurt de bon coeur à l'âge d'onze ans.

«Répondez pas si vite que ça», conseilla le frère Antoine. «Vous comprenez pas ce que je vous demande».

Richard et ses compagnons étaient un peu déçus. Le frère Antoine venait juste de violer une des lois du pacte élève/maître qui existait depuis la maternelle à l'école catholique. Cette loi stipulait que quand le maître ou la maîtresse demandait aux élèves s'ils étaient prêts à devenir martyrs, les élèves répondraient à l'affirmatif et à l'unanimité. Ceci engageait le maître ou la maîtresse à se montrer bien content(e). La distribution d'étoiles en or ou d'images saintes était encouragée, mais restait facultative. Nulle part, dans les statuts, donnait-on au maître le droit de poursuivre l'enquête.

«Vous pensez tedben que le martyre, ça arrivait seulement dans l'antiquité», continua le frère Antoine. «Que c'était seulement les Romains ou les sauvages qui tuaient du monde à cause de leur religion. Que ça pourrait pas vous arriver? Eh bien, vous vous méprenez. Savez-vous pas qu'il existe aujourd'hui toute une race de barbares qui, dans une quarantaine d'années, a créé bien plus de martyrs que l'Empire romain? Comprenez-vous pas qu'il y a un pays qui, en ce moment même, se prépare à conquérir les États-Unis, comme il l'a fait pour la moitié de l'Europe? Et je vous assure que ces conquêtes ont rienqu'un seul but: la destruction de l'église catholique et l'imposition de l'athéisme dans tous les pays du monde. Je parle, mes enfants, des communistes»!

Le frère Antoine s'arrêta pour un moment pour essuyer la bave qui commençait à ce former aux coins de sa bouche.

«Oui, mes pauvres bornés, les communistes», reprit-il. «C'est-ti possible que vous comprenez toujours pas qu'il y a une épée suspendue au-dessus de vos têtes et de vos âmes, prête à vous abattre»?

Chaque membre de la classe jeta un coup d'oeil nerveux au plafond.

«C'est-ti possible que vous appréciez pas le don que Dieu vous offre dans sa bonté? Chacun de vous, icit, pourrait recevoir de Dieu le don du martyre. Pensez-y, mes enfants. Pour des centaines d'années, des générations de catholiques ont prié pour avoir cette occasion, pour pouvoir faire témoin de leur foi de cette façon la plus puissante et la plus émouvante, pour s'assurer une place au ciel au sein des autres saints martyrs. Asteur, elle se présente à vous, cette belle occasion»!

Il hésita un instant pour s'essuyer le front.

«Ça se pourrait bien que Dieu vous demande ce sacrifice», continua-t-il. «Avec tout ce qui se passe dans le monde aujourd'hui, ça se pourrait ben que demain, on retrouve icit, à la porte même de l'école, l'armée communiste. Là, ces enfants du diable vous donneraient un choix: renoncez à votre religion ou mourrez! Êtes-vous prêts à bien choisir»?

Le frère Antoine fixa son regard sévère sur chaque membre de la classe. On pouvait voir qu'un feu ardent brûlait dans ses yeux bleu-clair. On se méfiait pas mal de ce feu. Le frère Antoine avait une queue de billard avec laquelle il frappait les mains ou les bras ou les jarrets de certains élèves pour essayer d'améliorer leurs résultats scolaires. Le feu était un signe certain qu'il allait s'en servir. Donc, la classe répondit à la question à l'affirmatif et à l'unanimité en hochant doucement la tête. Dans une telle situation, c'était la seule réponse possible.

«Vous pensez tedben que c'est facile, devenir martyr»? demanda le frère Antoine. «Ben, je me demande si vous auriez fait comme le petit Polonais ou la petite Ukrainienne quand les communistes sont arrivés dans leurs pays».

Richard commença à se détendre un peu. Il savait que le frère Antoine allait suspendre l'interrogatoire pour leur raconter l'histoire de ces deux martyrs contemporains. Il jeta un regard par la fenêtre. Le soleil encore faible du début du mois d'avril donnait peu de clarté et encore moins de chaleur. C'est-ti platte, le printemps, pensa Richard. On peut pas jouer dans la neige. On peut pas jouer au base-ball. On peut pas rien faire. J'me demande si ça se fait, ça, des hommes de boue?

En effet, on appelle souvent le printemps la saison de la boue dans le Maine. Elle créé un paysage d'un brun universel qui remplace le blanc universel de l'hiver. On passe du beau monotone qui sait inspirer les poètes à un monotone malsain qui précipite des dépressions nerveuses. Bien qu'il n'était que deux heures de l'après-midi, Richard vit une étoile solitaire dans le firmament. Il pensa au programme qu'il avait vu à la télé le soir précédent qui parlait de l'exploration de l'espace. Le savant allemand, Werner Von Braun, avait proposé que les États-Unis pourraient facilement envoyer un homme à la lune, à Mars, et peut-être même plus loin dans les vingt années à venir. Avant la fin du siècle, on aurait probablement établi des colonies sur des planètes lointaines. «Il se peut», expliqua le savant avec son accent épais allemand, «que plusieurs jeunes qui regardent cette émission ce soir seront les premiers colons sur de nouveaux mondes. C'est vous qui allez fonder de nouvelles civilisations».

Richard avait fait des calculs et avait trouvé qu'il serait dans ses cinquantaines à la fin du siècle. Il s'imaginait le président des États-Unis de Mars. Un cri du frère Antoine précipita son retour à la Terre.

«Choisis»! cria le frère. «Crache sur le crucifix ou meurs»!

Richard connaissait assez bien l'histoire du petit martyr polonais pour savoir où on en était. Pendant que Richard était dans la lune (sens figuré et sens littéral), le frère Antoine avait expliqué que la Pologne,c'était un des pays le plus catholique du monde, et que les Polonais s'étaient battus avec une férocité admirable quand les maudits communistes/athées ont essayé de s'emparer de leur pays après la Deuxième Guerre mondiale. En effet, dans certaines versions de l'histoire, quand le frère Antoine fut visité par sa muse, le petit Polonais était orphelin parce que son père et sa mère avaient été tués, carabine d'une main, chapelet de l'autre, par les larbins du diable.

Le frère avait aussi sans doute expliqué que les communistes, en entrant dans le petit village où habitait notre héros, avaient réuni tous les habitants dans l'église. Le capitaine des communistes, qui avait lui-même tué les parents du petit dans la version enjolivée de l'histoire, avait sauté sur le maître autel et s'était emparé du grand crucifix sculpté à la main qui était un des trésors du village. (Dans encore une autre version-muse du frère Antoine, le crucifix avait des pouvoirs miraculeux qui avaient guéri la tuberculose du père du petit).

Ce crucifix, le capitaine l'avait ensuite jeté par terre et avait demandé à chaque paroissien de cracher sur l'mage du Christ s'il voulait rester en bonne santé. Selon le frère Antoine, en très peu de temps, il y avait du crachat un peu partout.

Mais quand vint le tour du petit Polonais, il hésita. C'est à ce moment-là que le capitaine communiste répéta le choix. «Crache sur le crucifix ou meurs»! Il se fit entendre un petit cri parmi les paroissiens quand la mère du petit (le frère Antoine la ressuscitait souvent pour qu'elle puisse faire partie de cette belle scène)s'évanouit.S'apercevant que les communistes s'occupaient de ce qui se passait dans la foule, le petit saisit le crucifix et commença à courir vers la porte de l'église. Sa fuite fut interrompue par un cri de «Feu»! du capitaine, suivi par une dizaine de balles dans le dos.

Même s'ils savaient cette histoire par coeur, la classe réagissait toujours à la phrase «dans le dos». Après avoir vu une centaine de westerns, chaque garçon savait que ça prenait un vrai serpent à sonnettes, une vraie moufette («polecat» était le terme précis qu'on utilisait), une vraie limace, pour tirer quelqu'un dans le dos. Si les communistes étaient arrivés à ce moment-là, les garçons se seraient tous laissés tuer de bon coeur, tellement ils étaient en colère. Mais les communistes manquaient toujours leur coup et le moment passait assez rapidement.

«Oui, dans le dos», répéta le frère Antoine pour essayer d'allumer de nouveau le feu qu'il vit pendant quelques instants dans les yeux de ses élèves. Il n'y arriva pas.

«Je vois que vous comprenez toujours pas», reprit le religieux. «Vous appréciez pas le cadeau que le bon Dieu vous donne. Vous êtes pas comme la petite Ukrainienne qui, elle, était prête à donner sa vie pour protéger le corps et le sang de Notre Seigneur».

Si le frère Antoine n'avait pas réussi à ranimer le feu des élèves avec ses «dans le dos», il n'avait aucune chance de le faire avec l'histoire de la petite Ukrainienne. Pour commencer, des garçons de onze ans avaient de la difficulté à se mettre en colère quand on massacrait des filles. Chacun d'eux pouvait nommer une couple de filles agaçantes qu'il livrerait de bon coeur aux communistes. Bon débarras.

Ensuite, l'histoire manquait de drame après celle du petit Polonais. C'était la même sorte de communistes et puis la même sorte de village et puis la même sorte d'église. La petite Ukrainienne savait que le premier but des communistes était de se rendre à l'église pour profaner les hosties consacrées du tabernacle. Elle courut donc à l'église pour se placer entre les communistes et le tabernacle. Ça devenait un peu plus intéressant quand le capitaine communiste fut si frappé par la beauté et la pureté de la jeune fille qu'il baissa son revolver et refusa de l'assassiner. Mais le dénouement ne changeait pas. Un des autres communistes qui louchait et avait une grande cicatrice à la joue gauche la tua avec une balle au sein.

On aurait dû dire au frère Antoine qu'il était dangereux de mentionner des parties anatomiques dans une classe de garçons de onze ans, surtout s'il s'agissait de filles ou de femmes. Sachant que la queue de billard était prête à frapper, Richard et les autres n'ont pas osé ricaner quand le religieux a prononcé le mot «sein», mais ils ont partagé des regards entendus. Il y a en même qui se sont mis à faire des desseins plus ou moins cochons de la scène sacrée. Par exemple, le petit Lagassé avait tracé une femme avec des seins énormes contre lesquels les balles s'aplatissaient sans lui faire tort. Ils eurent vite l'occasion d'enjoliver leurs desseins. Le frère Antoine expliqua que la tache de sang sur la chemise blanche de la petite Ukrainienne prit miraculeusement la forme du visage du Christ, d'une croix, d'une couronne d'épines ou du Sacré-Coeur, selon la version du jour. Ces images sacrées passèrent par des changements remarquables dans les desseins des élèves.

Le frère Antoine finit son récit dans une sorte d'extase et chercha dans les yeux de ses élèves pour essayer d'y trouver de nouveau le beau feu qui indiquerait qu'ils étaient disposés au martyre. Hélas, il eut de la difficulté à même trouver des yeux, puisque la plupart des élèves s'occupaient toujours de leurs desseins ou regardaient les desseins des autres ou regardaient par la fenêtre pour éviter de ricaner en pensant au mot «sein».

«Misérables»! L'épithète retentit dans la salle de classe et mit fin à une vingtaine de beaux chefs-d'oeuvre artistiques.

La panique s'empara de Richard qui était certain que la queue de billard allait bien les récompenser pour leur manque de respect. Il fut étonné de voir le frère Antoine se diriger vers son bureau et s'écrouler sur sa chaise. Le religieux se mit la tête dans les mains. Silence.

«Y comprennent pas», commença à murmurer le frère. «Seigneur, comment ça se fait qu'y comprennent pas»? Il continua de se poser la même question à voix basse pour quelques minutes, jusqu'à ce que la cloche sonne pour indiquer la fin des classes. Le frère Antoine ne bougea pas. Richard ne bougea pas. La classe ne bougea pas. On n'avait jamais vu le frère Antoine comme ça. Il se passa au moins cinq minutes avant que Lagassé Le Preux se leva très doucement, ramassa ses cahiers et ses livres, et se dirigea vers la porte. Les autres, Richard y inclus, suivirent à leur tour. Le frère Antoine ne remarqua rien. En passant à côté du bureau du maître, chaque élève pouvait encore l'entendre répéter, «Comment ça se fait qu'y comprennent pas»?

Quelques-uns, Richard y inclus, pensèrent même avoir vu des larmes sur la joue du religieux.

Richard ne raconta pas la fin étrange de sa journée scolaire à ses parents ce soir-là. Faut dire qu'il l'avait pas mal oubliée. Il avait joué un peu au basketball-boue. Il avait essayé de jouer aux billes-boue, mais ça ne marchait pas du tout bien à cause de la boue. Il avait décidé de sortir son bicycle pour la première fois du printemps, pensant, avec raison, qu'il n'y avait pas de boue sur les chemins. Hélas, un des pneus du bicycle s'était crevé au cours de l'hiver. Avec l'arrivée du crépuscule, il se réfugia dans la maison pour organiser la bataille qui assurerait la victoire finale de ses soldats de plomb contre les Allemands. L'école, ça s'oublie facilement au beau milieu d'une belle bataille.

Richard n'avait même pas de devoirs pour imposer de nouveau la réalité de l'école dans son esprit. Le lendemain était comme un jour de congé. Le sous-sol de l'école avait été choisi par le bureau de *Civil Defense* comme abri officiel contre les attaques de l'U.R.S.S. et autres désastres. Les élèves avaient ressenti une fierté énorme en entendant ces nouvelles. Ils s'imaginaient que c'était un peu comme une médaille «pour le mérite» du Président. En lui-même, chaque garçon pensait aussi que ça lui donnait une bien meilleure chance d'échapper la mort en cas de détonation nucléaire, mais ce n'était pas la sorte de pensée qu'on partageait avec les copains.

En plus, selon une lettre que le frère Antoine leur avait lue, le Président leur avait demandé de s'occuper personnellement de l'approvisionnement de l'abri. «*Dear Auxiliary Civil Defense Worker*», commença la lettre, «*Your family needs you. Your country needs you. I need you*», elle continua et expliqua le grand service qu'ils pouvaient rendre à tout ce qui leur était cher en s'assurant que leur école pouvait servir d'abri contre les pires assauts des communistes, des ouragans, des communistes, des tornades, des communistes, des inondations, et des communistes.

Richard avait essayé d'expliquer le rôle important qu'il allait jouer dans la défense du foyer à son père qui avait été soldat dans la Deuxième Guerre mondiale. Il avait été un peu déçu par sa réaction. Son père lui avait dit que c'était bien beau, tout cela, mais c'était plutôt une perte de temps et d'argent. Si les Russes essayaient d'attaquer leur petite ville dans leur petit coin du Maine, les fusées ou les bombardiers se perdraient en chemin.

Ceci n'amusa pas le petit Richard. Il se décida encore une fois que les adultes ne savaient absolument rien et que c'était aux jeunes de sauver le pays. Le sauvetage commencerait le lendemain matin quand les camions du Président arriveraient à l'école.

Richard était certain qu'on allait envoyer des camions énormes avec le sceau officiel du Président sur le côté. Leur peinture en argent luirait au soleil. Ils seraient entourés de gardes et de chars d'assaut pour protéger leurs provisions contre les espions et les saboteurs communistes qui, selon plusieurs programmes à la télé, se cachaient derrière chaque buisson. Hélas, Richard ne retrouva qu'un camion bien ordinaire quand il arriva à l'école. Qui pis est, c'était un camion sans gardes et sans chars d'assaut, avec un chauffeur qui sentait le cigare, la sueur, et la bière, même à huit heures du matin.

En apercevant le frère Antoine, Richard se souvint de la scène de l'après-midi précédent. Le frère semblait l'avoir oubliée complètement. Il parlait d'une façon animée avec le chauffeur. Quand Richard s'approcha, le religieux le salua et indiqua au bonhomme qu'il était un de ses meilleurs élèves et puis «un bon p'tit travailleur». Les garçons jouèrent dans la cour de l'école pour quelques minutes, mais ils étaient distraits. Ils avaient hâte de commencer le travail du Président. Donc, ils se sont tous réunis autour du camion, même avant que la cloche sonne pour indiquer le commencement des classes.

«Voyez-vous»,dit le frère Antoine en indiquant l'assemblée d'élèves, «ils veulent tous se mettre à l'ouvrage ce matin». À ses paroles, le chauffeur haussa les épaules et commença à passer des boîtes au frère Antoine. Celui-ci vérifia le poids de la boîte et choisit un ou deux élèves pour la porter. En utilisant ce système, les garçons réussirent à transférer une centaine de boîtes du camion au sous-sol de l'école entre huit heures du matin et midi.

Faut dire que le Président avait été bien prévoyant. Il leur avait envoyé des kits de premiers secours, de l'eau en bouteille, du lait en poudre, de la viande et des légumes en boîte, des compteurs Geiger, du papier hygiénique, des radios, des lampes électriques, des piles, et puis tout un tas d'autres affaires utiles. Contemplant le sous-sol avec toutes ces boîtes, Richard pensa que les habitants de la ville pouvaient maintenant dormir tranquilles. Ils avaient un abri contre les Russes et l'inconnu. Il ne restait qu'à afficher les enseignes qui indiquaient au monde que l'école était maintenant devenue leur secours officiel en cas d'attaque officiel.

Comme récompense pour leur bon travail, les religieuses de la paroisse avaient préparé des sandwichs pour les garçons. Ils s'assirent sur les boîtes du Président avec le frère Antoine et commencèrent le repas. «Comprenez-vous maintenant la perfidie des communistes»? demanda le frère Antoine après un certain temps. «À cause de ce pays d'antéchrists, on doit se recroqueviller dans des sous-sols. On doit attendre la mort comme des chiens. Et la mort s'approche, mes enfants. Elle frappe à la porte. Elle est prête à l'ouvrir. En Hongrie, il y a actuellement une révolte contre les communistes. Les Russes ne veulent certainement pas que ce pays retourne à la liberté et au catholicisme. Ils vont y envoyer leurs armées. Et nous-autres, on va certainement appuyer les braves patriotes hongrois. Ça sera la guerre sur un niveau global. Ça sera la mort. Êtes-vous prêts à mourir»?

Cette dernière question fut presque un cri, mais la classe ne put apprécier ce bel apogée à cause des sons de guerre imaginaire qui venaient de derrière les boîtes à droite. Proulx et Routhier étaient en plein combat avec des mitrailleuses imaginaires, des grenades imaginaires, des bombes imaginaires, et des bazookas imaginaires. Le frère Antoine interrompit le combat au beau moment où Proulx (armée américaine) avait surpris Routhier (armée allemande) avec un régiment de lance-flammes. Ce dernier était en train de mourir d'une façon angoissée aux cris de «*Die, you dirty Krauts*» de l'armée américaine (Proulx).

«Mais quoi c'est que vous faites, donc»? demanda le frère Antoine.

Les Américains et les Allemands essayèrent de s'expliquer. Leur récit ne réussit qu'à évoquer un autre cri du religieux.

«Imbéciles», commença-t-il. «Vous comprenez toujours pas. Vous comprenez absolument rien, ça d'l'air! Les Allemands, c'est pu nos ennemis! Notre ennemi, c'est le communisme et l'athéisme»!

Routhier et Proulx, et une couple d'autres dirent au frère que leurs pères s'étaient battus contre les Allemands, et qu'ils avaient vu un film à la télé la semaine dernière où on se battait toujours contre les Allemands, et qu'ils voulaient se battre contre les Allemands à leur tour, surtout puisqu'ils savaient qu'ils allaient gagner.

«Bande de sots», leur lança le religieux. «Les Allemands, c'était rien à comparer à la menace du communisme. Au moins, les Allemands étaient chrétiens comme nous. Il y en avait plusieurs qui étaient catholiques. Y persécutaient pas notre sainte mère l'église. En effet, on devrait les remercier. Les Allemands étaient les premiers à s'apercevoir du danger du communisme. Ce sont eux qui ont eu assez de courage pour déclarer la guerre au communisme et aux…» il hésita quelques secondes…«et à d'autres qui croient pas à Notre Seigneur Jésus-Christ».

C'est à ce moment que Routhier/armée allemande, à l'article de la mort, avait décidé de lancer une dernière bombe au beau milieu des rangs de l'armée américaine/Proulx. Ce projectile, en forme d'un rouleau de papier hygiénique que Routhier avait trouvé dans une des boîtes du Président, manqua son objectif. Il ne manqua pas le front du frère Antoine.

On aurait dit que quelque chose se cassa net quelque part dans l'esprit du religieux. «Assez», s'écria-t-il. «C'est assez». On percevait des traces d'hystérie dans sa voix. «Je vois maintenant que j'ai manqué mon devoir. Je vois que les mots, c'est pas assez pour vous préparer pour la mort qui vous attend. Je comprends maintenant qu'il n'y a pas un de vous qui accepterait le don du martyre, cette bénédiction du ciel, que Dieu ne donne qu'à ses élus. Mais vous allez apprendre à l'accepter. Vous allez l'apprendre, je vous le jure. Je vois maintenant mon devoir. Je vous retrouve en classe en dix minutes». Il quitta rapidement le sous-sol, laissant les garçons à discuter leur sort.

Pour les élèves, la journée qui avait commencé si bien tournait vraiment au mal. Ils croyaient tous que le frère les laisseraient rentrer chez eux après avoir fini l'approvisionnement. Ils pensaient qu'ils auraient tout l'après-midi libre. La bombe de Routhier avait changé ça. On commença à lui en vouloir.

«T'es un maudit chieux, Routhier», commença Bélanger.

«Ouais», continua St Amand en lui donnant un coup de poing au bras. «À cause de toué, on est pris icit pour l'après-midi».

«Mangez d'la marde, vous autres», protesta Routhier. «C'est pas rien que ma faute. Vous l'avez vu. Y est craqué»!

«La queue de billard va être sortie mèque on arrive en classe, ça c'est certain», ajouta Lagassé.

«Quoi c'est qui arriverait si on y allait pas en classe»? demanda Proulx, qui avait fait la connaissance intime de la queue de billard la semaine précédente et qui en retenait encore des souvenirs désagréables.

On discuta cette question pour un certain temps. La conclusion du groupe était qu'on ne réussirait qu'à remettre l'inévitable et à le rendre encore plus désagréable. Les élèves se dirigèrent vers la salle de classe.

À cause de son nom, Richard Beaulieu était le premier en ligne. À la porte de la salle de classe, il put entendre le frère Antoine. Celui-ci répétait la scène de l'après-midi précédent. «Aidez-moi, Seigneur», murmura-t-il. «Aidez-moi à faire votre volonté. Aidez-moi à préparer votre voie. Aidez-moi à montrer à mes charges l'importance du don que vous leur offrez. Aidez-moi. Aidez-moi. Aidez-moi».

La cloche sonna. Le frère Antoine qui se mettait ordinairement près de la porte pour faire entrer les étudiants resta toujours dans sa chaise. Les élèves hésitèrent. Il y eut des chuchotements le long de la ligne. Tout d'un coup, quelqu'un poussa Richard dans la salle de classe. Engagé, il ne put que se diriger vers sa place. Il fut soulagé de voir que ses compagnons de classe le suivaient. Le silence devint lourd. Enfin, le frère Antoine se leva. Il avait les yeux rouges. Il tenait la queue de billard dans sa main droite.

«Le temps manque, mes enfants», commença-t-il d'une voix douce. On voyait les premières flammes d'un feu étrange dans ses yeux. «Quand le bon Dieu est prêt, on doit se trouver prêt nous aussi. Le don du martyre vous sera offert rienque pour un instant quand les communistes réussissent à occuper le pays. Il sera à vous de prendre la décision qui vous assurera le salut. C'est à moi de vous préparer pour ce moment critique. Mettez-vous en ligne».

Richard Beaulieu reprit sa place ordinaire à la tête de la ligne. Le frère Antoine s'était dirigé rapidement vers son bureau. Il était revenu avec sa chaise et l'avait placée en avant du centre du tableau noir. Il s'arrêta un instant pour regarder ses élèves.

«Apprenez bien votre leçon, mes enfants», déclara le frère. «C'est votre dernière chance».

Avec ces mots, le religieux monta sur la chaise et s'empara du crucifix qui se trouvait sur le mur au-dessus du tableau noir. La classe ne put retenir un cri de surprise quand il jeta le crucifix par terre en avant de Richard.

«Maintenant, choisis», s'écria le frère en fixant Richard de son regard. «Crache sur le crucifix ou meurs»!

Richard n'avait aucune idée ce qu'il devait faire. C'était ainque une plaisanterie sans doute, une épreuve. Mais le feu qui brûlait maintenant dans les yeux de son maître l'épeurait. Il se sentit bouleversé, perdu, incapable de réfléchir ou d'agir. Il lui fallait un peu de temps. Il ne réussit pas à en avoir. Il sentit une douleur vive aux mollets.

«Crache ou meurs», vint de nouveau le choix d'une voix qui était maintenant lointaine. Richard sentit quelque chose dans le dos mais il n'y avait pas vraiment de douleur.

«J'pleurerai pas», répéta-t-il.

«Crache ou meurs»!

On entendit un craquement quand la queue de billard frappa un os.

«J'pleurerai pas».

«Crache ou meurs»!

Richard entendit encore sa voix intérieure pour quelques moments. Ensuite, il n'entendit rien.

À PERTE DE VUE
Grégoire Chabot

Dimanche ne changea rien pour Magloire Fortin. Même s'il n'allait pas à l'ouvrage, il devait néanmoins se rendre au sous-sol comme il le faisait les jours de travail. Ainsi, à cinq heures et demie---automne, hiver, printemps---on le trouvait toujours dans un p'tit coin qui sentait la terre et le moisi et la poussière de charbon et la pisse de plusieurs générations de chats du voisinage qui n'avaient aucune difficulté à trouver des entrées au sous-sol de la vieille maison. Ils se chauffaient pendant la nuit et partaient, en laissant toujours leur carte de visite aromatique, juste avant l'arrivée de Magloire. Faut dire qu'il leur aidait à choisir le bon moment. Il avait la gentillesse d'annoncer son entrée sur scène avec la toux bruyante et creuse de quelqu'un qui fumait des Chesterfields sans filtre depuis plus que trente ans.

«T'es un homme, asteur» lui dit son père le jour de son quinzième anniversaire. «Betôt, tu vas travailler comme un homme. T'es aussi ben de commencer à fumer pi boère comme un homme,étou». En prononçant ces paroles, Arthur Fortin avait mis un paquet de cigarettes devant son fils et lui avait versé un verre de bagosse. Cet élixir venait de la bonne femme Guité qui le faisait dans une cuve dans le salon de son petit loyer à trois bords, tout au fond du p'tit Canada, et le vendait pour 25 cents la bouteille.

«À ta santé, mon gars» continua le père en allumant une cigarette, vidant son verre d'un trait, et encourageant son fils à suivre son exemple. Magloire avait été terriblement, horriblement,la–tête-dans-la-toilette-à-vomir-pendant-au-moins-trois-heures-malade ce soir-là. Une fois remis, il continua à fumer et à «boère» comme son père. On s'accoutume à tout. C'est ça qu'il fallait faire pour devenir un homme, disait-on. Et Magloire l'a fait. La seule petite différence c'est qu'il se mit à préférer les Chesterfields aux Camels de son père. «Chu capable de choisir pour moué-même», il s'était dit, en prenant cette décision majeure. En partant de ce moment-là jusqu'à sa mort, Arthur salua son fils, chaque fois qu'il le voyait, avec la phrase, «Je comprends pas comment que tu peux fumer ces maudites Chesterfields-là. Ça goûte pire que d'la marde à vache».

Magloire se réfugiait au sous-sol chaque matin pour servir le petit déjeuner à la grosse fournaise au charbon qui chauffait la maison. Une fois ce repas fini, Magloire s'asseyait sur un petit banc ancien qui se trouvait à côté de la fournaise, buvait son café, et fumait une Chesterfield, tout en examinant la condition de ce royaume souterrain où il détenait un pouvoir plus ou moins absolu. Il était tellement accoutumé à sa routine, il savourait tellement ces petits moments dans son domaine, qu'il y descendait souvent même pendant l'été.

De temps à autre, il se levait de son trône pour mettre une guenille dans un des trous par lesquels les chats entraient. Quelquefois aussi, il remarquait quelque chose de plus grave---encore plus de pourriture dans la poutre à gauche du devant ou des morceaux de béton par terre, indiquant qu'il faudrait bientôt réparer les murs du solage. «Ça, faut que j'en parle à Pamphile» disait-il à ces moment-là. Mais ça n'arrivait pas souvent, surtout parce que Magloire était presque aveugle. Le peu qu'il voyait était grâce à des lunettes épaisses comme des anciennes bouteilles de Coke.

La maison appartenait à Pamphile Mathieu qui restait au deuxième avec sa famille. Magloire et sa femme et ses cinq filles étaient locataires de l'appartement au premier. Il y avait longtemps que Magloire s'était porté volontaire pour prendre soin de la fournaise. «Après tout», avait-il expliqué à son épouse, «chu ben plus proche pi j'connais mieux ça que Pamphile». Ce petit service devint plus important après que Pamphile ait sa deuxième crise cardiaque. «Écoute, chu content de le faire» disait Magloire à tous ceux qui lui disaient qu'il était bonasse pi qui se faisait fourrer parce que c'était le propriétaire qui devait s'occuper des ces affaires-là. À part de ça, Pamphile Mathieu lui chargeait une piastre de moins sur son loyer chaque semaine pour ce petit service.

Cette piastre était bien importante parce que Magloire Fortin n'en gagnait pas gros, des piastres. Faut dire qu'il ne vivait pas le grand rêve américain. Il ne vivait même pas le petit rêve de ses compatriotes, les Franco-Américains de la Nouvelle-Angleterre…celui d'entrer au moulin aussitôt que possible, y rester aussi longtemps que possible, se retirer à 65 ans, et puis vivre une vraie vie pour une couple d'années avant de crever.

C'est pas parce que le père Arthur n'avait pas essayé quand Magloire est revenu de l'armée. Ça faisait une vingtaine d'années que le père travaillait au moulin de laine, ça fait qu'il en connaissait, du monde. Il avait parlé à son contremaître pi au gars qui était en charge d'engager le monde nouveau, pi à un tas d'autres boss---gros, petits, et moyens. Mais ces gros messieurs avaient regardé le rapport officiel du médecin officiel du moulin sur la condition officiel des yeux du pauvre Magloire. Ils avaient décidé, avec raison, que le pauvre se ferait tuer pendant sa première semaine, presque aveugle qu'il était, avec toutes les machineries dangereuses qui l'auraient entouré.

Magloire Fortin a dû chercher ailleurs. Il a fallu qu'il cherche longtemps parce qu'il avait lâché l'école à quinze ans…ceci après avoir passé trois ans de fil en septième année. Faut dire qu'il n'était pas le candidat le plus impressionnant. Mais enfin, il trouva quelque chose chez un marchand en gros de bonbons, confiseries, et cigarettes. C'était «une job steady». À part ça, on lui donnait un bon prix pour les quatre cartons de cigarettes (deux pour lui, deux pour son épouse) qu'il achetait chaque semaine. Mais ça payait pas gros. Souvent pas assez, même. Surtout avec cinq filles qui voulaient toujours du nouveau et du beau et du différent et du «J'vas mourir si faut que je porte des affaires faites à maison comme ça encore une fois».

Une chance que sa femme était vaillante. Elle avait passé son temps à faire à manger, pi à laver, pi à repasser, pi à coudre, pi à faire le ménage…toujours en ménageant. Pour presque vingt ans, elle avait beaucoup donné sans rien demander. Sans presque rien recevoir. Mais ça l'avait changée. Un jour, il y avait trois ou quatre ans, on aurait dit que quelque chose s'était cassé net en elle. La cause n'était rien de très précis ou de bien grave. Un petit rien, probablement. Mais ça suffisait, parce son esprit, sa volonté, son espoir étaient devenus si minces et si fragiles. Un jour, elle arrêta de faire quoi que ce soit à la maison. Depuis ce moment-là, elle était restée assise à la table de la cuisine à longueur de journée. Elle buvait une tasse de café après l'autre. Fumait une cigarette après l'autre. Souvent, elle ne prenait même pas le temps de s'habiller.

Magloire Fortin ne lui en voulait pas. Oui, oui, c'est vrai qu'il connaissait des bonnes femmes francos qui s'étaient tuées à travailler sans cesse pendant toutes leurs vies sans dire un mot, sans jamais se plaindre. Mais sa Gracie était différente. Il l'avait rencontrée à Oklahoma en '42 quand il était dans l'armée. Un soir, une danse, plusieurs bières, une nuit d'amour, et une malchance. Sa grossesse commençait à paraître à peine quand ils se sont mariés. Un mois après, Magloire eut l'accident avec la grenade de phosphore. On a pu lui sauver les yeux, mais pas beaucoup dc la vue.

Gracie revint avec lui en Nouvelle-Angleterre. Elle joua le rôle d'épouse et de mère dévouée dans ce coin froid et souvent désespéré du monde. Mais elle avait connu une autre vie et une réalité différente où l'horizon ne s'arrêtait pas à la maison de Bidou Mercier d'un côté, pi le petit magasin de Rossignol de l'autre, pi le gros garage de Damas Michaud en arrière qui l'empêchait presque de voir le ciel. Là-bas, l'horizon s'étendait à perte de vue. Là-bas, on pouvait respirer pleinement. Ici, on prenait chaque souffle rapidement, furtivement même, parce qu'on savait, par sa puanteur, que l'air appartenait aux moulins.

Les bonnes femmes franco-américaines, elles, ne connaissaient pas cette autre vie. Pour elles, avec leurs maisons noires, pleines de crucifix et de rameaux, le martyre était bien convenable. Mais Gracie, qui avait savouré des espoirs de jeune fille très différents, a joué son rôle étrange aussi longtemps qu'elle le put. Magloire comprit et lui en était reconnaissant. Elle avait fait tout son possible. En plus, les trois plus vieilles pouvaient maintenant presque tout faire à la maison. Ainsi, tout continuait plus ou moins comme d'habitude.

Il avait son lunch préparé pour lui chaque jour---sandwich, fruit, café. Le tout rangé dans sa vieille boîte à lunch. Quand il arrivait à la maison chaque soir, son souper était prêt. Ses chemises et pantalons étaient lavés et repassés, comme d'habitude. C'est vrai que la maison était un peu moins propre et beaucoup plus en désordre. Mais, Magloire ne s'en apercevait pas.

Et tous les dimanches, comme aujourd'hui, d'ailleurs, les cinq filles et Magloire Fortin s'endimanchaient et marchaient à l'église Sainte Marie pour la messe de neuf heures pour remercier le Bon Dieu d'avoir été si Bon. Gracie avait de plus en plus de difficulté à retrouver une bonté divine à remercier. À partir du cassement net d'il y a une couple d'années, elle avait arrêté d'aller à la messe, préférant le silence de sa cuisine aux leçons de l'église et la fumée de ses cigarettes à l'encens du prêtre.

«Tu devrais t'acheter un char» lui disait son père à chaque fois qu'il le voyait. «Ça fait pas de pas avoir de char, ces jours-cit». Magloire se servit de ses yeux comme excuse. «Me voué-ti conduire avec des yeux comme ça» il répondit. «J'peux presque pas me voir les mains au bout des bras». Pour une fois, il était content d'être semi-aveugle. Ça l'empêchait d'avoir à avouer qu'il ne gagnait pas assez d'argent pour s'acheter un char.

Chaque dimanche, au cours du pèlerinage Fortin, la grosse Cadillac de Mme Égline Desbeluets dépassait la famille lentement en conduisant sa propriétaire à la même messe. Magloire Fortin se demandait toujours pourquoi Mme Desbeluets partait si tôt. Après tout, elle restait toujours sa Cadillac dans la cour de l'église jusqu'au dernier moment avant d'entrer. Évidemment. Magloire ne savait pas ce que ça voulait dire de «préparer une entrée» en scène.

Donc, lui et ses cinq filles entrèrent rapidement pour se placer dans un des derniers bancs. Il faisait ceci non parce qu'il voulait partir avant la fin de la messe. Magloire Fortin restait jusqu'au «*Ite missa est*» en plus. Il se plaçait ainsi pour éviter d'enlever un banc à quelqu'un de plus riche ou de plus intelligent ou de plus prospère qui méritait certainement d'être plus proche du maître autel et du Dieu qui y habitait.

C'est là qu'il se trouvait humblement chaque dimanche quand Mme Égline Desbeluets, soutien semi-officiel de la paroisse, organisatrice des soupers au spaghetti des Enfants de Marie, organisatrice également des pèlerinages à La Salette, source généreuse des fonds pour le beau vitrail représentant la Viege Marie et Sainte Anne, et présidente ad infinitum des Dames de Sainte Anne, commença sa procession dans la grande allée.

Ce dimanche-là, Magloire Fortin fut un peu surpris du beau sourire que Mme Desbeluets lui donna en passant. Ils ne se connaissaient pas très bien, venant de coins bien différents de la paroissse. En plus, Magloire savait que sa famille représentait un échec pour la grande dame. Elle les avait vus dans presque le même banc, il y a une quinzaine d'années. Et dans les quatre petite filles (la plus jeune n'était pas encore née), Mme Desbeluets avait vu quatre Enfants de Marie et au moins une ou deux vocations religieuses. Elle en avait parlé au curé. Et avec le curé, elle était même passée chez la famille Fortin un beau dimanche après-midi pour inscrire les filles dans sa belle société et rappeler aux parents qu'une place au ciel était réservée pour chaque parent qui consacrait un enfant à Saine Mère Église. Hélas, toute cette conversation grave à tons bas avec ses mentions de «grands sacrifices» et «beaux devoirs» et «récompenses éternelles» tomba presque aussitôt sur les nerfs de Gracie qui indiqua clairement qu'elle prévoyait un avenir carrément séculier pour SES filles et indiquant aussi clairement ce que Mme Desbeluets pouvait faire avec sa société de petites vierges toutes habillées en blanc.

«Elle nous a pardonné, ça d'l'air» pensa Magloire. «Ou ben a toute oublié ça».

À vrai dire, Mme Égline Desbeluets n'avait même pas vu Magloire Fortin. Et son beau sourire n'était pas réservé pour lui. C'était plutôt le sourire général d'une grande dame qui voulait reconnaître les louanges (bien méritées, d'ailleurs) d'un peuple qui l'adorait. Donc, elle garda le même sourire, jetant son regard au petit peuple d'un côté de la grande allée à l'autre, jusqu'au moment où elle prit sa place dans son banc, troisième du devant, côté droit, directement en avant de la chaire. Son mari, M. Elphège Desbeluets, arriva au même banc trente secondes et cinq pas après.

Après une très courte prière pour être certaine que le Bon Dieu était prêt à l'écouter, Mme Desbeluets ouvra son beau gros missel à l'ordinaire pour ce dimanche, le troisième après Pâques. J'espère que c'est le père Guillet aujourd'hui, pensa-t-elle. Le père Guillet était un bel homme grand, imposant, et jeune, avec de beaux yeux bleus. Et il prêchait tellement bien. Mme Desbeluets avait l'impression qu'il la regardait souvent quand il donnait le sermon. Et elle devait admettre qu'il lui passait des petits frissons délicieux et coupables quand les beaux yeux du jeune vicaire rencontraient les siens.

Quel contraste, pensa-t-elle entre lui et le père Courschène, le petit vicaire chauve aux dents jaunes et croches et au nez énorme. Elle pouvait à peine entendre cette petite voix mince quand il parlait. À part ça, le père Courschène l'appelait «Madame Desbeluets», comme tout le reste du monde mal instruit de la paroisse et de la ville. Seul le curé et le beau père Guillet utilisaient son vrai nom avec sa vraie prononciation. Et il lui passait également un petit frisson quand le père Guillet disait «Bonjour, Madame Deblois» dans sa voix riche de baryton quand il la voyait en ville ou à l'église.

Faut que je parle au curé encore une fois, pensa-t-elle en se levant quand le père Guillet entra avec deux enfants de choeur pour commencer la messe. J'comprends pas pourquoi qu'il refuse toujours de nommer le père Guillet comme chapelain des Dames de Ste Anne pi des Enfants de Marie. L'autre, le gros Courschène, fait rien pour nous autres. Y a pas une des membres qui l'aime. Me semble que ça irait ben mieux si le père Guillet était là chaque semaine pour nous…

Les cloches du *Confiteor* et la toux de son mari réussirent à interrompre son beau rêve. Les cloches s'arrêtèrent. La toux continua. Et continua. Et continua à en presque pas finir. Pourtant, le médecin lui avait dit de faire attention. Il lui avait montré les radios de ses poumons. Il avait bien souligné plusieurs fois qu'Elphège allait mourir…et mourir bientôt s'il n'arrêtait pas de fumer. Elphège n'avait pas arrêté. «Les maudits docteurs sont pleins de marde», disait-il pour se défendre. «J'ai deux oncles qui ont fumé trois paquets de cigarettes par jour pi qui sont morts à quatre-vingt-douze. J'voué pas pourquoi que j'ferais pas juste comme eux-autres».

Mme Égline Desbeluets essaya d'ignorer son mari. Ça l'embarrassait tellement quand il avait une de ses crises à l'église. Elle avait travaillé fort pendant des années pour s'établir comme modèle de conduite dans la paroisse. Elle s'imaginait que les crasseux de la ville et de la paroisse guettaient chacun de ses gestes et mouvements quand ils voulaient savoir comment agir. Ensuite, ces pauvres s'efforçaient de l'imiter. C'est pour ça qu'elle se plaçait tout au devant de l'église et qu'elle priait d'une voix claire et confiante quand c'était le temps et chantait les cantiques très fort. C'est comme ça qu'on doit se présenter au Bon Dieu, pensa-t-elle. On est pas supposé de se cacher en arrière de l'église et de rester là, la tête baissée, à marmotter ses petites prières à voix basse.

La toux de son mari détruisait toujours sa belle petite comédie. Une fois, il avait toussé tellement longtemps et paraissait tellement malade que le père Courschène, petit rat qu'il était, s'était arrêté au beau milieu de son sermon pour demander s'il devait appeler un médecin.Ce n'était pas la sorte d'attention que Mme Desbeluets voulait et ça lui a donné une autre raison pour haïr le petit vicaire chauve.

Mme Égline Desbeluets savait très bien qu'elle devrait ressentir plus de sympathie pour son mari. C'était un péché qu'elle confessait régulièrement. Mais pendant leurs 40 ans de mariage, Égline et Elphège avaient suivi des sentiers bien différents. Comme résultat, à la fin de leurs plusieurs années ensemble, il y avait plus de distances de toutes sortes qui les séparaient qu'il n'y avait eu le jour de leurs noces, quand ils se connaissaient à peine.

M. Elphège Desbeluets avait travaillé fort et dur en construisant des maisons pour la population de leur petite ville. Ses maisons étaient très bien faites et il avait pu les vendre de plus en plus cher. Le succès et l'argent changèrent Elphège très peu. Il parlait toujours fort et avait toujours les mains bien sales et il portait toujours de vieux vêtements démodés, couverts de toutes sortes de taches anciennes et modernes.

Il avait enfin construit une belle maison neuve pour lui-même et sa famille. Mais au lieu de situer ce château sur un des jolis terrains sur une belle côte loin du fleuve et des moulins, comme le voulait tellement Mme Égline Desbeluets, il alla mettre ça dans le quartier bourgeois franco-américain de la paroisse. «Quoi c'est qu'on va aller faire là-bas»? demanda-t-il à son épouse quand elle lui dit qu'elle voulait absolument avoir «Jonquil Lane» comme adresse parce que ça faisait tellement chic et parce que le président d'une banque et le trésorier du gros moulin de papier y habitaient.«C'est pas notre sorte de monde, pi on sera pas chez nous» répondit-il, et construisit sa maison où il la voulait, sur la côte près des autres petits et grands bourgeois.

Le seul vrai changement eut lieu en '57 quand il acheta sa première Cadillac pour remplacer son vieux camion Ford. Il se mit à acheter une nouvelle voiture chaque année---toujours, semblait-il, plus grande, plus luxueuse, plus ornée. Mais dans les autres domaines de sa vie, l'argent n'eut aucun effet. Il resta toujours dur, rude, mal à l'aise, et maladroit.

Née et élevée dans la pauvreté, Mme Égline Desbeluets était convaincue que l'argent allait tout changer pour elle. Mais avec Elphège comme mari, c'était la déception, plutôt qu'une nouvelle vie qui l'attendait. Ça aurait été un peu plus endurable s'il n'y avait eu qu'une grande et grosse déception. Mais le sort fut plus cruel, lui faisait passer par toute une série de désastres majeurs, mineurs, et moyens pendant des années.

Tout au début, quand ils se sont rendus compte qu'ils avaient plus d'argent qu'il leur fallait pour vivre, qu'ils étaient, en effet, «des riches», Mme Desbeluets commença à inviter les «grosses poches» et d'autres membres de l'élite franco-américaine de la ville chez elle pour des soirées. Chaque fois, elle prévoyait un triomphe. Chaque fois, Elphège parlait trop fort ou buvait trop ou rotait avec enthousiasme comme contribution à la conversation. Il commençait à insérer des «calvaires» ou des «viarges» ou des «tabarnacledechrists» avant ou après chaque mot, oubliant que Monsieur Patenaude, représentant officiel du diocèse, était assis à côté de lui. Il trouvait une façon d'insulter la femme du juge Daviau ou d'un autre invité important. Il y avait toujours «tchèquechose» comme Mme Égline Desbeluets disait. Ainsi, elle passait la semaine suivante à excuser la conduite déplorable de son époux au lieu de savourer sa propre victoire personnelle.

Les désastres se multiplièrent---et devinrent plus graves en même temps---quand Mme Desbeluets décida, quelques années plus tard, que leur argent pouvait facilement leur servir de billet d'entrée dans la grande société américaine de la région. Dans ces situations multiculturelles, Monsieur et Madame contribuèrent également aux débâcles.

Elphège s'en tirait même un peu mieux parce qu'il avait travaillé pour et avec des «Américains» pendant une trentaine d'années. Il avait bien appris l'anglais et le parlait couramment. Il restait toujours rude et grossier, mais les Américains avaient l'air à aimer ça. «*Great character. Straight talker. You can trust a man like that*» disaient-ils. Ils admiraient aussi sa connaissance de la pêche et de la chasse. Quand ils voulaient prouver qu'ils restaient toujours de vrais hommes en dépit de leurs jobs où ils ne chassaient qu'un meilleur résultat financier ou des belles phrases pour mettre dans leurs lettres ou la meilleure façon de licencier une centaine d'ouvriers de «leur» moulin, ils demandaient à Elphège s'ils pouvaient aller se ballader avec lui pendant quelques jours dans le bois ou au lac. Ils revenaient toujours empestant la sueur et la crasse et le cigare et le whiskey…avec un grand sourire de bonasse au visage et avec un chevreuil ou des tas de poissons dans le camion.

Leurs épouses ne trouvaient pas Elphège si pittoresque ou charmant. La crème de la très haute société dans leur petite ville, elles le détestaient parce que c'était un parvenu et encore plus parce qu'il ne voyait rien de mal dans sa propre grossièreté. Mais son péché mortel, selon elles, était le pouvoir de séduction qu'il exerçait sur leurs maris avec ses histoires de chasse et de pêche. Elles avaient passé des années à apprivoiser leurs hommes. Dans une courte fin de semaine dans le bois, Elphège pouvait détruire tout leur beau travail. C'est pour ça qu'après quelques soirées chez les Desbeluets, les épouses américaines ont toutes refusé carrément d'y passer une autre minute.

Faut dire que Mme Égline Desbeluets n'avait pas aidé la situation. Bien polie, toujours soucieuse, servant des repas magnifiques et délicieux, elle n'arriva pas à se faire accepter par les autres femmes à cause de son accent épais franco-américain. Mme Égline Desbeluets avait gradué du huitième. Mais parce qu'elle ne travaillait pas et parlait presque exclusivement avec d'autres Francos, elle n'avait jamais eu l'occasion de bien pratiquer son anglais. Naturellement, elle le parlait mal. Sa prononciation était atroce avec des «*dis, dat, dese*» et «*dose*». Elle insérait des «h» aspirés où il n'y en avait pas («*hairplane, hairport, henglish*»), et les enlevait où il devait y en avoir (« '*E put 'is 'at on 'is 'ead*» au lieu de «*He put his hat on his head*»). Elle mêlait aussi ses mots et ses expressions. «*Sea gull*» devenait «*sea gulf*». Une jambe enflée était «*very swallow*». Ses invités passaient la soirée à rire d'elle à cachette.

Quelques jours après une de ses soirées, elle vit trois de ses nouvelles «amies» au supermarché. Elles avaient le fou rire jusqu'au moment où une d'elle remarqua Mme Égline Desbeluets. Avec beaucoup d'effort, elles s'arrêtèrent de rire, la saluèrent poliment, et se dispersèrent aussi rapidement que possible pour ne pas avoir à lui parler. Les garces, pensa-t-elle, sachant pas mal ce qui se passait.

Cet incident avait mis fin aux soirées américaines. Depuis ce temps-là, Elphège s'était consacré au travail. Il passait la plupart de son temps avec quelques amis francos qui partageaient son amour de la pêche et de la chasse et des histoires grossières et d'un beau pet bruyant après un gros repas. Et depuis ce temps-là, Mme Égline Desbeluets avait commencé ses deux grandes croisades personnelles. La première fut pour la plus grande gloire de son Église et de sa paroisse. La deuxième visa l'amélioration du sort des pauvres femmes franco-américaines par moyen de la prière et l'apprentissage de certaines grâces sociales qu'elle daignait leur enseigner.

C'était un rôle parfait pour Mme Égline Desbeluets. Et elle aurait pu le jouer pendant le reste de sa vie, si les choses ne s'étaient pas mises à changer. Elle avait commencé à remarquer les changements au début des années soixante. Il y avait de moins en moins de femmes qui assistaient aux réunions des Dames de Ste Anne. Le nombre d'Enfants de Marie baissait d'une façon rapide et indéniable. En effet, le beau sourire assuré que voyait Magloire Fortin ce dimanche matin cachait une inquiétude croissante. Ses petits royaumes s'affaiblissaient. Ses beaux châteaux au Vatican plutôt qu'en Espagne commençaient à disparaîre.

Certes, avait pensé Mme Égline Desbeluets, ça dépendait beaucoup du petit rat de père Courschène qui savait pas parler aux dames et qui épeurait même les jeunes filles. C'est vrai aussi que plusieurs femmes travaillaient maintenant, et qu'un nombre toujours croissant de jeunes filles préféraient l'école publique avec ses blue jeans et son attitude libérale à l'uniforme et l'uniformité de l'École Sainte Marie. Encore plus de raison pour se consacrer de nouveau à la tâche, pensa-t-elle.

Cette consécration allait prendre la forme de quatre visites ce dimanche après-midi-là à quatre nouvelles familles de la paroisse. Quatre champs fertiles, espérait-elle, pour recruter de nouveaux membres pour ses belles sociétés. Autrefois, elle aurait été certaine de sa réussite. Mais tout avait tellement changé. Les familles nouvelles avaient des noms anglais. On avait maintenant des messes en anglais.

Ses propres petits enfants et tous ses enfants qu'elle entendait à l'église, dans la cour de l'école, et dans la rue parlaient seulement l'anglais. Et ces téléviseurs avec leurs histoires de cowboys et de gangsters. J'sais pas quoi c'est que ça va arriver à faire si ça continue comme ça, pensa-t-elle de plus en plus souvent.

Magloire Fortin non plus n'aimait pas les changements qui avaient lieu autour de lui. Il avait tellement aimé ça d'être parmi sa tribu de filles pendant si longtemps. Il avait même pensé (espéré, plutôt) que tout resterait comme ça. Il s'était créé un beau rêve avec lui et Gracie dans leurs chaises berçantes, entourés de filles soucieuses et d'une armée de petits enfants. Mais les changements se préparaient vite. Pendant une quinzaine d'années, Gracie avait parlé sans cesse à ses filles de sa jeunesse à Oklahoma avec ses horizons sans bornes. Et ses filles se sont complètement éprises du paysage romanesque que Gracie dépeignait. Magloire Fortin savait qu'il n'y avait pas une de «ses» petites qui resterait dans leur petit coin froid du monde. En effet, la plus vieille se mariait dans trois semaines. Et après la cérémonie, elle partait au plus sacrant pour la Californie. Les autres allaient suivre son exemple.

Magloire Fortin avait bien mangé en revenant de la messe. Il s'était reposé une bonne partie de l'après-midi. Vers quatre heures, il avait remis son habit du dimanche. Il avait rendez-vous à cinq heures avec Adélard Cyr, un Monsieur riche de la paroisse qui allait lui prêter assez d'argent (il l'espérait) pour payer les dépenses du mariage de sa plus vieille. Avant de partir, Magloire Fortin passa au sous-sol. Il vérifia que la fournaise avait assez de charbon. Il fuma rapidement une Chesterfield et se mit en marche vers le quartier bourgeois au haut de la côte où habitait Adélard Cyr. Ça va être un beau coucher de soleil, pensa-t-il, en voyant que le soleil commençait déjà à rougir et à partager ce teint avec le ciel et les nuages qui l'entouraient.

Mme Égline Desbeluets remarqua aussi le soleil, mais surtout parce qu'il l'empêchait de voir le chemin en avant d'elle sur son voyage de retour à sa belle maison dans le quartier bourgeois au haut de la côte. Elle n'aimait pas la nouvelle Cadillac que son mari lui avait achetée. Cette voiture de luxe était beaucoup trop grosse et haute et grande et rapide surtout pour la très courte Mme Égline Desbeluets. Fallait qu'elle mette des coussins sur le siège pour être capable de voir au-delà du capot. Et Elphège avait dû mettre des blocs de bois sur les pédales pour qu'elle puisse les appuyer sans difficulté.

C'est Elphège qui lui avait acheté la Cadillac comme surprise. «Ça, c't'un vrai char», avait-il remarqué. «Pas comme ta p'tite punaise de Chevrolet». Mais, Mme Desbeluets aimait sa punaise. J'tais ben là-dedans, se disait-elle en se plissant les yeux pour essayer de mieux voir le chemin. Pi c'tait juste la bonne largeur pour moué. Ouais. Les choses changent toujours, pi c'est toujours pour le pire, murmura-t-elle.

Ses belles visites furent plutôt des désastres. Elle avait l'impression que ces jeunes femmes anglos grandes et jolies se moquaient constamment d'elle, petite Franco, large et très courte avec trop de maquillage et avec un petit manteau en fourrure très démodé, qu'elle était. Comme l'avait fait cette femme avec ses quatre filles et son bonhomme presque aveugle il y a une quinzaine d'années (Comment s'appelait-elle, donc?), elle avait indiqué qu'elle et ses filles n'avaient pas le temps de participer aux belles sociétés de Mme Égline Desbeluets. Peut-être l'année prochaine ou l'année d'après ou peut-être l'année d'après ça…

Même si la banque dit que j'fais pas assez d'argent, ça veut pas dire que j'vas pas repayer l'argent que j'emprête, pensait Magloire Fortin, marchant la tête baissée. Il pensait à ce que le gros monsieur de la banque lui avait dit la semaine dernière en refusant de lui prêter l'argent pour les noces de sa fille. Il pensait aussi à ce qu'il allait dire à Adélard Cyr et puis combien qu'il faudrait payer d'intérêt et combien de temps il aurait pour repayer le tout. Ainsi, il ne remarqua pas qu'il s'était éloigné du bord du chemin et se trouvait maintenant presque au beau milieu de la rue.

Faut que j'en parle au curé, se dit de nouveau Mme Égline Desbeluets qui avait de plus en plus de difficulté à voir le chemin à cause du soleil qui était maintenant juste à l'horizon. Ça s'rait tellement plus facile d'attirer de nouvelles membres si le père Guillet…Elle voulut se tasser un peu à droite sur le siège pour éviter d'être juste en face du soleil. En se tassant, son pied droit s'appuya davantage sur l'accélérateur.

Elle n'a pas vu Magloire Fortin. Et lui, distrait, la tête baissée, ne voyait rien.

La Cadillac de Mme Égline Desbeluets filait à 45 miles à l'heure quand elle le frappa. Pas tellement vite, mais assez pour tuer le pauvre Magloire sur le coup. La Cadillac alla ensuite s'écraser contre le gros chêne dans la cour de devant de M. Adélard Cyr. On transporta Mme Égline Desbeluets à l'hôpital où elle resta sans connaissance pour cinq jours. Ensuite, elle apprit avec horreur ce qui s'était passé et ce qui était arrivé au pauvre Magloire Fortin. Elle voulut téléphoner la veuve pour la consoler. Mais Magloire n'avait jamais fait mettre de téléphone parce que ça coûtait trop cher. Et puis Pamphile Mathieu lui avait dit qu'il pouvait toujours se servir du sien en cas d'urgence.

Tout de suite en sortant de l'hôpital, Mme Égline Desbeluets alla voir le père Guillet et paya 52 messes pour Magloire Fortin, une pour chaque semaine de l'année suivante. Elle attendit que Mme Magloire Fortin lui passe un coup de fil pour la remercier. Elle fut bien déçue quand elle n'entendit rien et décida que Gracie et sa famille n'étaient qu'une bande d'ingrats.

Gracie ne se rendait même pas compte des messes de Mme Égline Desbeluets. Elle n'allait plus à la messe. Et après la mort de Magloire Fortin, ses filles ont décidé de suivre l'exemple de leur mère. Comme l'avait prévu Magloire, elles se sont mariées aussi vite que possible après avoir fini l'école et sont parties au plus sacrant.

Gracie a reçu un peu d'argent de l'assurance de Mme Égline Desbeluets et d'autre argent du gouvernement parce que Magloire avait passé quelque temps dans l'armée. Elle pensait s'en servir pour retourner à Oklahoma. Mais tous ses parents et ses amies étaient partis ou morts. Tous les endroits qu'elle connaissait, lui disait-on, avaient tellement changé. Donc, elle changea d'idée, se servant de l'argent pour se louer un appartement nouveau avec chauffage automatique et pour s'acheter un beau gros téléviseur en couleur qu'elle regarda à longueur de journée en buvant du café et fumant une cigarette après l'autre, jusqu'à la fin de ses jours.

CÉCITÉ
Sylvain Johnson

Je suis aveugle depuis vingt ans. Cette semaine, j'ai célébré mon trente-sixième anniversaire de naissance. Seul à la maison. J'ai refusé de dévoiler l'évènement à mes amis, mon entourage, car je voulais être seul. Je suis resté à la maison avec une bouteille de champagne bon marché écoutant de vieux disques de Jazz et pleurant en silence, une grande partie de la nuit. Il serait facile de croire que le plus grand drame de ma vie est d'avoir perdu la vue. Résultat d'un misérable accident de voiture, mon père ivre incapable de se concentrer sur la route, se disputant avec ma pauvre mère. Ils n'ont pas survécu ce jour-là et j'ai poursuivi l'existence chez une tante lointaine qui, malgré son âge avancé, son inexpérience des enfants, a fait bon travail.

Non, ce que je regrette le plus et qui me rend misérable c'est d'avoir été doté, à l'origine, de mon appareil visuel fonctionnel. Étrange, non? Parce qu'en raison de ces seize années de «normalité», je sais trop bien ce qui me manque. Car, je me souviens des couleurs, des formes, des paysages, et des textures. Je les ai emmagasinés dans ma mémoire et je les revois à l'occasion, en particulier quand j'écoute de la musique. Les sons me paraissent être le meilleur moyen de combler le vide qui est devenu partie intégrale de ma vie. La musique est romance, goût, caresse, et chaleur. Rien ne m'émeut comme une mélodie jouée dans un endroit à l'acoustique parfait.

Né sans ce sens perdu, j'aurais probablement été en mesure de surmonter l'obstacle. En fait, je me sens comme un ange déchu qui se souvient de la présence divine de la bonté céleste et du paradis duquel il fut chassé. Je sais cette comparaison est quelque peu tirée par les cheveux, mais elle me semble juste.

Aujourd'hui j'ai quitté le travail de bonne heure sans laisser paraître mon excitation à cette journée spéciale que j'avais prévue. Mon patron n'a pas vu d'objection à mon départ plus tôt que prévu, me laissant quitter la librairie vers deux heures de l'après-midi. Je travaille dans une librairie? Ça surprend? Non, je m'occupe de la section Braille de notre fier établissement, tout comme je donne des lectures à des groupes d'écoliers ou même des enfants de bas âge. Je suis un orateur doué possédant tous les livres en braille que j'ai cru bon de commander.

Une fois libéré de mes occupations, j'ai téléphoné à la compagnie de taxi locale, rare occurrence dans une petite municipalité de moins de deux mille habitants. Il fallut une vingtaine de minutes avant qu'on vienne me cueillir et je demandai à être transporté dans la ville de Portland, donnant l'adresse exacte au conducteur que je connaissais. Dans le petit village du sud du Maine où je vis, il est difficile de passer inaperçu, en particulier quand vous êtes aveugle et francophone. J'ai peut-être oublié de vous dire que ma tante lointaine vivait dans le Maine. Mes parents et moi à Québec.

J'ai ignoré le balbutiement du conducteur, que ce soit ses prédictions au sujet de son équipe de baseball préféré, le prix fluctuant du homard ou encore les éléments de politique locale. Je me suis plutôt laissé bercer par le mouvement de la voiture, essayant de me faire l'idée du paysage nous entourant. L'ironie d'avoir été élevé au Maine est que tous mes souvenirs sont reliés à la ville de Québec. Je me souviens du château Frontenac, n'ai jamais pu poser le regard sur l'océan et ses plages. J'ai visité tous les recoins de l'État avec ma tante. J'ai humé l'odeur de l'eau salée, des aliments cuits dans l'huile à friture. J'ai senti les vagues contre mes jambes dénudées, écouté la nature des forêts et touché les arbres, goûté les fruits de mer et mets locaux. Mais étrangement, les seules images qui arrivent à s'imposer à mon esprit sont le fleuve St-Laurent et ses tempêtes, les hivers froids et enneigés dans les rues de la capitale québécoise.

Nous arrivons au vieux port de Portland, ayant conduit en sens inverse de la majorité du trafic quittant la ville. Le taxi m'a dégobillé aux abords du restaurant flottant, l'air chaud du mois de mai transportant les odeurs de la mer et de poissons. Les touristes avaient déjà commencé à envahir l'endroit car je pouvais les deviner par leurs langues multiples, leur excitation tangible à prendre des photos et dépenser leurs économies. Je connaissais l'endroit pour y avoir souvent marché seul ou accompagné. J'avais même eu durant plusieurs années l'usage d'un chien guide, malheureusement décédé de manière naturelle en raison du vieil âge. Son nom était Spot.

Je pris la direction de l'immense hangar près du service de traversier et de navette où j'ai lu qu'on avait peint des baleines. J'aurais bien aimé les voir, considérer de mes propres yeux la beauté de cette attraction artistique. J'avais ma canne blanche, outil précieux qui ouvrait la voie et faisait en sorte qu'on m'aidait sans poser de questions. Il me fallut franchir une bonne distance afin d'arriver à ma destination, quelque temps pour qu'on me guide vers un banc en retrait où me poster.

Là, mon lunch dans mon sac à dos, j'épuisai les heures suivantes à écouter les passants discutant parfois avec certains qui s'adressaient à moi. Le jour déclinait, la foule renouvelée d'une nouvelle énergie probablement attisée par l'alcool. Je restai sur place goûtant la fraîcheur timide venant de l'océan, le jour chaud se retirant peu à peu.

Vers ce que des passants questionnés me révélèrent être dix heures du soir, la foule éparse se dissipant, je me levai et pris la direction du sentier pédestre non loin qui servait aussi de piste cyclable. Je rencontrai peu de promeneurs et on semblait m'ignorer. Je rejoignis péniblement l'endroit que j'avais désigné y patientai deux autres heures et finalement me défis de mon sac à dos, de ma canne. Avec l'heure tardive, j'étais finalement seul. La semaine précédente, je m'étais tenu au même endroit ayant demandé à un passant de me décrire ce qui se trouvait devant moi. J'avais été ravi de sa réponse et fait le pèlerinage à plusieurs reprises afin de ne pas me perdre, de localiser l'endroit précis et le remémorer.

Délesté de ma canne et mon sac, je fis quelques pas prudents, je voulais atteindre les pierres qu'on m'avait décrites. Au cas où il y aurait des badauds silencieux, je fis de mon mieux afin qu'on ne devine pas mon handicap. C'était le plus difficile. Quand mon pied rencontra les premières pierres, je sus que je devais marcher un peu plus, cinq pas devaient me séparer du vide devant moi. De l'océan. J'entendais les vagues heurter la pierre, l'odeur était intense et malgré tout, agréable. Je fis les cinq pas suivant et quand mon pied rencontra le vide, m'arrêtai. J'ignorais la profondeur de l'eau à cet endroit. Je savais, par contre, qu'au mois de mai elle était encore glaciale et comme j'étais déterminé, il me suffisait de nager en ligne droite sans m'arrêter. Jusqu'à être épuisé, incapable de faire demi-tour. Me laisser emporter par le courant, par les vagues, fermer les yeux et goûter le silence, la furie de l'océan et la perspective du repos éternel. Ce soir, je voulais mourir. Ici, dans la mer tourmentée.

J'avais souvent pensé à ce moment, incertain de ce que j'allais faire. Prier? Parler à mes parents défunts? Laisser le peu d'images dans mon esprit jouer un court métrage de ma vie, diffusé à mon intention? Peut-être même pleurer? Hélas, je ne fis rien de cela parce que je n'étais pas particulièrement triste, souffrant de dépression ou de mélancolie. Je n'étais pas émotionnel, colérique ou fiévreux. Je me contentais de fermer les yeux, de sourire parce que j'avais découvert avec les années l'inutilité de mon existence. J'avais décidé de cesser de vivre avec les regrets, les rêves inaccessibles et les illusions. J'étais en fait serein et heureux.

Les yeux clos, j'allais faire mon dernier pas, entamant une ultime marche vers une destination irréversible, fatale, et désirée quand une voix s'éleva non loin de moi. Une voix de femme.

«Est-ce ironique, Martin, de te jeter dans un ocean que tu n'as jamais vu»?

Je mis fin à mon geste suicidaire, car la voix m'avait ramené de ce côté-ci de l'humanité, incapable de taire la curiosité. Je sentis un parfum doux et fruité dans l'air qui cherchait à repousser celui salé de l'eau tourmentée, poussé par la brise. Je ne reconnaissais pas cette voix, mais elle m'attira car elle était belle. Au moment où je mis pied à terre, une poigne timide me prit par le bras et me fit reculer sans que je n'objecte. J'étais curieux car on m'avait appelé par mon nom.

«Qui est là? Qui êtes-vous»?

J'étais de retour au banc boisé qui m'avait accepté et tenu compagnie les quelques heures sur place aux abords de la piste cyclable. Je ne pouvais pas sentir d'autres présences et espérais que la femme était seule. Qu'il ne s'agissait pas de voyou aux intentions pires que ce que j'avais prévu faire. Une fois assis, elle me répondit et je devinai qu'elle se trouvait dans mon dos, tout près. Son souffle caressait ma nuque.

«Cela n'a pas d'importance, Martin. J'ai un marché à te proposer».

J'entendis une bicyclette s'approcher, ses pneus raclant le bitume que la nuit avait refroidi, le mouvement répétitif d'une personne pédalant et j'attendis que les sons se soient éloignés afin de poursuivre.

«Un marché? Comment savez-vous qui je suis»?

Elle posa une main sur mon épaule. Un bateau siffla dans la nuit. Je pouvais deviner la mer sombre et imaginer les phares lumineux dans la baie.

«Cela n'a pas d'importance. Mon nom est un murmure dans la nuit, une illusion flottant avec la brise. J'ai un marché à t'offrir et je veux que tu m'écoutes. Si tu refuses mon marché, je te reconduirai au bord du gouffre et si tu insistes, te donnerai même une poussée».

Sa main remonta le long de ma nuque, un contact qui me fit frémir. J'étais fasciné par sa voix, sa présence et me devais de l'écouter jusqu'au bout. J'avais mené ma vie de cette manière.

«Je peux te redonner la vue pour une journée. Vingt-quatre heures. En échange, je veux que tu ailles à une adresse et me rendes une faveur. Que tu fasses quelque chose pour moi».

Je me retirai de son emprise, péniblement. Je tentai de pivoter afin de lui faire face, cherchant la direction de sa voix alors qu'elle continuait.

«Je te demande de tuer quelqu'un. De prendre une vie. Si tu réussis, tu recevras une journée afin de contempler le paysage que tu n'as jamais eu la chance de voir. Une journée afin de poser le regard sur la mer, le ciel bleu, et les oiseaux tournoyants en silence».

Je n'étais pas certain de comprendre.

«Quand tu auras terminé, tu pourras retourner à ton projet. Au moins, tu pourras partir en sachant à quoi le monde qui t'entoure ressemble».

C'était absurde. Complètement macaque. Je ne pouvais pas écouter ces élucubrations d'alcooliques ou d'aliénés plus longtemps. Elle se jouait de moi et je n'étais pas d'humeur à devenir l'objet ou l'instrument d'une farce.

«Laissez-moi tranquille».

Je me levai et m'apprêtai à m'avancer vers ce que je croyais être la mer, offrant mon insatisfaction en un rictus contrarié. Mais elle me retint à nouveau, poussant quelque chose contre moi.

«Voici pour t'aider dans ta tâche. Une arme et des directions en braille. Une adresse».

Je tâtai le paquet enrobé dans une serviette, pouvant identifier un objet métallique lourd. Des documents. Elle poursuivit.

«J'ai un moyen de te faire croire en moi».

Je tenais le paquet dans une main, ma canne reposait contre le banc et je sentis la main de la femme qui prenait possession de la mienne. Chaude poigne, douce et fragile. Ses doigts s'enrobèrent aux miens et je sentis un anneau passé dans l'un d'eux. Métallique et froid comme l'air nocturne qui nous entourait. Elle murmura à mon oreille, je pouvais sentir ses lèvres frôler la peau de ma joue, son souffle contre mon visage. Son odeur de cannelle et de cerise.

«Suis-moi, Martin».

Puis, tout devint silence, calme, néant et perfection.Je m'éveillai courbaturé, confus. Je me trouvai dans un lit sous les couvertures sans souvenir d'y être arrivé. La pièce était silencieuse, sinon le cliquetis d'une horloge que je reconnaissais, car je l'avais entendu chaque matin depuis des années. J'étais dans ma chambre et une inspection tactile me le prouva. Selon l'horloge que j'utilisais, il était près de midi. Un jour s'était passé depuis ma rencontre avec la femme à la piste cyclable. Un jour de vide, car je n'avais aucun souvenir de ce qui s'était passé depuis l'instant où elle m'avait pris la main. Peut-être avais-je rêvé?

Je fis le tour de l'appartement, découvris le paquet enrobé dans une serviette et l'ouvris. J'y trouvai un revolver à barillet, peut-être un .38 ou quelque chose comme cela.C'était un objet fascinant parce qu'il donnait la perspective immédiate de mort. J'aurais pu apposer le canon sur ma tempe et presser la détente sur le champ, tout aurait été terminé, sans besoin de rituel ou de trouble. Mais j'étais curieux, car ce qui m'avait conduit dans cette pièce se devait d'être surnaturel. Je n'avais pas été drogué, transporté avec force. Cette femme possédait quelques pouvoirs que ce soit et la promesse qu'elle m'avait faite de me redonner la vue était intéressante. Ne serait-ce que pour une journée. Question de voir le Maine et la mer, les gens et le monde tout autour. Avant de partir. Je pris le document, lisant une adresse dans Portland même, dans un quartier que j'ignorais. Les directions étaient simples, elles me demandaient de me rendre à un appartement à une heure précise et frapper quatre coups consécutifs. Ensuite, je devais tirer sans hésiter sur la personne qui allait ouvrir la porte. L'individu serait seul et l'appartement situé dans un quartier où les résidents évitent d'appeler les autorités. Selon la note laissée à mon intention, une voiture serait à la porte de l'immeuble afin de me conduire à l'endroit où j'avais rencontré la femme pour poursuivre ma mission de départ.

Je replaçai le tout dans l'emballage en tissu et passai le reste de la journée à réfléchir. Je n'étais pas violent de nature, pas un meurtrier. Mais n'étais-je pas sur le point de mettre fin à mes propres jours, ce qui était en soi une forme de meurtre? L'idée d'utiliser le revolver afin d'accomplir mon but me vint à l'esprit. Mais c'était trop facile, trop impersonnel. Je pouvais toutefois conserver l'arme en cas de problème et m'en servir si jamais j'étais incapable de me rendre à mon emplacement. C'était une forme de sécurité.

La nuit me porta conseil. Je décidai de faire ce que la femme m'avait demandé. Je ne souhaitais pas causer du tort ou faire souffrir quelqu'un que je ne connaissais pas, mais la possibilité de recevoir l'usage de ma vue était en soi un prix ultime, une possibilité qui valait en soi la souffrance à venir. J'attendis la fin de la journée, le déclin du soleil déterminé selon le calcul saisonnier de son coucher. J'aurais aussi pu demander à mon voisin de palier, mais n'avais pas le goût de discuter. Je pris un taxi afin de me rendre à l'adresse reçue, transportant l'arme que j'avais passée dans ma ceinture, espérant qu'elle n'était pas visible. J'avais aussi ma canne. Les informations nécessaires avaient été mémorisées, faisant en sorte que je n'avais pas à emporter le document offert par la femme. Dans le trajet, je me questionnais sur le choix de ma personne afin de commettre cet acte. Je m'émerveillais aussi à la possibilité de retrouver la vue, même temporaire. Le truc qu'elle avait utilisé sur moi m'avait convaincu, peut-être naïvement, qu'elle était sincère et capable de répondre à sa promesse.

Quand nous arrivâmes à la destination, le conducteur du taxi me donna le conseil d'être prudent, m'expliquant que la nuit était dangereuse dans ce quartier pauvre, reconnu pour le trafic de drogue et la prostitution. Je le payai, le remerciai et me laissai envelopper par l'air frais de la nuit, la brise qui soufflait. Le centre-ville devait se trouver quelque part entre moi et le vieux port, mais je pouvais quand même discerner le léger arôme marin emporté par la brise. La nuit était relativement calme, sinon le passage constant de véhicules, de passants riant et discutant entre eux. J'avais été laissé devant l'immeuble où je devais pénétrer et il me fallut quelques minutes afin de me convaincre de poursuivre. Le doute était normal, sain.

Après hésitation et quelques difficultés à localiser le court escalier menant à la porte boisée de l'immeuble, je pénétrai à l'intérieur. L'odeur d'urine envahissait le portique. Je trouvai la porte intérieure qui ne se verrouillait plus, brisée et incapable de jouer son rôle sécuritaire. L'appartement recherché était au deuxième étage et après avoir trouvé l'ascenseur, j'y montai. Je pouvais entendre les cris d'enfants, les rires d'adultes dans les logis aux murs minces, des odeurs de nourritures flottaient dans l'air. Je crus deviner le son de rongeurs déguerpissant à ma vue, longeant les murs. Je refusai de toucher les parois de mes mains nues, croyant ces dernières sales et peut-être maculées. Au deuxième étage, je m'avançai à la troisième porte, force de toucher cette dernière afin de palper le numéro métallique qu'on avait décrit. L'appartement 203. J'y étais.

Quelque part, une femme répondait aux questions difficiles d'un jeu questionnaire télévisé, un couple luttait verbalement en ignorant les pleurs d'un enfant. Quelqu'un toussait à répétition, des pas lourds faisaient vibrer le sol sous mes pieds. L'endroit était pauvre, mal construit et dans des conditions misérables.

De la porte, je pris une profonde inspiration, posai la main sur le manche boisé de l'arme, toujours dans ma ceinture. J'avais chaud, transpirais et tremblais de nervosité. Pourtant j'étais indifferent à l'acte que j'allais commettre. Je n'avais aucune compassion pour l'individu qui allait trépasser, cela n'était pas de mes affaires. Tout ce que je voulais, de toute mon âme blessée et meurtrie, c'était que les mots de la femme deviennent réalité. Que je puisse voir. J'espérais mourir ce soir après avoir contemplé l'océan et le panorama de cette région qui m'avait vu grandir, qui m'avait accueilli.

Je mis la main sur le butoir métallique que je croyais être un aigle, forme irréelle sous mes doigts. Tout ce que j'avais à faire était de presser la gâchette, de rendre ce service à la femme. Tuer quelqu'un que je ne connaissais pas et avec qui je ne pouvais pas avoir le moindre lien émotif, culturel et humain. Ce devait être facile. Et si elle m'avait menti? Si elle n'avait aucun pouvoir? Si j'avais rêvé?

Je repoussai les doutes et frappai le butoir à quatre reprises, puissamment. Le son parut démesuré pour se répercuter dans les couloirs comme celui de mille déflagrations. J'étais horrifié. J'entendis ensuite des pas lents et un verrou qu'on tourne, une porte qui s'ouvre en grinçant. J'avais placé ma canne devant moi afin qu'on devine mon handicap et parle en premier, ce que les gens faisaient habituellement. Il y eut un court silence, le mouvement d'un corps frottant l'embrasure de la porte et quelqu'un qui parla faiblement. Une voix douce, curieuse et nerveuse. Une femme.

‹Oui›?

Je n'hésitai pas et extirpai l'arme, la pointant dans la direction de cette masse humaine que je devinais. Aucune exclamation de surprise n'accueillit mon geste et je pressai sur la détente fermement. Le choc du coup de feu me prit par surprise, puissant, me faisant reculer d'un pas. C'était une arme bien plus puissante qu'un .38. L'odeur de la poudre envahit l'air et j'entendis le son sourd et distinct d'un corps qui s'affaisse au sol. Des cris dans l'immeuble, on avait reconnu le son pour ce qu'il était. Un coup de feu. L'odeur de la poudre se dissipa rapidement, le projectile semblait avoir traversé la victime et fracassé une fenêtre laissant entrer une brise fraîche. Un Tsunami d'odeurs nouvelles remplit le couloir où je me tenais, hesitant, coupable et l'arme en main. Cannelle et cerise, puis la voix de la femme rencontrée au bord de l'eau me vint en murmure, flottant dans l'espace confiné du couloir.

«Merci, Martin».

Elle est derrière moi, peut-être à mes côtés. Difficile à dire, car elle est en mouvement.

«Voici ce que je t'ai promis».

La douleur est atroce, elle explose dans mon crâne et me fait crier de souffrance. Je titube et bute contre le mur à ma droite, me retiens faiblement, lâche ma canne qui s'affaisse au sol. Et pour la première fois, le rideau noir qui obscurcit ma vision se retire, peu à peu, floue torrent de lumières et de couleurs, de sensations. Il me faut du temps afin de m'habituer, de définir et déterminer ce qui se présente à moi. Des formes reconnues et oubliées, normales ou anormales. La douleur se retire par contre rapidement, me laissant pantois, car soudain, je vois. Je vois les murs, le sol en tapis, les couleurs. Mes yeux se remplissent alors de larmes et je baisse les yeux vers cette masse que j'ai abattue. Je dois savoir. Mais je ne vois qu'une femme inconnue dont le souvenir me sera impossible, car je sais ne l'avoir jamais vue. Par contre, je réalise qu'elle tient ma canne sans comprendre pourquoi. Je m'avance et il y a deux cannes au sol dont une sur laquelle elle a une emprise complète. Elle est aveugle.

Je panique. Je recule dans le couloir. J'arrive mal à assimiler les informations visuelles qui me viennent. Tout semble si laid, si sombre. Les formes sont différentes de mes souvenirs. Est-ce l'oeuvre du temps? La différence entre la réalité et la mémoire d'un gamin rêveur? Je vois un homme qui m'observe dans le couloir. Un homme de couleur. Il me sourit, un objet en main que j'identifie comme un téléphone cellulaire. Il le pointe dans ma direction. Il prend une photo. J'ai toujours l'arme en main. Je fuis, incapable de me souvenir de la direction à prendre, ma mémoire prise en défaut. Je cours cette fois plus aveuglément que jamais. Je trouve un escalier, je déguerpis, me retenant contre le mur. Ma tête me fait souffrir et j'aboutis finalement dehors. La nuit est si sombre, qu'est-il advenu des lumières rouges et oranges de mon souvenir? Des lampes valsant dans le néant en créant un feu d'artifice coloré? Comme la nuit est laide.

Il n'y a pas de voiture telle que prévue. J'attends, quelques passants m'épient, curieux sans me déranger. La rue reste déserte. Je n'arrive pas à m'orienter. J'ai passé ma vie à mémoriser les emplacements, les choses sur mon parcours et ce savoir essentiel à ma survie semble s'être volatisé avec le retour de ma vue. Je crie de rage. Je n'ai aucun point de repère. Je trouve finalement une ruelle où me cacher. Les ordures et les coins d'ombres me font peur. Quelque chose semble remuer tout près de moi. Je m'accroupis contre les marches d'un court escalier. Je ramène le revolver sur mes genoux. Que sont toutes ces ombres qui bougent, qui flottent autour de moi? Ces formes au loin qui passent comme un flash? Si j'avais imaginé la furie d'une vision renouvelée, j'aurais refusé de commettre l'acte.

Je regrette d'avoir retrouvé la vision et soudain, sur le canon luisant, argenté entre mes mains, je vois un reflet de mon visage. Un visage qui n'est pas le mien, que j'ignore. Il me regarde, me toise. Un inconnu. Je place le canon de l'arme contre ma tempe. Je presse la gâchette, le corps tendu. Rien, seul un cliquetis. Je presse encore et encore, mais il n'y avait qu'un seul projectile dans l'arme. C'est le deuxième mensonge de la femme ce soir. Je n'arrive pas à bouger, car je ne sais pas où aller. Les directions me sont inconnues. Je suis perdu.

Quand ils me trouvent quelques heures plus tard, les agents me croient fou. Je leur explique la visite de la femme, ma volonté de mourir et le pacte que nous avons passé, elle et moi. Je leur dis ignorer la victime, mais ils ne me croient pas. La femme m'a encore menti, car la vision qui aurait dû être temporaire sera en fait permanente. Je suis prisonnier d'un monde que je refuse de voir. De dépit, au premier jour de mon procès alors que j'ai refusé de parler à mes avocats, au juge, je décide de me perforer les yeux à l'aide d'un crayon volé à la prison. Malgré la douleur, je retrouve enfin quelque chose de précieux, de familier. Je retrouve mes autres sens. Je suis fin prêt à la peine de mort, la désire et la mérite. Je me lève devant l'audience et m'apprête à recevoir le verdict.

Coupable est tout ce que je désire entendre.

LE MÉDAILLON D'IRIS
par Sylvain Johnson

L'histoire qui suit s'est déroulée trois ans plus tôt dans le village de Limerick au sud du Maine. Une petite localité typique de la Nouvelle-Angleterre avec son centre pittoresque et sa population d'origines variées. Né à Montréal, j'ai grandi dans l'ombre de l'Amérique anglophone, fasciné et effrayé par cette contrée de toutes les possibilités. Je n'avais jamais espéré vivre hors de ma province chérie, mais les tourments de ma vie mouvementée m'emmenèrent dans ce petit village au nom irlandais. Une annonce, passée dans un journal local et transmise par un correspondant et ancien copain, me donna l'idée de recommencer ma vie dans un décor différent et invitant. Je conduisis ma voiture le long des magnifiques paysages qui devaient me mener à ma destination où je louais une chambre. Mes possessions se limitant à mon sac à dos et son contenu à quelques dollars et des rêves sans fin.

À vingt-six ans, je débutais cet été ensoleillé en tant que jardinier pour une compagnie privée. Je n'avais aucune expérience dans le domaine, mais les tâches qu'on me confiait étaient simples. Tondre la pelouse, ramasser les feuilles mortes laissées inertes par un hiver qui s'était prolongé. J'étais satisfait, heureux et l'air frais du Maine me faisait un bien extraordinaire. La plupart du temps, je travaillais seul comme en ce jour du mois de mai où je la vis pour la première fois. Elle habitait une immense demeure, quelque peu délabrée, à la façade luttant désespérément contre une végétation dominante et envahissante. La pelouse n'avait pas été coupée depuis une éternité et les fenêtres demeuraient closes, les rideaux tirés empêchant d'en voir l'intérieur. Au haut d'une colline avec une vue remarquable sur un lac miroitant, la demeure me faisait penser à un château abandonné plongeant la rue et les arbres tout autour dans une ombre rafraîchissante. Je travaillais de l'autre côté de la rue.

Je la vis quitter la résidence d'un pas lent, une canne dans une main, le dos courbé et portant une lourde veste en laine excessive en raison de la chaleur estivale. Une dame à la longue chevelure blanche bouclée sous un large chapeau de paille. Son visage était dissimulé dans l'ombre de sa coiffe. Elle fit le tour de la résidence et disparut derrière celle-ci, s'enfonçant dans la végétation opaque et ombragée. Il n'y avait rien de particulier là, sinon qu'elle sortait tous les jours à peu près à la même heure, suivant le même itinéraire. Elle ne levait jamais le regard. Il me fallut attendre la troisième journée de travail avant de céder à cet instinct parfois pervers qu'est la curiosité. Les propriétaires de la résidence où je me trouvais étaient absents et j'étais convaincu que personne ne remarquerait mon absence temporaire.

Je décidai donc de la suivre, voulant lui parler. Je l'interpellai poliment sans qu'elle ne me réponde et avant que je ne l'aie rejointe elle s'était volatisée, enfuie dans le mur de végétation qui se trouvait devant moi. Je faillis rebrousser chemin, conscient qu'il était inapproprié de s'aventurer sur une propriété privée. Mais je remarquai un fin sentier qui séparait les branches et broussailles de manière discrète. Toujours en interpellant la dame, je m'enfonçai dans le gouffre sylvestre, mes pas caressant le gravier et la terre battue, évitant les racines et autres obstacles. Je marchai une dizaine de minutes avant que le sentier ne débouche sur une petite clairière où le soleil valsait impunément contre les surfaces verdâtres et fertiles.

Je m'immobilisai au spectacle de cette petite clairière où la femme se tenait, dos à moi, penchée. Elle semblait entretenir un petit jardin envahi par les herbes et plantes sauvages,sifflotant un air qui m'était inconnu. Son jardin se trouvait dans l'ombre d'un immense rocher d'une taille remarquable, au moins d'une douzaine de pieds en hauteur, le double en largeur. Je n'avais jamais vu de rocher de cette grosseur, si loin au coeur des terres, loin des montagnes. Elle profitait de l'ombre afin de manier des outils de jardinage et quand je bougeai à nouveau l'un de mes pieds écrasa une branche qui se fendit bruyamment. Elle l'entendit et se retourna, me toisant de ses yeux vert éméraude, de son visage plissé et invitant, d'un sourire maternel. Pris sur le fait, intimidé, je m'avançai. Elle tira un mouchoir de la poche de sa veste et s'en essuya le front, suivant mon regard qui avait du mal à se détacher du rocher, imposant et mystérieux.

Je pris la parole,désolé de l'avoir surprise.Mon anglais était impeccable quoiqu'accompagné d'un fort accent.

«I'm sorry but I didn't want to scare you».

Elle m'offrit un sourire sincère, replaçant le mouchoir dans la poche de sa veste. Je pouvais voir la sueur sur son front, sa main tremblante et ses ongles noirs d'avoir travaillé la terre. Elle me répondit et ma surprise fut complète quand elle le fit dans ma langue maternelle, sans accent.

«Me faire peur? Y'a rien que Dieu et le curé Bissonnette pour me faire peur».

Elle était francophone! Quelle étrange surprise au coeur du Maine. Je savais, bien entendu, que de nombreux résidents de l'État avaient des souches québécoises, les noms de famille sur les boîtes aux lettres, le long des routes, ne mentaient pas. La femme se retourna et fit deux pas qui la rapprochèrent d'un banc en bois, peint en rouge ocre sur lequel elle prit place dans un soupir, une faible plainte d'effort.

«Je m'appelle Iris Lepage».

Elle tapota le banc m'invitant à m'asseoir à ses côtés, ce que je fis. Son odeur me rappelait celle de ma grand-mère avec qui j'avais passé de merveilleux étés dans le lointain temps de l'enfance. Un parfum de fleurs. Je me présentai poliment et quelque peu amusé.

«Steve».

Elle acquiesça, probablement aussi heureuse que moi de pouvoir parler français. Son regard se dirigea vers le jardin dans lequel je pus identifier des plants naissants de tomates, de maïs, et de fèves. Sa voix me revint, charmante et douce, solitaire et sage.

«‹Où as-tu grandi, Steve»?

«Montréal». Puis après une brève hésitation: «Et vous»?

Les oiseaux étaient bruyants autour de nous, des écureuils sautant de branches en branches, quelques insectes bourdonnant lors de leur passage à nos côtés. Ces sons étaient réconfortants, révélant une nature calme et vivante.

«Je suis née à Saint-Luc au sud du fleuve. J'avais huit ans quand mon père nous a emmenés au Maine pour trouver du travail dans les *Shops*. La terre suffisait p'us à nous nourrir».

Iris contemplait le sol, les souvenirs remontant probablement à la surface se mélangeant avec ceux plus récents d'une vie au ralenti.

Après avoir chassé un moustique tenace qui refusait de me laisser tranquille, j'osai briser le silence temporaire qui s'était installé.

«Vous êtes jamais retournée au Québec»?

Iris leva le regard qu'elle tourna dans ma direction. J'y vis l'ombre d'une tristesse temporaire mais vive. Elle tourna son attention vers l'immense rocher devant nous.

«Ce rocher est ce que les Américains appellent un *boulder*. La roche vient pas d'icitte».

Des notions lointaines de cours d'histoire me revinrent, floues mais suffisantes.

«Transporté par les remous de la période glaciaire»?

Elle était sérieuse, contemplative, regardant la masse nous dominant avec respect. Elle respirait lentement, incapable de contrôler ses tremblements.

«Oui. Cette roche vient de très loin. Transportée par les glaciers. Un beau voyage, sûrement, mais quand les glaces ont fondu, la roche a été abandonée sur place».

Une courte pause, s'humectant les lèvres.

«Moi et cette roche, on est pareil. On s'est retrouvé loin de chez nous, mais on s'est enraciné, le temps s'est arrangé pour faire le reste».

Iris fouilla dans la poche de sa veste, y prit quelque chose qu'elle remmena à l'air libre. Des bonbons enveloppés d'emballage argenté. Elle tendit la main vers moi, mais je refusai les gâteries. J'avais trop chaud pour vouloir quelque chose de sucré. J'étais intrigué par ce qu'elle me disait. Simplement de pouvoir communiquer en français était magique.

«Vous devez encore avoir de la famille là-bas»?

Un oiseau se posa sur le sommet de l'immense rocher créant une ombre démesurée à nos pieds qui aurait pu appartenir à un oiseau préhistorique, perdu dans une époque qui ne lui appartenait pas. Iris soupira, hesitant à répondre.

«Oui, j'ai sûrement de la famille là-bas. Perdue ou oubliée».

«Vous êtes pas curieuse de savoir ce qu'ils sont devenus»?

Iris s'occupa brièvement à retirer l'emballage d'un bonbon qu'elle enfourna dans sa bouche, savourant la friandise avec un sourire.

«Ça fait si longtemps. Les choses ont trop changé. Ma vie est icitte maintenant».

Iris se leva avec effort, utilisant sa canne et refusant l'aide que je lui offris. Elle se tenait directement devant le rocher, songeuse. Je la rejoignis, découvrant à quel point elle était petite, maigrichonne et d'aspect fragile. Je l'écoutais religieusement.

«C'est pour cela que des fois je viens icitte près de la roche. On se tient compagnie. On est tous les deux des étrangers, loin de chez nous. J'ai aussi mon jardin qui me rappelle la terre de 'pa, mon enfance».

Je fis deux pas, voulant être sous la protection de l'ombre, le soleil cuisant menaçant de rougir ma peau à l'extrême. Iris resta sur ses positions. Le jardin était petit, envahi par des herbes néfastes, mais je pouvais voir l'effort qu'elle y déployait par un amas de végétation déracinée ou coupée. Je pouvais imaginer la gravité d'une situation telle qu'elle me l'avait décrite au début ou au milieu du siècle. Une famille forcée de quitter la terre familiale ayant nourri des générations afin de plonger dans l'inconnu de l'Amérique. Les obstacles de la culture, de la langue, l'influence de la religion. Ce n'était pas comme aujourd'hui alors que la rapidité des moyens de communication élimine presque les frontières. À l'époque, les choses bougeaient lentement.

Sans que je m'en aperçoive, Iris s'était placée à mes côtés, m'observant, promenant son bonbon sur sa langue, claquant parfois contre ses dents.

‹Et toi, Steve, ta famille te manque›?

J'avais quitté ma famille à un jeune âge afin d'aller au collège et de voler de mes propres ailes. Je restais rarement au même endroit plus d'un an, rendant tout lien familial difficile à conserver. Mais j'aimais ma famille et elle me manquait, bien entendu.

«Oui, mais je les visite quand je peux. Une ou deux fois par année».

«Que fais-tu exactement au Maine, si loin des tiens»?

Je cherchais un moyen de décrire la véritable raison de mon errance, incertain si j'étais capable de m'exprimer adéquatement. Je tentai ma chance, l'attention de la dame complètement captivée par mes paroles.

«J'ai le goût de voyager, de découvrir et d'explorer».

Je voulais rediriger la discussion vers la femme, non intéressée. Iris secoua la tête négativement, amusée.

«Mon père parlait de rêve. Mais ma mère appelait cela des illusions. Elle a jamais contredit mon père, s'est juste contentée de le suivre en silence».

Je n'aimais pas parler de moi. J'étais à ce moment dans ma vie où les choses commençaient à prendre forme, à s'établir. Je tentais de me concentrer sur le présent.

Iris prit un autre bonbon dans sa poche qu'elle savoura et son souffle projeta l'odeur de caramel dans ma direction. Le temps filait, les ombres s'étiraient. Elle posa une main osseuse sur mon bras.

«J'avais dix-sept ans quand j'ai quitté le foyer familial. Mon père était rendu trop vieux pour travailler dans les *shops* et je travaillais dans une buanderie à Portland. C'est là que j'ai rencontré mon futur mari. Il a bâti la maison de ses mains, tout seul, et ça fait soixante-quatre ans que je vis là».

Elle s'était retournée vers la forêt dans la direction où devait se trouver la résidence. Je suivis son regard, sachant que je n'y verrais rien. Mais je comprenais mieux pourquoi elle n'était jamais retournée dans son village natal. Ma situation prenait aussi cette tournure, mes visites à Montréal s'étaient espacées avec le temps, le travail et ma vie dans cette comunauté prenait davantage de place avec chaque nouvelle année qui s'amorçait. Elle me faisait réfléchir.

Je pouvais entendre des voitures lointaines filant à toute allure sur les routes à l'asphalte surchauffée, un chien jappant sans interruption signalant quelques dangers ou présences inhabituelles. Le ciel bleu au-dessus de nous n'était fracturé que par un oiseau solitaire flottant en cercle ayant probablement localisé une proie. L'oiseau pouvait être un faucon, peut-être même un aigle. Ma connaissance de la faune locale était limitée. Iris ignora la vie active autour de nous. Elle retira sa main de mon bras.

«Tu es en train de te déraciner. Un beau jour, tu vas rencontrer une Américaine. Fonder une famille. Pis à un moment donné, tu vas te réveiller comme notre ami le *boulder* pour te rendre compte que la glace s'est retirée. Que le paysage et les gens autour de toi ont changé. Comme moi, ta vie va être icitte».

Je réfléchissais. C'était fort possible. J'avais de moins en moins de choses me liant à Montréal. Mes amis s'effaçaient dans leurs propres existences, mes passe-temps et passions avaient basculé d'une culture à l'autre, bien que similaire. N'eut été de ma famille, mon père et ma mère, rien vraiment ne m'aurait attiré au Québec. Je dû admettre qu'elle avait raison.

«C'est possible».

Iris s'avança vers le jardin, y prenant un sac en imitation paille, avec poignées, qu'elle souleva et posa devant elle.

«Tu veux bien m'aider»?

Je pris le sac, au poids léger et découvris que ce dernier comprenait des outils de jardinage, une bouteille d'eau et un sac d'engrais. Il était trop tôt pour que des légumes soient récoltés. La femme prit alors la direction du sentier quittant le jardin et la pierre majestueuse en forme de rocher Percé miniature, sans le trou. D'une main elle tenait sa canne boisée, de l'autre me prit le bras et nous marchions lentement, la nature s'activant tout autour de sa vie mouvementée et invisible. C'était bien, si calme et reposant.

J'appréciais la compagnie d'Iris et me promettais de la visiter à nouveau. La sensation de partager une culture et une langue, malgré deux époques différentes, était agréable. Iris me tira de ma rêverie, sa voix joignit le tumulte de la forêt.

«Peu importe le nombre d'années que tu vis loin de chez toi, il y a une chose que tu n'oublieras jamais».

Je pouvais voir la passion dans ses propos, dans son visage, ses yeux lumineux.

«Tu n'oublieras jamais d'où tu viens. Ta culture et la langue. Sans cet heritage inoubliable, on serait en train de se parler en anglais».

Elle avait raison. Malgré toutes ces années qu'elle avait passées au Maine, loin de sa patrie, elle avait conservé la langue et l'amour de son pays. J'étais encore à moitié enlisé dans ma ville, le temps n'avait pas encore érodé mon existence de tout ce qui me constituait. Mais elle avait vécu, avait vu les décennies succédées les unes aux autres. Et elle me parlait toujours en français.

La dame âgée s'arrêta de marcher, me retenant avec elle. Je lui faisais face et elle fouilla autour de son cou, trouvant un objet qu'elle avait revêtu.

«Laisse-moi te montrer quelque chose».

C'était un médaillon qu'elle avait autour du cou, qu'elle retira après avoir enlevé son chapeau et dévoilé sa généreuse chevelure retenue en pignon au sommet de son crâne. Je pris le médaillon argenté qu'elle me tendait et qui portait une inscription à son endos. ‹Iris Lepage---1937---St-Luc›. Je le retournai dans ma main, considérant l'âge de cette pièce. Je dus admettre sa beauté. Iris me parut ravie de l'admiration sur mon visage et reprenant le bijou dans sa main tremblante, m'expliqua.

«Ma grand-mère maternelle me l'a donné le jour où nous avons quitté le Québec. Un jour bien triste».

Elle reprit la marche et je la suivis. Je ne voyais aucune raison l'empêchant de retourner à St-Luc. Elle vivait seule dans cette immense résidence. J'aurais tant voulu l'aider. Nous progressions lentement dans le sentier, le soleil déclinant rendait le ciel d'un orange lumineux, les nuages paraissaient en feu. Elle me tenait toujours le bras et j'entendis soudain des cris lointains, d'abord faibles et imperceptibles, mais qui rapidement se dévoilèrent à mon ouïe. C'était mon patron, probablement venu me chercher à la fin de la journée de travail. Le temps avait filé. Je me retournai et observai Iris, mais elle savait déjà. Elle ne me laissa pas parler, me devança.

«Vas. Ne t'en fais pas pour moi».

Elle exécuta un geste de la main, me donnant congé et je fis quelques pas avant qu'elle ne reprenne la parole, m'immobilisant.

«N'attends pas que la glace se retire. Ne deviens pas comme moi. J'ai toujours cru que je retournerais là-bas afin d'y mourir en paix. D'y être enterrée dans la terre qui ma vu naître. Mais il est maintenant trop tard».

Je voulus protester, mais elle refusa de m'entendre.

«Je suis trop vieille pour un tel voyage. Mes jambes me font mal, mon arthrite est de pire en pire et ma vue faiblit. Il est trop tard».

J'entendis à nouveau la voix de mon patron qui m'appelait, entre voitures filant sur la route, entrecoupant le chant des oiseaux. J'aurais préféré rester avec elle, si triste et solitaire. Mais ce n'était pas en mon pouvoir. Je la saluai d'un geste distrait, préoccupé parce que je ne voulais pas perdre mon emploi. Elle me rendit un sourire poli et je marchai rapidement, ne me retournant que pour la saluer une dernière fois. Il me sembla qu'elle parlait toujours, sa voix perdue dans la distance, mais les mots d'avant résonnant dans ma tête. «N'attends pas que la glace se retire».

Ce soir-là, je pris une décision majeure. Elle concernait Iris. J'étais prêt à lui offrir le voyage qu'elle avait tant désiré, le plaisir de retourner à St-Luc, ne serait-ce que pour une visite. J'avais une voiture, quelques dollars et une bonne volonté, me fallait la convaincre. C'est ainsi que je lui rendis visite de très bonne heure après avoir déposé mes outils au travail. Je remarquai l'état pitoyable de sa maison, de son terrain non entretenu. Après avoir frappé longuement, je découvris que la porte n'était pas verrouillée, cette dernière s'ouvrant au premier essai. Il me fallut quelques brefs instants afin de découvrir que l'endroit était désert, complètement vide de tout ameublement, de tout signe de vie. La poussière couvrait le sol, des toiles d'araignées les murs et les plafonds. Chaque pièce me rapprochait de l'étrange vérité, celle qui voulait que personne n'avait habité l'endroit depuis des années.

Perplexe, je décidai de me rendre au jardin d'Iris, espérant l'y rencontrer. Elle vivait peut-être ailleurs, visitant la résidence qu'elle avait habitée durant de longues années, conservant le jardin. Dans la cour, il me fallut ce qui sembla une éternité avant de trouver le sentier qui semblait avoir été envahi durant la nuit par une végétation sauvage. Y pénétrant, j'eus du mal à progresser dans le sentier presque effacé, devant à plusieurs reprises revenir sur mes pas et chercher des indices de passages humains. C'était comme un mauvais rêve, un mauvais film fantastique. Il me fallut près d'une trentaine de minutes avant de finalement arriver à cette clairière que j'avais visitée le jour précédent.

Celle-ci avait aussi changé et un malaise s'empara de moi. Je voyais le rocher, immense et dominant, mais il n'y avait aucune trace d'un jardin. Des buissons se trouvaient là où des plants de tomates auraient dû être. Je m'en approchai, ne comprenant pas trop ce qui se passait. Je croisai le banc où nous avions pris place, brisé en deux et dont la peinture rouge n'était plus qu'un souvenir ravagé par le temps, les intempéries.

Il n'y avait aucune trace d'Iris, aucune trace d'activité humaine depuis de longues années. Mais je n'étais fou, ne pouvais douter de ce que j'avais vécu le jour d'avant. J'allais me retourner, un sentiment d'insécurité et des frissons me traversant, quand mon oeil capta un scintillement dans l'un des buissons. Bref jet lumineux. J'avançai vers l'endroit, cherchant entre les feuilles et branches pour finalement récupérer quelque chose au sol, des épines me griffant l'avant-bras. L'objet ramené à la lumière du jour était le médaillon que j'avais tenu entre mes mains la veille. Le médaillon d'Iris. Il semblait plus usé, sale et l'écriture était presque effacée, à peine lisible. Il s'était trouvé à l'endroit exact où le jardin aurait dû être. Je devais admettre deux choses, l'une étant que j'avais bien eu cette discussion avec la dame âgée. Ce médaillon réel en était la preuve. L'autre chose impossible à nier était qu'elle n'avait pas foulé le sol de cet endroit depuis très longtemps.

Sans réponses, nerveux, je quittai le couvert de la végétation et retournai au travail, le médaillon dans ma poche, mon esprit préoccupé. Dans l'après-midi, mon patron vint me donner un coup de main afin de terminer le travail. Je le questionnai au sujet de la résidence de l'autre côté de la rue sans lui parler de mon aventure. Il m'apprit qu'une dame âgée avait habité l'endroit, une veuve qui avait rendu l'âme deux ans plus tôt, seule et malade. Il n'en savait pas plus.

J'oubliais presque l'histoire, retournant à mon travail, à ma vie, rencontrant même une jeune femme qui devint ma fiancée. Les choses semblaient prendre forme dans mon existence et j'aurais facilement pu oublier Iris, n'eut été du médaillon qui, un jour, fit son apparition dans le tiroir de ma commode. C'était deux ans après ma «rencontre» avec la dame.

Je me tenais à l'entrée du cimetière, épiant l'océan de monuments funéraires, les grandes allées verdâtres et les quelques visiteurs, calmes et respectueux. J'étais seul, ayant fait le voyage de Limerick à St-Luc. Cela faisait près d'une dizaine de minutes que j'attendais quand je vis une vieille voiture rouillée, d'un modèle qui aurait dû être remisé depuis plusieurs années. Il faisait chaud, mais une brise désirable soufflait en faisant bruisser les feuilles des arbres épars, ces derniers créant des zones d'ombres.

Je tenais le médaillon dans ma main droite, heureux de ce que j'étais en train de faire. Après avoir retrouvé l'objet, ma conversation avec Iris s'était clarifiée et je m'étais souvenu de ses paroles. De son désir d'un jour retourner là où sa vie avait commencé. J'avais cherché en ligne les pages blanches de la municipalité de St-Luc, y trouvant une vingtaine de Lepage. Il ne fallut que quelques coups de fils avant de trouver quelqu'un qui se souvenait de la femme qui était membre de sa famille. Un neveu maintenant dans sa cinquantaine qui se remémorait sa tante Iris Lepage, visitée au Maine à plusieurs reprises quand il était petit. Il n'avait pas entendu le nom depuis si longtemps, était surpris parce que j'avais à lui dire. Il ne sembla pas méfiant et parut même ravi de ma visite planifiée. Il accepta de me rencontrer et le voilà qui immobilisait sa voiture devant moi.

J'étais quand même nerveux, non pas parce que j'allais lui remettre le médaillon, permettant à Iris, ou du moins son souvenir, de revenir dans cet endroit qui lui avait été cher. Mais aussi en raison de ce que j'avais prévu par la suite. J'allais rendre visite à ma famille, à mes parents.

Je voulais m'assurer que la glace n'allait pas se retirer et m'abandonner dans une contrée lointaine. Je ne voulais pas être comme ce rocher solitaire, oublié. Je voulais conserver le lien étroit entre ma nouvelle vie et mon héritage francophone.

Tout cela, grâce au médaillon d'Iris. Iris qui demeurera la hantise de ma vie.

LE BORD D'EN AVANT

Cléo Ouellette

La maison de ma toute petite enfance avait un grand salon qu'on appelait, «le bord d'en avant». C'était une salle bien fermée où il nous était défendu d'entrer excepté par permission spéciale et pour une grande occasion. Si c'était fermé à clé ou non, je ne me souviens pas. De toute façon, c'était bien défendu, et on ne pensait même pas d'y aller. Le salon était réservé pour recevoir le curé à la visite de paroisse, pour ouvrir les cadeaux le matin de Noël, pour avoir la bénédiction du Jour de l'An, et pour veiller les morts. Tout autre rencontre ou activité se faisait dans la cuisine.

Je ne me souviens pas de l'ameublement de cette salle, mais je sais que, s'il y avait un sofa et des chaises bourrées comme dans les maisons des gens plus aisés, il devrait y avoir des petites serviettes ou des dentelles sur le dos et sur les bras pour empêcher la saleté ou l'huile des cheveux, et pour préserver davantage les meubles. C'était comme ça dans toutes les maisons. C'était le temps suivant la Grande Dépression et il n'y avait pas d'argent pour des meubles neufs. Ou peut-être y avait-il seulement des chaises droites, un peu meilleures que celles de la cuisine, avec une chaise berceuse ou même un fauteuil, comme dans les maisons des gens de plus petits moyens.

La seule chose dont je me rappelle dans le salon est un gros appareil radio d'à peu près quatre pieds de hauteur et deux pieds de largeur. De temps en temps, mes parents allaient écouter les nouvelles s'il se passait quelque chose de vraiment sérieux dans le monde ou si il y avait quelque chose d'intéressant.

J'ai pris connaissance de cette radio, je crois, le 11 novembre 1941. J'avais cinq ans. À la brunante, mon père est rentré de son travail en disant, «On est en guerre». Jamais je n'oublierai le visage troublé et anxieux qu'il présentait. «Le Président Roosevelt va parler à six heures», dit-il.

Le souper s'est passé en silence. On a vite fait la vaisselle. À peine a-t-on pris le temps pour le chapelet, qu'on disait tous les soirs à genoux dans la cuisine. Jamais nos parents ne l'avaient-ils fait d'une façon aussi distraite.

Quelques minutes avant six heures, toute la famille est entrée dans le salon pour écouter l'annonce, ma soeur âgée de huit ans, mes trois frères âgés de six ans, trois ans, et huit mois, et moi. On était tous assis dans un demi-cercle devant la radio, les enfants, les plus vieux assis parterre, mes parents sur des chaises qu'ils avaient apportées de la cuisine. Ce n'était pas le temps pour des cérémonies. On attendait en silence, ma mère, tenant le bébé sur ses genoux, avait les larmes aux yeux. Sans savoir exactement ce qui se passait, on sentait que la situation était absolument grave.

À l'ouverture habituelle des nouvelles, même la voix de l'annonceur, Gabriel Heater, semblait très intense. Et puis, la voix du Président retentit dans la salle. Dimanche, le 7 décembre, serait «*a day that will live in infamy...*» dans l'histoire américaine. Nous avions été attaqués par les Japonais. Le pays faisait la conscription de tout homme commençant à l'âge de 18 ans et, si nécessaire, jusqu'à 40 ans. Mon père avait 32 ans. Qu'est-ce qui allait nous arriver? Nous, les enfants, on y comprenait rien, excepté que c'était sérieux et que nos parents étaient terriblement inquiets.

Cet événement s'est imprimé dans ma mémoire plus que tout autre chose qui s'est passée dans le salon. Pourtant, il se passait d'autres choses dans cette salle. On y recevait de temps en temps des personnages importants. La famille, les parents, les mon oncles, les ma tantes, les cousins, les cousines, on les recevait dans la cuisine, mais d'autres parfois méritaient d'être reçus dans le salon. C'était surtout vrai pour M. le Curé à la visite de paroisse.

Quand l'été était arrivé et que les semences étaient finies, le curé annonçait à la messe du dimanche qu'il allait passer par les maisons pour faire la visite de paroisse et disait quelles familles il allait visiter cette semaine-là. D'ordinaire, il commençait par les côtes et les petits chemins d'en arrière. Lundi, c'était le jour du lavage, alors, pas de visite. Mardi, c'était le chemin Brichelotte; mercredi, le chemin de Ste Agathe; jeudi, la route des Paradis, et vendredi, la côte de l'église. Samedi, pas de visite. Le dimanche d'ensuite, il annonçait qu'il allait commencer le grand chemin, qui était la rue principale, et disait quelles familles il devait visiter chaque jour, du meilleur de sa connaissance. Des fois, si la route était longue, comme le chemin de Ste Agathe, ou il y avait des imprévues, il devait commencer par là le lendemain matin et ça reculait tout le monde.

Comme personne n'avait de téléphone, les gens devaient laisser savoir, d'une façon ou d'une autre, où le curé était rendu parce qu'on ne pouvait pas garder les enfants assis toute la journée. Tous les gens, du plus vieux au plus jeune, étaient revêtus de leurs meilleurs habits et on n'osait pas commencer aucun travail de peur que le curé arrive et qu'on ne soit pas prêt, ce qui ne serait pas respectueux.

Ordinairement, on envoyait un enfant, un petit garçon si possible, ça paraissait moins, chez le troisième ou le quatrième voisin pour avertir, et eux, ensuite faisait de même.

«P'tit Jean», disait sa mère, «va su' les Albert et di' eux que le curé est su' Jos Martin. Marche vite, vite, mais cours pas. Tu vas tomber et t'salir, et tu sais que t'as pas d'autre chose de propre à te mettre su' l'dos. Alors, fais attention. Vite, vas-y». Comme ça, ça se transmettait de maison en maison et, quand le curé arrivait, on était prêt.

Nous-autres, on restait dans la route des Paradis. On était des Paradis. Et on était heureux d'être parmi les premiers à recevoir la visite du prêtre, car, depuis des mois, ma mère tenait la maison en «grand ménage». Enfin, après la visite, on pourrait peut-être se relâcher un petit peu. Le plancher du salon était bien ciré, les rideaux lavés et empesés, les meubles bien époussetés et les murs bien ornés. Tout était en ordre. On avait juste à entendre frapper à la porte d'en avant. C'était si rare qu'on se servait de la porte d'en avant. Seulement le curé. Tous les autres, c'était la porte du côté qui donnait sur la cuisine.

Enfin, ça frappait à la porte. Tout le monde était déjà dans le salon. On se mettait à genoux pendant que ma mère allait faire entrer M. le Curé, et puis, elle aussi se mettait à genoux pour recevoir la bénédiction du prêtre. Si mon père était là, c'était lui qui recevait le curé. Ensuite on s'asseyait tous, le curé sur la meilleure chaise et les autres sur les moins bonnes. M. le Curé commençait à parler, surtout aux adultes, des fois aux enfants. Il discutait la température, le travail, la famille, combien d'enfants, leurs âges, était-ce le temps d'en avoir un autre? (Il ne fallait pas empêcher la famille). Est-ce qu'il allait y avoir des vocations, un prêtre, peut-être, une religieuse dans la famille? Qui travaillait dans la famille? Qui gagnait? Qui pouvait donner à l'église? Pouvait-on donner plus? Combien allait-on donner pour la dîme, la quête de l'Enfant Jésus?

Puisque la plupart des gens étaient habitants, la dîme se donnait souvent en biens de la terre, par exemple, dix quarts de patates, ou cinq poules. Il fallait faire attention, car le curé souvent annonçait ces donations en chaire le dimanche d'ensuite. Il disait, «J'ai reçu vingt quarts de patates de Louis Morneault, cette semaine», ce qui était vrai. Non seulement pouvait M. Morneault se gonfler la poitrine, mais ça pouvait encourager d'autres habitants à faire de même ou de donner encore plus pour se faire vanter en chaire ou pour ne pas avoir honte devant leurs voisins.

On discutait tous ces sujets, et le curé donnait des conseils et des encouragements ou des remontrances. Et les enfants écoutaient en silence, essayant de comprendre ce qui se passait. Malheur à celui qui avait envie de faire pipi et qui se tortillait sur sa chaise, car il recevait le mauvais oeil de Maman. Enfin la visite se terminait. Les questions étaient répondues, les conseils donnés, les comptes réglés, et tout le monde semblait satisfait. Le curé devait continuer son chemin et aller passer une demi-heure, trois quarts d'heure chez le voisin. Toute la famille se dirigea vers la porte d'en avant, se mit à genoux pour une dernière bénédiction et puis, c'était fait pour une autre année. Bonjour, M. le Curé!

L'été se passait assez vite avec le grand jardin et les visiteurs que mes parents entretenaient surtout dans la grande cuisine avec des parties de Charlemagne, de la conversation familiale, et un peu de whiskey ou de la bière faite à la maison. Un bon matin, après une soirée de cartes dans la cuisine où un visiteur avait échappé une chaise et cassé une des petites vitres de la porte, mes parents discutaient l'accident. Ma mère remarqua en riant, «Si c'était un des enfants qui aurait fait ça, on le bavasserait ben fort».

Je me rappelle de m'avoir pressé le nez dans les petites vitres de la porte en regardant dans cette salle d'étalage qui faisait partie de notre maison mais qui était séparée de nous. Ma mère les lavait souvent ces petites vitres (il y en avait une vingtaine dans la porte), car on regardait souvent ou on y mettait les petits doigts.

À l'automne, après la récolte des patates et quand on avait rentré les foins et tous les produits du jardin, quand on avait fini de serrer et de préserver tous les fruitages et les légumes pour l'hiver, ma mère commençait encore une fois à parler du grand ménage, celui de l'automne. Les fêtes seraient bientôt arrivées avec les cadeaux et les invités. Il fallait que tout soit propre et à l'ordre, surtout dans le bord d'en avant. La fin d'octobre nous trouvait occupés à serrer les vêtements d'été et puis à sortir les bas de laine et les gros manteaux d'hiver; au mois de novembre et pendant l'avent on nettoyait. C'était fatigant, mais on pensait aux fêtes, et ça nous consolait.

Vers la mi-décembre, mon père devait aller dans les bois choisir un arbre de Noël. Si on était assez vieux, on pouvait l'accompagner. Quelle fête! Qui porterait la hache? Qui irait sur le traîneau? On se bousculait pour être le premier ou pour aider le plus. Ça prenait presque toute la journée et on aimait beaucoup ça.

Dès que l'arbre de Noël était installé dans le salon, on se chicanait pour qui allait y mettre les décorations. C'était le travail de plusieurs veillées. On avait juste quelques ornements achetés au magasin. On faisait des cordons avec des flocons de maïs et des petites bandes de papier. Et puis, on couvrait le tout avec des petits fils argentés qu'on plaçait soigneusement un par un sur l'arbre et qu'on allait ramasser après Noël, replacer sur un petit carton dans sa boîte, et sauver pour l'an prochain. On s'y plaisait beaucoup. Tout le monde aidait, même les petits. Quel bel arbre! On l'admirait pendant un bout de temps. Après ça, le salon se fermait, jusqu'à Noël ou quand les visiteurs arriveraient.

Après des semaines d'anticipation, enfin la veille de Noël! Pendant toute la veillée, ma mère préparait un ragoût pour le réveillon et sortait des tourtières et des desserts qu'elle avait cuits quelques jours avant et qu'elle gardait dans la «pantry», qu'on appelait aussi la cuisine d'été, et qui servait comme une sorte de réfrigérateur l'hiver. Tout le monde se préparait pour aller à la Messe de Minuit. Ma mère resterait avec les petits ou bien on aurait une gardienne.

De retour de la messe, souvent la parenté et les voisins se rassemblaient chez nous pour réveillonner et se régaler, ce qui pouvait durer jusqu'aux petites heures du matin. Nous, les enfants, on mangeait un peu de ragoût et puis vite dans nos lits. Il faut dire que c'était difficile de dormir avec toute l'excitation et les festivités autour de la table de la cuisine et dans le salon. Pour quelque temps, on se couchait par terre au haut de l'escalier et on regardait ce qui se passait en bas. Ceux qui avaient froid allaient bientôt se coucher, mais pour quelques uns d'entre nous, la curiosité nous gardait là. Quand nos parents montaient, ils nous trouvaient endormis sur le plancher, et ils nous apportaient dans nos lits. On se faisait gronder un peu, mais à la prochaine fête, ce serait tout à recommencer.

Le matin de Noël, nous, les enfants, on descendait doucement dans le salon qui était resté ouvert. Nos parents s'étaient couchés très tard, mais ils avaient pris soin de mettre les cadeaux sous l'arbre pour nous avant de se coucher. On n'osait toucher à rien, mais on regardait avec grande anticipation. Bientôt, nos parents arrivaient et on commençait à ouvrir chacun notre cadeau. Pour ma soeur, une petite chaîne avec un beau *locket*; pour mon frère, Bert, une traîne neuve; pour moi, une belle catin aux cheveux blonds; pour Gérald, un beau camion jaune; et pour le bébé, un petit chandail pour le tenir bien chaud. Chacun aussi recevait une paire de bas de laine et des mitaines faits par Maman, ou par memère, avec beaucoup d'amour. Comme on était heureux! On était chanceux car, à l'époque, plusieurs des enfants du voisinage recevaient seulement des bas, des mitaines ou une petite boîte de crayons à colorer comme cadeau à Noël.

Toute la semaine on fêtait, avec les parents et les voisins qui visitaient souvent et qui prenaient un p'tit coup ici, un p'tit coup là, même dans le salon. Le temps des fêtes, c'était important. Il fallait se réjouir. Mais, le Jour de l'An, c'était spécial. C'était réservé pour la famille. La veille, Maman faisait certain, encore une fois, que tout était propre et en ordre dans le bord d'en avant pour la bénédiction du Jour de l'An.

On se levait très tôt le matin, on se préparait bien vite, et habillés dans nos meilleurs habits du dimanche, on entrait, un par un dans le salon pour se mettre à genoux dans une ligne droite, en commençant du plus vieux au plus jeune, avec maman à la tête. Ensuite, Papa entrait, se plaçait debout devant nous, et commençait à nous bénir avec un grand signe de croix. «Je vous bénis, au nom du Père, et du Fils, et du Saint Esprit». Et puis, il prenait la main de Maman, la faisait lever et disait, «Je te souhaite une bonne et heureuse année, une bonne santé, de la patience avec les enfants, du succès dans tout ce que tu fais. Je te souhaite toutes sortes de bonnes choses et le Paradis à la fin de tes jours». Puis il lui donnait une serrée et l'embrassait et passait à ma soeur, «Je te souhaite une bonne et heureuse année, que tu sois une bonne fille, que tu aies une bonne santé, que ça aille bien à l'école, et que tu t'entendes bien avec tes petits frères et ta petite soeur. Je te souhaite toutes sortes de bonnes choses et le Paradis à la fin de tes jours». Il allait d'enfant à enfant en lui faisant des souhaits particuliers à lui ou à elle. Cette petite cérémonie durait pendant plusieurs minutes et nous laissait toujours très émotionnés. Même mon père avait les larmes aux yeux. Ensuite, il partait pour la messe avec les plus grands et ma mère restait à la maison avec les plus jeunes. L'après-midi, on visitait avec les grands-parents et les proches parents et souvent nos parents demandaient la bénédiction de leurs parents. C'était toujours très touchant. Et comme notre nom était Paradis, c'était surtout spécial.

Après la Fête des Rois, le 6 janvier, le salon se fermait encore une fois. On nettoyait et tout restait propre jusqu'au printemps à moins qu'il se passe quelque chose d'inattendu, peut-être quelqu'un d'important qui venait de loin ou même une mortalité dans la famille.

Dans ces années-là, plusieurs petits villages n'avaient pas encore de salon mortuaire. Alors, quand une famille avait le malheur de subir une mortalité, il fallait veiller le mort à la maison. Je me rappelle seulement une fois qu'on avait veillé quelqu'un chez nous. J'étais si jeune que je ne ne rappelle pas qui. Tout ce que je me rappelle, c'est que les gens venaient jusque dans la nuit. Plusieurs apportaient des plats, et on chuchotait. Ma mère, toujours dans la cuisine devant le poêle, avait fait un ragoût au poulet qu'elle servait à ceux qui était venus.

Le mort ou la morte était placé(e) au fond du salon, et il y avait toujours au moins une personne devant qui priait. Des parents, des voisins, ou des amis venaient y passer la nuit. On veillait pendant une heure ou deux et puis on sortait du salon, on mangeait un peu, on se reposait pour un bout de temps tandis que d'autres personnes prenaient la place devant le mort, et puis on retournait. Le matin, d'autres venaient les remplacer et ça recommençait. La troisième journée, c'était les funérailles. On sortait le mort de la maison de très bonne heure pour se rendre à l'église. Tout le monde pleurait et la tristesse se manifestait dans toute la maison.

Quand la famille et les visiteurs revenaient dans l'après-midi, les choses étaient un peu moins sombres, mais ça allait prendre quelques jours avant que la vie soit revenue complètement au normal. On fermait le salon en attendant la prochaine saison, le prochain événement.

Pourtant, au fond de ma mémoire, il me semble que mes parents allaient souvent le soir s'y cacher pour écouter «Séraphin», une histoire série qui passait à la radio, l'histoire d'un avare qui faisait souffrir tout le monde et que tout le monde détestait tout en plaignant sa femme et ses voisins. Tous les soirs, on entendait une voix grave et profonde annoncer lentement, «Un homme et son péché, une autre de nos belles histoires des pays d'en haut», et puis ça continuait. C'était le feuilleton mélo des années passées.

Mes souvenirs du bord d'en avant de la maison de mon enfance resteront toujours gravés dans ma mémoire. Ça sera toujours des souvenirs d'une salle défendue aux enfants.

Quand on a déménagé quelques années plus tard, notre nouveau salon était beaucoup plus accessible. Vrai, il y avait encore les portes vitrées, mais il n'y avait certainement pas de clé et on pouvait y entrer de temps en temps, même si cétait seulement pour aller épousseter, pour pratiquer le piano et, dans les années plus tard, pour recevoir nos cavaliers.

LA MER ET MOI

Angelbert Paulin

Voici une histoire de cinquante ans de pêche ou presque qui est la mienne. Cinquante ans, ça veut dire 600 mois ou 2600 semaines ou 18,250 jours. Tout ce temps-là n'a pas été passé en mer, mais bien la moitié de tout ça, car nous pêchions du printemps à l'automne. Du début mai et souvent jusqu'à la mi, des fois la fin novembre. Ça fait plusieurs nuits sans sommeil car nous pêchions presque toutes les nuits passées en mer. Je ne dirais pas que l'on dormait jamais, un petit sommeil entre les coups de chalut. Il fallait aimer ce métier pour le pratiquer aussi longtemps.

Le tout a commencé j'étais très jeune. J'aimais m'amuser avec des petits bateaux le long de la côte chez papa. On dirait que j'avais déjà un penchant pour ce métier. On vient au monde avec chacun un métier dans le sang, je pense. Nérée, mon frère, tout jeune, était déjà en charpenterie et il en a fait carrière.

J'ai commencé la pêche à quinze ans pour terminer à soixante-cinq ans, sans manquer une année. Propriétaire de quatre bateaux en plus d'être capitaine sur deux autres---un de quatre-vingt-cinq pieds de longueur, le Marcel André pour le *National Sea Products* et l'autre de Freddy Mazerolle (le Shippagan II).Quel beau métier, à part de quelques petites malchances ici et là. Toutes ces années se sont très bien passées et passées très vite à part de ça. Merci Seigneur.

À quinze ans j'ai fait mes débuts dans la pêche avec Ambroise Noël. J'ai juste fait quelques sorties pour leur aider à ôter les roches qu'ils plaçaient dans les trappes, car c'était des trappes en bois. Ces roches étaient pour aider les trappes à caler. Une fois les trappes abreuvées d'eau, on levait les trappes à deux hommes---Laurier Noël et moi---et là on jetait les roches à l'eau.

Une journée, la première fois que je sortais avec eux, nous avons vu un goéland qui semblait être blessé. Ambroise a passé près du goéland et l'a mis à bord. Ce goéland avait un tag dans sa patte. Laurier a voulu examiner le tag, mais Broise, comme on l'appelait, qui était le genre de gars qui parlait fort, a dit à Laurier, «On pêche, laisse ce goéland-là sur le derrière du bateau. On regardera à ça plus tard». Mais, quand nous avions pêché plusieurs tangons, on a arrêté de pêcher pour prendre un lunch. Mon gros Broise---car il était gros et court---a pris le goéland pour examiner le tag. Le goéland l'a mordu, le bec planté dans les deux narines. Le sang coulait le long du bec du goéland. Quel spectacle. Broise jurait, comme on dit, et parlait au goéland. «Lâche, mon cal...de taber...» Quand le goéland a lâché, mon Broise a sauté dessus à coups de pied. Il l'a mis en charpie comme dirait papa. Quelle show pour ma première trip. On avait ri.

À part de ça, Broise avait placé un cable neuf pour gouverner le bateau, mais il l'avait placé du mauvais côté. Quand il virait la roue à droite, le bateau virait à gauche. Si bien qu'il poignait un tangon de trappe sur dix qu'il s'enlignait pour. Jusqu'à ce que la patience a manqué et il a donné un coup de pied à la roue. C'était trop comique. Il gouvernait avec la roue pliée presque jusqu'à la cabine. Laurier voulait qu'il arrête pour changer son cable de bord, mais il n'a jamais voulu. Pauvre Broise, un bon vieux.

À la fin de cette même année, j'ai pêché la trawl avec Albert Guignard à Grande Anse. On avait mis 3000 crocs de trawl à l'eau la première journée, et on en a perdu 1500. Ça commençait à aller mal. C'est là que l'on s'est fait accuser de gauche, de rien de bon, de tout ce qui pouvait le defouler, la vieille nappe. J'ai pêché un mois pour faire $30. Mais on avait été comme chanceux de perdre la trawl car on aurait été obligé de pêcher jour et nuit. On aurait dit qu'il aimait nous faire travailler pour rien. Une soirée, nous avons arrivé de la pêche vers six heures et il nous a envoyé laver son char. Il fallait monter à la source dans le cap avec des seaux pour apporter de l'eau pour laver ce maudit Buick-là. On avait comme peur de lui; il était toujours malpatient. Une matinée, nous étions à déjeuner. C'était petit la chambre de ce bateau-là. J'ai pris un mug de thé et je l'ai échappé sur les genoux du monsieur. J'ai cru le mug était le haut en bas mais il avait tombé droit debout. Je l'ai pris et renversé sur ses genoux. Là, il faisait pas beau. C'est là que j'ai perdu patience et je lui ai dit, «T'as fini de m'insulter. Ce soir Angelbert sera assis dans l'autobus». Cet autobus faisait le trajet Lamèque-Bathurst. Dans la journée, il est devenu plus doux et là j'ai décidé de rester pour le reste du mois. Albert avait un vocabulaire pas comme un autre. Il disait pas n'importe qui, mais n'importe pas qui ou n'importe pas quoi. Que Dieu ait pitié de son âme. Mais???

À seize ans, j'ai pêché le homard avec Mathias Gauvin. On pêchait dans un bateau qui était assez gros. Nous étions obligés de lever 375 trappes à bras, pas de mécanique. J'avais assez forcé que les mains me descendaient en bas des genoux après la saison. Les bras m'avaient allongé, ah, ah!

On pêchait 375 trappes en bois. Ça devenait pesant, Ce printemps-là le homard était très rare. On a pêché toutes les belles journées pour ne prendre que quelques mille livres de homard. Aux alentours de 5000 livres, je crois. On pêchait toutes les journées de beau temps avec l'espoir que ça deviendrait meilleur, mais ce fut la catastrophe tout le printemps. J'étais payé $90 par mois, quel salaire. Pauvre Mathias, il n'a pas pris assez de homard pour me payer mon salaire de $180 pour deux mois. Il travaillait quelque part, je ne me rappelle pas où, et au mois d'août, il ma payé la balance.

Mais c'était mes débuts dans la pêche et j'étais fier d'avoir une job sur l'eau. C'était au printemps 1953 ou 1954, et j'ai encore pêché avec Mathias. Mais ce printemps-là le homard était encore plus rare que le printemps précédent. C'était pas drôle. Nous étions rendus à la fin mai. Livain Noël (le mari à Cécile Laplante) pêchait avec Joseph Gauvin. Joseph a dégagé Livain qui avait eu une job à la shop de la co-op des pêcheurs, et nous avons pêché le reste de la saison à trois dans le même bateau pour avoir moins de dépenses. C'est ce printemps-là que Mathias a vendu son bateau et ses trappes.

Je me souviens, une journée, nous avions pêché dix-sept lignes de trappes---sept trappes par lignes---pour prendre un homard. Quand je l'ai aperçu, je l'ai poigné, il a mordu sur ma mitaine, j'ai donné un coup sec et je l'ai jeté à l'eau. Mon chum, Joseph, tout découragé a dit, «On va s'en aller, Angelbert les jette à l'eau». Fallait bien se defouler sur quelqu'un. Il faisait pitié, après tout.

Ce printemps-là les salaires avaient augmenté à $95 par mois. Cinq dollars de plus par mois. Pas trop pire comme salaire. Ce printemps-là aussi j'ai été obligé d'attendre jusqu'à septembre pour mes derniers sous. Dans ce même été 1954, j'ai remplacé quelques hommes à bord des chalutiers. Ça allait mieux.

En 1955, j'ai remplacé Ernest Noël qui s'était marié cette année-là. C'était le 15 août 1955. Nous avions sorti le dimanche soir le 14 car Ernest se mariait le lundi [matin]. Nous avons rentré à Shippagan le samedi matin avec 52,000 livres de morue. C'était avec Allard Guignard. Son bateau était le Gloucester No.17, car le gouvernement avait fait bâtir des bateaux. Des Gloucester du numéro 1 à 38 excepté le numéro 13, car c'était un numéro malchanceux, disaient-ils. Mon oncle Léonard avait le No. 14, oncle Romuald le No. 20 ainsi de suite.

Pour revenir à mes années de pêche. J'avais remplacé papa deux semaines à bord du bateau à Léonard Gauvin, le Gloucester No. 36---

bateau neuf du printemps. Un autre deux semaines à bord du C.P. No. 1, le bateau à Albert Noël. J'avais remplacé Vincent Gauvin qui s'était cassé les deux pouces en tombant du bicycle à gaz à Adolphe Gauvin. Ensuite, j'ai pêché avec Ormidas Noël pour le reste de la saison. Nous avions bien fait là aussi---$350 pour l'été. C'est-ti pas maudit d'être si malchanceux pour un débutant. Mais, Ormidas était un des plus petits pêcheurs. C'était en 1955.

En 1956 et 1957, j'ai pêché avec oncle Léonard Paulin dans le Gloucester 19 car il avait vendu son Gloucester 14 pour acheter le 19. Il avait fait $11,000 clair. En ce temps-là, c'était de l'argent. Dans le Gloucester 19 on avait un poêle à bois, une petite sondeuse et un radio. C'était tout l'équipement que l'on avait. Mon oncle, qui était si vaillant, s'arrangeait toujours pour trouver du poisson. Quelle bonté d'homme à bord d'un bateau.

En 1958-59, j'ai pêché avec Léonard Gauvin dans le Gloucester 36. En 1958, nous avons sorti du Goulet pour la première trip le 28 avril pour aller pêcher au Cap Breton. Le vent soufflait une vingtaine de miles à l'heure, une houle longue, de quoi rendre un chien malade. On filait pas bien du tout, mais dans la nuit on approchait de la glace. Des grandes banquises. Tout à coup, tout est devenu calme parce qu'on était à l'abri de la banquise. Léonard a arêté le moteur. On s'est couché à partir de deux heures à aller jusqu'au jour. Là, on l'avait aimé!

Le lendemain matin, on a contourné la banquise pour filer vers Chéticamp, Cap Breton. Rendu là, on a pêché deux jours. Ensuite, le vent s'est élevé. Il faisait pas beau. Un sud-est de 45-50 miles à l'heure, peut-être plus. En s'en retournant du havre, le bateau a levé par la mer et il a descendu. J'ai tombé à genoux dans une caisse de liqueur vide. Les goulerons étampés dans les genoux. Quel mal! Pas trop longtemps après, Mathias a tombé assis, lui sur une grosse canne de graisse à cup. Résultat: canne de graisse dérimée et le coccyx cassé, mais chanceux malgré tout parce que Wilfred Paulin venait tout juste de se lever la tête de sur la canne qui lui avait servi d'oreiller quelques minutes avant. Si Mathias avait été chanceux, Wilfred aurait été là, la tête sur la canne. Ça lui aurait sauvé une fracture du coccyx, mais Wilfred aurait eu quelques bleus.

Toujours en 1958, nous allions pêcher sur la côte nord, près de la Rivière au Tonnerre, la Rivière St-Jean, et le havre St-Pierre. La morue était rare par ici, mais la morue suivait la bouette, le caplan tout proche de la côte à dix ou douze pieds d'eau. Il y en avait à l'épaisseur de l'eau, comme disaient les plus vieux. Une journée que nous pêchions près de la côte, les pêcheurs côtiers ne pouvaient pas prendre de morue car il avait trop de bouette pour qu'elle morde sur la bouette des crocs. C'est pour cette raison qu'elle ne mordait pas. Il y avait un pêcheur avec un petit jeune homme avec lui qui nous regardait lever quelques poches de morue. Le pont du Gloucester 36 était plein.

Le petit bateau en question était d'à peu près vingt à vingt-cinq pieds de longueur. Léonard Gauvin qui avait bon coeur lui a fait signe de venir s'accoster sur notre bateau. J'ai sauté à bord de leur petit bateau car ils ne savaient pas comment démarrer une poche de chalut--- c'était un noeud spécial. On a levé une grosse pochetée et je l'ai démarrée à bord du petit bateau. Peut-être 3000 livres de morue. Ce gars-là était content. Il était chargé. Trois mille livres dans un petit bateau, c'était son voyage. Il est parti pour le havre. Il passait parmi les autres petits bateaux. Nous étions au large de la Rivière St-Jean, au nord de l'Île Anticosti. Ça était un des bons gestes à Léonard Gauvin. Léonard buvait beaucoup mais il aurait tout donné pour un plus pauvre que lui.

Une journée du même été, j'arrive au magasin des Robin (dépanneur Lamèque aujourd'hui). Je filais comme bien et me voilà face à face avec le Père Saindon, notre curé. Il me regarde dans les yeux et me dit, «Tu commences bien. Penses-tu de prendre un coup tout l'été»?

«S'il y a du poisson, oui, mais s'il n'en a pas, on sera obligé de ralentir».

«Les intentions sont pas fortes».

«Monsieur le curé, vous avez dit de ne pas conter de mensonges».

Il me demande est-ce que Léonard boit lui. J'ai dit je ne sais pas. Il dit comment ça, tu sais pas pis tu pêches avec lui?

«Il ne faut pas mépriser son prochain, monsieur le curé».

Dans la même semaine, j'ai raconté à Léonard ce que le curé m'avait dit. Au retour de la pêche, on passait devant le village comme à cinquante miles à l'heure. Je dis à Léonard, «Tu conduis bien vite». Il me répond, «J'ai peur que le char manque aux alentours du presbytère».

En revenant à la pêche, on allait pêcher au large du Cap Breton le printemps, ici aux alentours de Miscou, et quelques fois la côte nord. Cet été-là nous avons pêché jusqu'au mois novembre début décembre.

Au printemps 1959, j'ai encore pêché avec Léonard Gauvin. Le 20 et 21 juin, il a fait une grosse tempête. Trente-cinq pêcheurs de la Baie

Ste-Anne se sont noyés cette nuit-là. Nous-autres, on avait sorti par le Goulet le soir vers cinq heures. Léonard avait pas sorti, c'était Mathias qui avait sorti avec le bateau. On était au large de Tracadie à quelque part, mais on a eu le temps d'entrer par le Goulet à la mer haute. C'était pas beau. C'est le lendemain, le samedi, que Charles Gauvin de Lamèque a chaviré avec son bateau en entrant le Goulet. Le bateau a fait un tour sur lui-même. La cabine et Charles sont partis avec la mer. Germain Chiasson et Hilaire Gauvin qui pêchaient avec lui étaient dans la chambre avant. Ils les ont trouvés vers quatre heures le samedi après-midi sains et saufs. Ils ont jamais pêché après. Le dimanche, nous étions au quai.

Le curé à la messe a demandé d'aller voir pour essayer de trouver un bateau de Ste-Marie qui manquait à l'appel. C'était un quarante-huit pieds de long, le bateau à Camilien Haché. Ulysse Haché qui était petit gars avait sorti avec eux. C'était le vendredi soir. On est parti cinq bateaux à la recherche des naufragés. Un à l'est, l'autre l'est-sud-est, l'autre sud-sud-ouest. C'est nous-autres qui les avons trouvés, tous en bon état. Le moteur avait manqué. Ils s'étaient attachés par leurs filets car ils pêchaient la morue au filet et ont passé la tempête du vendredi au dimanche sans trouble. On les a ramenés au port. Au pont de Shippagan 200-300 personnes les attendaient au quai. C'était triste. Au traversier, ils nous ont laissé passer en les saluant de la main. Que Dieu est bon. On aurait dit une résurrection car tout le monde s'attendait au pire.

La journée avant la tempête, on prenait des morues qui avaient des roches dans l'estomac. Wilfred Paulin en avait vu plus que nous-autres; il avait passé quelques tempêtes sur l'eau---surtout une où ils ont fait côte à l'Île du Prince Edouard. Il nous disait dans la soirée qu'une tempête se préparait, c'est pour ça que la morue se lestait. Autrement dit, elle se mettait des roches dans l'estomac pour s'appesantir avant la tempête pour se tenir plus au fond. J'y ai cru quand ils nous ont dit ça à l'école des pêches à Caraquet. Quel instinct.

Le reste de l'été s'est assez bien passé. J'ai averti Léonard que j'allais travailler à Montréal; j'avais fini avec lui. Au retour au printemps, j'ai embarqué avec Onésiphor Guignard. Nous avons pas fait grand-chose non plus cet été-là. On avait été pêcher à Sept Îles. On était quatre bateaux. Les autres se sont tous chargés et nous sommes revenus avec 18,000 livres de poissons rouges (sébastes). Personne voulait sortir de nouveau. Pour commencer l'été d'avant, Onésiphor avait passé pour le meilleur pêcheur à la *Gordon Pew*, la compagnie où il vendait son poisson à Caraquet. Au printemps suivant, il s'est acheté un nouveau set de portes de chalut. Ces portes-là ne travaillaient pas, elles n'ouvraient pas assez la seine. On avait décidé, l'équipage, que s'il ne remplaçait pas les portes de l'été précédent, on débarquait. Il a enfin accepté. On lui disait, t'as été le meilleur pêcheur avec ces portes-là. Mission accomplie! Nous laissions le quai de Caraquet le lundi matin vers huit heures, rendus au large de Miscou une heure après-midi. Nous avons pêché trois jours et demi et avons pris 52,000 livres de morue. C'était réglé.

Plus tard, ce même automne 1960, nous avons été pêcher à Chéticamp, toujours avec Onésiphor. C'est l'année où la femme à Mathias (Léa) est morte. Nous avons attendu les funérailles pour ensuite partir pour le Cap Breton. Là, nous avions bien fait à la pêche. Ensuite Léonard Gauvin est venu nous rencontrer là-bas ainsi que Allard Guignard. On avait pêché tard cette année-là. On laissait pour s'en revenir le 13 décembre. Allard et Onésiphor laissaient leurs bateaux là-bas pour l'hiver, et un membre de l'équipage à Allard s'était rendu au Cap Breton avec le char à Allard pour ramener les hommes à Lamèque. Vu qu'on aurait été sept dans le char à Allard, j'ai décidé de m'en revenir avec Léonard Gauvin car ils étaient juste trois à bord--- Mathias, Jean-Eudes Paulin, et Léonard. C'est pour ça que je me suis décidé de partir en bateau. Quand on est parti le 13 décembre en après-midi, le vent soufflait du sud-est. Il était vers une heure et le vent tournait tranquillement vers le sud-ouest pour virer au nord-est pendant la nuit. Les gens là-bas ne voulaient pas qu'on parte car disaient-ils on va avoir tout un gros vent. Nous n'avions pas de baromètre sur le bateau mais les baromètres des autres bateaux indiquaient du gros vent. Mais Léonard voulait apporter son bateau à Shippagan pour faire un motor job. C'est ça qui l'a forcé à traverser.

Du havre de Chéticamp aux Îles de la Madeleine ça prend six heures environ. Jusque là ça allait bien mais le vent avait tourné vers le nord-ouest. Il avait augmenté de vitesse---quarante à cinquante miles à l'heure. Mathias a dit à Léonard pourquoi qu'on s'arrêterait pas aux îles. Léonard avait peur de se faire prendre par la glace et d'être obligé de laisser son bateau là. Il a dit, on va continuer, on finira bien par se rendre. Mais, vers huit à neuf heures, le vent augmentait avec la neige et le froid. On avait dépassé les Îles de la Madeleine de deux heures, peut-être. Il fallait bien ralentir la vitesse car déjà le bateau voulait se débatir. Le moteur roulait à demi-speed, donc il ne donnait pas de chaleur. Il faisait très froid à l'intérieur. Mais le bon Dieu avait permis que ça gelait sur la cabine. L'eau volait en l'air et gelait et ça étanchait les fenêtres et les portes. On sentait plus d'air. Mais, il ne faisait pas beau. Dans la nuit le vent a dû faire aux environs de 75 à 80 miles à l'heure. Le bateau prenait de l'eau. Il fallait aller pomper à toutes les deux à trois heures. Heureusement que Allard et Onésiphor avaient envoyé leur linge---chandails et bas de laine---dont on se servait comme mitaines. Et leurs gros manteaux nous faisaient du bien.

Rendus aux alentours du milieu du banc Bradelle, entre Shippagan et les Îles de la Madeleine, nous avons été comme coincés par deux grosses vagues qui ont levé le Gloucester 36. Il a tombé dans le vide, je dirais, de vingt à vingt-cinq pieds de haut. Quel coup! Le poêle dans la chambre est venu en guénilles. Il y avait un starter de rechange dans une boîte au pied du lit. Il a passé à travers du lit et cassé le lit d'en bas. Et le bateau prenait de l'eau. L'étoupe s'était arrachée comme un pied de long en avant du bateau et l'eau entrait. Il nous fallait pomper à toutes les demi-heures aux trois quarts d'heure. Nous étions tous debout. Quatre heures du matin et nous n'y pouvions rien sauf pomper et demander de l'aide du Seigneur. C'est là qu'on constate qu'on a besoin de Lui. Je me souviens Léonard était appuyé sur le mur à ma droite car c'était à mon tour de gouverner et j'étais assis dans la chaise. Soudainement, je me tourne vers lui et lui demande, «Penses-tu que l'on va être recommandé aux prières dimanche». Il s'est mis à pleurer. Pourtant il était solide. Il a attendu un moment et me répondit, «C'est le grand boss qui va décider notre sort, mais oublions pas de le prier».

Et ç'a continué toute la journée et une grande partie de l'autre nuit avant d'être rendu. À peine qu'on avançait. Vers trois ou quatre heures de la deuxième nuit, j'ai regardé dehors en direction de chez nous et j'ai aperçu la light de Miscou. J'ai vérifié deux fois pour être plus sûr. C'était bien ça. J'ai entré et dit à Mathias, «*I see the Miscou light, Mat*». Il a sauté debout et a dit, «C'est–ti vrai»? Le vent avait diminué de beaucoup mais la mer d'automne est toujours grosse et pesante quand il fait froid. Là, on dirait que la joie revenait. On voyait l'Acadie, la peninsule acadienne. Léonard a commencé à augmenter la vitesse du moteur. On commençait à ressentir la chaleur. À quatre heures du matin du 15 décembre 1960 on était au Goulet. Léonard avait pris une ancre dans sa seine. Il nous a fait jeter l'ancre à l'eau avec un vieux câble pour attendre le jour car les bouées étaient toutes levées et on aurait rien eu pour se guider. De quatre à huit heures nous avons veillé chacun notre tour. C'est à 7:45 que Léonard a donné l'ordre de couper le câble. «Coupez le câble», dit-il, «vous avez eu froid assez, on se mouillera pas les mains ce matin». On l'avait trouvé très, très gentil. Quand nous sommes arrivés au slip pour monter le bateau, les gars sont venus nous aider à pomper en attendant notre tour. Mais les autres pêcheurs nous ont tous donné leur tour sauf un---Onésime Noël. Raymond, son frère, lui a demandé de nous laisser monter à sa place. Il lui a expliqué ces gars-là sont fatigués, ça fait trente-six heures qu'ils n'ont pas dormi. Il a répondu à Raymond qu'ils mangent de la m..., c'est mon tour. Que voulez-vous.

ANNÉE DÉBUT 1961 ANNÉE DE LA REINE DU GOLF

Au milieu de juillet 1961, j'ai embarqué avec Lorenzo Noël à bord de la Reine du Golf. C'était le premier bateau de fer bâti à Bathurst. Nous avons travaillé à bord quelques semaines ensuite nous sommes sortis pour l'essai en mer (*sea trial*). Il y avait beaucoup de gens de partout, comme les gens de la commission des prêts aux pêcheurs, quelques ministres, Msgr Chiasson qui travaillait pour les pêches, les ingénieurs qui avaient bâti le bateau, enfin presque tout le monde qui avait vendu l'électronique, le moteur, ainsi que Rufin Chiasson. Lui, c'était pour quelques pièces d'électronique qu'il avait vendu. Cette journée-là nous l'essayions pour la première fois. Il venait du nord-ouest de vingt à vingt-cinq miles à l'heure et Rufin était malade en mer mais dans son orgueil il ne voulait pas que ça paraisse. Partout où il allait, moi je le suivais. Tout d'un coup le mal de coeur l'a pris. Il a renvoyé à côté du bateau. Là il était malin, malpatient, frustré de voir que je l'avais vu être malade. Pauvre Rufin.

À partir de cette journée, nous avons été pêcher au sud de Île Anticosti. Nous avons rempli la cale en quatre jours---toutes sortes de petits poissons rouges. La qualité n'avait pas trop d'importance, c'était plutôt pour voir si cette nouvelle technique fonctionnait bien. C'est-à-dire ce nouveau chalutier qui tirait le chalut par l'arrière au lieu du côté.C'était le premier de ce genre.

Nous étions onze hommes à bord pour le reste de l'été. À l'automne nous avons été à Nord Sydney sur le slip (cale-sèche) pour le peinturer et faire quelques petites réparations. Nous avons été une semaine sur le slip. Ensuite, nous sommes partis pour Grand Manan pêcher par là. Il était un peu tard. Nous avons fait quelques semaines pour ensuite s'en revenir pour l'hiver. Le bateau a passé l'hiver à Grand Manan.

Pour revenir au voyage Nord Sydney-Grand Manan. Dans la nuit du 24 novembre, nous avons traversé une tempête au large de Halifax. Le vent était sud sud-est d'une violence de 80 à 90 miles à l'heure. La radio avertissait à toutes les demi-heures à tous les navires d'être prudents et d'essayer de se trouver un abri. Émile Gauvin qui était avec nous a dit à Lorenzo ce que la radio annonçait. Lorenzo a dit, «C'est pas à l'abri qu'on va, c'est à Grand Manan». Vers les deux heures du matin, on a frappé une vague d'une hauteur, je ne sais comment. Ç'a cassé une vitre de la cabine qui était au deuxième plancher. Et plus tard quand nous avons été rendus au quai, nous nous sommes aperçus que le plafond en fer de la toilette, en fer, s'il-vous-plaît, avait plié. C'est là quand nous avons arrivé au quai que Émile Gauvin, Raymond Savoie et un autre, dont je ne me souviens plus du nom, ont débarqué avec leurs petites valises via Lamèque.

À bord de la Reine du Golf, nous sommes restés six avec Lorenzo. Il y avait un capitaine de Campobello, Vincent Doucet qui était avec nous. Durant l'hiver, il a fait appeler Clarence Duguay qui travaillait à Fredericton pour la commission des prêts aux pêcheurs pour que j'aille pêcher avec lui au printemps 1962. Il me garantissait $5000 pour l'été, plus une chambre dans son sous-sol au retour de la pêche tandis qu'ici nous avions peine à faire deux à trois mille dollars. J'aurais aimé ça surtout pour apprendre l'anglais car c'était tous des Anglais sauf un gars de Tracadie. Mais maman ne voulait pas en entendre parler. C'est pour ça que j'ai abandonné l'idée de m'en aller. Ce printemps-là, j'ai pêché avec Octave Leboutillier de St-Simon. Jusqu'à la fin août, le poisson était rare et pas beaucoup de prix et nous étions cinq à bord. J'ai demandé à Octave s'il voulait me laisser partir pour que j'aille travailler à Sept Îles. J'y ai travaillé tout l'hiver pour revenir à la fin juin 1963. J'ai embarqué avec Onésiphor pour finir l'été.

Le 15 février 1964, je me suis marié. J'ai acheté la petite maison au mois de mars et j'ai eu l'Île St-Louis, l'ancien bateau à Onésiphor, un 65 pieds de long que j'ai été chercher à Chéticamp. J'avais vingt-huit ans et j'étais très, très, très fier d'être capitaine. Nous avons sorti pour la première fois de Chéticamp le 6 mai 1964. Nous étions pris au havre par la glace. Quand nous avons été au large, toujours dans la glace que nous essayions de traverser tant bien que mal, la brume nous a tout fait perdre de vue pour deux jours. Quand elle est partie, nous étions près de l'Île St-Paul au nord-est du Cap Breton. La glace était un peu plus éloignée. On a tant fait que l'on a fini par sortir de la glace pour s'en aller au rocher Aux Oiseaux (*Bird Rock*) au nord-est des Îles de la Madeleine. J'avais entendu parler les bateaux qu'il y avait du poisson dans cette région. Nous avons pêché quelques jours et le winch s'est brisé. On est revenu à Shippagan avec 48,000 livres de morue. Beau départ comme débutant. C'était la veille des noces à Osithe.

On était pas fâché de revenir surtout pour un gars qui s'était marié en février et avait été un mois parti. L'équipage était composé de Vincent Chiasson de Petite Rivière de l'Île, Edouard Savoie de Chiasson Office, Gustave Noël de Pointe-Alexandre, et Jean Beaudin de Lamèque.

Et la vie a continué. Jour après jour. Semaine après semaine. Pour finir tard en novembre avec une belle pêche; un million un cent mille livres de poissons. J'étais pas le Joe connaissant, mais beaucoup chanceux.

Les années ont passé. J'ai chaluté pour quatre ans. À la fin de la quatrième année, nous avons fait soixante-dix trappes à crabe que nous avons commencé à pêcher à la fin septembre. Nous pêchions pour dix cents la livre. La cinquième année, en 1969, nous avons repris le chalut car le crabe avait descendu à huit cents la livre. C'est à la fin de ce même automne que j'ai perdu l'Île St-Louis. C'était le 24 novembre. Nous étions au large de Miscou, Conrad Noël et moi. La radio annonçait de forts vents du nord-ouest pour la nuit. J'ai appelé Conrad pour le mettre au courant des nouvelles. C'est à ce moment que je lui ai dit, «C'est cette nuit que nous allons voir si nous avons des bons bateaux». Quand nous avons fini de parler, Atiste Chiasson de Caraquet, le garçon à Martin Chiasson, nous a dit, «Levez ça ces seines-là car le vent est en frais de se gricher». (Un terme de vieux pêcheurs). Nous avons fini le coup de chalut et nous nous sommes mis en route vers le goulet de Shippagan. Nous étions environ trois heures de marche de Miscou, mais plus ça allait par le goulet plus le vent augmentait. Après une heure de route, j'ai regardé dans la chambre du moteur et c'est là que j'ai vu qu'il prenait de l'eau. L'eau était déjà au plancher. La pompe pour pomper le bateau ne fournissait pas et les gars d'équipage étaient obligés de sortir avec des canisses de cinq gallons.

J'ai appelé Conrad de se tenir à l'écoute au cas où, mais quand nous sommes rendus près de la côte de Pigeon Hill l'eau était rendue au milieu du moteur. Nous avons approché la côte à l'abri. Le vent était très fort, mais là c'était calme, c'est-à-dire plus de vagues. Nous avons essayé de pomper, mais l'eau entrait plus vite que l'on pouvait la sortir. Conrad Noël qui avait le Yvonne Berthe est venu nous chercher pour attacher notre bateau au sien. Mais en vain. Nous n'avons pas pu le rendre; il a sombré au large du grand lac, entre Ste-Marie et le village des Abrams. Ça été la fin de l'Île St-Louis. Ça fait drôle quand tu vois ton bateau caler. Mais que voulez-vous, ce sont les risques du métier.

Arrivé à la maison vers six à sept heures du matin, j'ai été voir papa pour lui raconter ma mésaventure. J'ai vu qu'il avait envie de pleurer. Il s'est retourné vers moi et m'a dit très calmement, «T'aurais pas pu faire autre chose pour gagner ta vie»? Il faisait pitié. Je lui ai répondu, «Papa, personne a perdu la vie. Je vais me reprendre. J'ai tout l'hiver pour me réorganiser».

La semaine suivante j'ai sorti avec le bateau à Conrad Noël. Quand on laissait le Goulet de Shippagan, Michel Dugas qui pêchait à bord vient me dire que le bateau prenait de l'eau lui aussi. Nous avons arrêté le moteur et ajusté les belts des pompes et nous voilà repartis. J'ai pêché toute la semaine pour revenir le samedi avec 49,000 livres de plie. Ensuite, j'ai embarqué avec Lorenzo dans le LAN (Lorenzo Albert Nicola). Son bateau était neuf. Quel plaisir de pêcher avec un bon bateau. Ç'a été la dernière trip cette année-là.

Pour revenir au naufrage de l'Île St-Louis. J'ai appelé la commission des prêts aux pêcheurs pour leur annoncer la mauvaise nouvelle. Ils m'ont répondu, «Le printemps prochain tu en auras un autre».

Année 1970. Nous étions supposés, Clarence Duguay et moi d'aller à *Bay George*, Terre Neuve, pour voir un beau bateau de 65 pieds de long. La veille du supposé départ, il m'a rappelé pour me dire que nous n'irions pas parce qu'il y avait un bateau à *St.Andrews*, au Nouveau Brunswick. Un 85 pieds de long, le *Shirley Ann Reed*. Là, je me suis décidé de prendre celui-là car je n'avais pas grand choix. Pour revenir à celui de Terre Neuve, c'était un 65 pieds, bâti en chêne avec la cabine à l'avant du bateau. C'était dans les premiers de ce genre. Ce bateau avait 24 pieds de large, équipé chalut et de seine à hareng. Le gouvernement fédéral et celui de Terre Neuve avaient fait bâtir ce bateau au coût de $180,000 pour faire de l'expérience. La province voulait le vendre pour $90,000, le prix que ça leur avait coûté. J'avais eu la photo. C'était un très beau modèle; malheureusement, ils ont changé d'idée. C'était le gouvernement qui finançait les bateaux et dans ce bateau il y avait un moteur *Cummins* qu'ils n'aimaient pas trop. C'est pour cela qu'ils n'ont pas voulu l'acheter.

J'ai deux enfants que j'aime beaucoup. C'est pour ça que j'avais fait baptiser le *Shirley Ann Reed* pour Annie et Remi.

En 1970 quand j'ai eu le Annie Remi, ils l'ont réparé et peinturé et je suis parti de *St. Andrews* le 4 mai pour m'en revenir. Ça nous a pris soixante-huit heures de marche; il fallait laisser *St. Andrews*, aller à *Black's Harbour* pour prendre de l'eau, ensuite détourner l'Île Grand Manan, la Nouvelle Écosse jusqu'à l'entrée du canal entre le Cap Breton et la Nouvelle Écosse. Là, fallait faire inspecter les papiers---régistre, papiers d'inspection, license de capitaine. Tout était correct. Ils nous ont laissé partir pour Shippagan, mon port d'attache. Ensuite, nous avons pris la seine, groceries, glace (sans oublier les cigarettes car on fumait tous à bord) et nous voilà partis pour la pêche au poisson de fond. L'équipage était composé de Richard Larocque et Stanley Larocque de *Pigeon Hill*, Normand Roussel du Goulet et Léon Arsenault de Chiasson Office, et moi-même. Au début du printemps, nous pêchions la morue et la plie, et vers le 15 juin nous allions au poisson rouge. J'ai fait cela pour six ans, mais la deuxième année, j'ai pêché la crevette avec le poisson rouge. Ma dernière année avec l'Annie Remi a été 1974…

LE PRAGA
En 1977, c'était l'achat du fameux PRAGA.

J'étais arrivé de la pêche vers dix heures du matin quand le téléphone a sonné. C'était Clarence Duguay qui m'appelait pour me demander si je voulais un bateau neuf. Je n'ai sûrement pas refusé. Ce bateau était en construction. Il avait été commencé pour Onésiphor Guignard qui l'avait refusé pour s'en faire bâtir un en fer de 65 pieds. J'étais content de sa décision car ça me donnait une chance d'en avoir un. J'ai été le voir en construction plusieurs fois. La cuisine était supposée être dans la chambre avant. Je leur ai demandé si c'était possible d'avoir la cuisine sur le pont, ce qui a été fait. J'ai été le chercher à Chamcook près de St. Andrews dans la baie de Chinabocto, Baie de Fundy. C'était le 2 mai, 1977. Le bateau avait été enregistré à Caraquet le 25 avril 1977, à ce moment, il devenait ma propriété. Un grand jour pour moi, mais avec une dette de $416,000. C'était gros en ce temps-là.

Nous avons laissé St. Andrews; il y avait de gros courants car l'entrée du havre était étroite. Les grandes marées de la Baie de Fundy font de gros courants. On a sorti de la baie de Chinabocto pour détourner l'Île Grand Manan et ensuite filer vers la pointe sud de la Nouvelle-Écosse. Au jour, le matin du 3 mai, on passait entre les petits bateaux de pêche au large de Dartmouth. Il y avait beaucoup de brume. Il a fallu ralentir car il en avait des petits bateaux de pêcheurs de homard et de pétoncles! Une fois détourné la pointe, j'ai pris la route vers la bouée à l'entrée de Canso entre la Nouvelle-Écosse et le Cap Breton. C'est là qu'il fallait passer pour ensuite sortir dans le golfe St-Laurent.

À St. Andrews, il y avait un homme assez âgé qui avait ajusté mon compas. Il travaillait toujours avec sa bouteille de gin dans son coffre à outils, donc j'avais comme pas confiance en lui. Il m'a promis que le compas était bien ajusté. Quand j'ai passé à la bouée au large de Dartmouth, j'ai pris la route pour la bouée du large de Canso et là on a aperçu la bouée sur le radar. Elle était tout juste en avant du bateau. C'était vrai que l'ouvrage avait été bien fait.

Nous avions un pilote automatique mais on ne savait pas comment s'en servir. Quand nous avons passé au pont de Canso, il fallait accoster pour clairer le bateau car on changeait de province. Un monsieur m'a interrogé, fait montrer les papiers d'enregistrement, d'inspection et mon certificat de capitaine et tout. Je lui ai demandé des instructions à propos du pilote. Il m'a montré une toute petite switch sur le mur qu'il fallait switcher sur le pilote ou le steering à bras. Nous avions gouverné à bras tout le long du trajet. On avait jamais vu ça un pilote automatique.

On m'a laissé partir en me souhaitant bonne chance et nous voilà partis pour Lamèque. Quand on a laissé la baie George pour chez nous, j'ai placé le pilote en marche. Quelle merveille! Le bateau gouvernait tout seul.

En entrant dans le golfe St-Laurent, car on laissait le détroit Canso entre le Cap Breton et la Nouvelle-Écosse, je me suis senti entouré d'un grand ami qui était le PRAGA. (Les initiales de Paulin, Remi, Annie, Gemma, Angelbert).

J'ai toujours aimé ce beau nom. C'est ma petite soeur,Alfrédine (Marie Cormier), qui me l'avait trouvé. J'avais trouvé ça beau qu'elle s'intéressait à mon bateau. Beau petit geste et flatterie de ta part, Dine.

Du Cap Breton à Lamèque ça allait prendre douze à treize heures de marche de plus. Nous avions déjà parcouru 650 miles marins environ---cinquante-six heures de route. Ça nous a pris soixante-huit heures de voyage de St. Andrews à Lamèque. Il faisait beau temps. Ça allait bien. On jouait aux cartes. On mangeait, dormait, on conduisait chacun son tour...

On approchait toujours de Miscou en fin d'après-midi du samedi. Rendu au quai de Shippagan le premier visiteur à bord a été Valère, mon beau-frère, qui a tout visité. Quelle merveille! Un bateau tout neuf, fini en arborite, s'il-vous-plaît.

Rendu à Lamèque. Papa et maman m'ont invité pour souper, vu que Gemma était partie à Tracadie avec Remi qui était tout petit. Papa et maman étaient fiers de moi, mais, en même temps, ils étaient inquiets. Papa me demande comment j'avais payé pour le bateau, et je lui ai dit, $416,000. Il s'est passé la main sur le visage et a dit, «Mon pauvre enfant, on verra jamais le bout de tout ça».

Neuf ans plus tard, je suis entré chez papa et leur ai demandé s'ils avaient quelque chose à souper. Tout en soupant, je leur ai appris que ma dette était réglée. Ils étaient soulagés.

C'est comme si on avait donné une dose de vitamines à papa.Cette nouvelle l'avait ravigoté. Ils étaient contents pour moi et fiers, je crois. Cette dette était payée par un certain pourcentage de la prise de poissons qu'on faisait et on avait fait de belles années...

Le premier été du PRAGA nous avons fait faire le dumpeur à trappe (le rack pour renverser la trappe), car le chantier de Chamcook n'avait pas le plan pour faire ce dumpeur. Une fois le stand fini, nous voilà à charger le premier voyage de trappes. Toutes de 5 X 5 pieds carrés. Il n'y avait pas de limites de trappes en ce temps-là. J'avais aux alentours de 200 trappes.

Beaucoup d'ouvrage pour l'équipage. On n'avait pas de petit power block sur la lisse pour tirer le cable afin de le passer dans le gros power block. Il fallait tirer sur le cable jusqu'à ce que le cable soit long assez pour le passer dans le gros power block---à peu près quinze à vingt pieds de cable. C'était ce qui était le plus dur...

Quant au PRAGA, je l'ai eu vingt-six ans. Toutes ces années n'ont pas été prospères. Une année, j'ai pêché tout l'été pour prendre 371,000 livres de crabe. C'était au début du PRAGA...

Nous voilà rendus à l'été 2002. J'ai fait placer deux moteurs neufs à bord du PRAGA. Trois ans avant, j'avais fait la wheelhouse en neuf, toute finie en arborite blanche et en fibre de verre sur tout---le dehors, la cabine, le pont, la cale, et la coque.

Mais voilà que je me decide de vendre mon bateau au début de l'hiver 2003. J'ai réfléchi beaucoup avant de me décider. J'en ai parlé avec Remi car lui pêchait à bord, donc ça lui faisait perdre sa job. Ça m'a fait beaucoup mal comme ça m'aurait fait mal si j'avais fait perdre la job à Annie. Tu te sens coupable. J'ai décidé de vendre car tous les pêcheurs se faisaient des trappes---côtiers,morutiers, autoctones. Notre quota de 2002 était de 311,000 livres et celui de 2003 était baissé à 199,000 livres. On m'offrait un bon prix et comme ça je pourrais mieux diviser nos avoirs à parts égales. J'ai pris une décision qui a été très dure à accepter.Un deuil, quoi…

Maintenant que j'ai pris ma retraite---assez bien méritée, je pense---je vais m'amuser comme j'ai commencé tout petit gars, le long de la côte chez papa. J'ai un bateau de trente-deux pieds que j'aime bien. Malgré la retraite, j'aime toujours respirer l'air de la mer qui m'a si bien servi mais qui, des fois, était un peu dure pour les pêcheurs. Des grosses vagues, des vents des fois déchaînés que je n'aurai plus à affronter. Mon bateau de plaisance est à la marina de Shippagan; je sors seulement du havre quand il fait bien beau.

C'est ça la vie d'un retraité. Souvent on va à la marina jaser avec les gars. C'est pour cela qu'ils l'ont baptisée, «Les Amis de la Marina».

LA MÈRE RETROUVÉE
Michael Guignard

Pas toutes les histoires finissent bien; il y en a qui finissent mal. En voici une qui trouva son heureux déroulement. Quoique ce fût un bonheur atténué, on se rend compte que ce fut quand même un bel enchaînement fortuit. Il s'appelait Michel Daigle. Il fut né le premier juillet 1946 à Boston. Il a toujours su qu'il était adopté parce qu'on le lui avait dit, mais personne ne lui avait donné de précisions à propos de ses parents naturels. Quant à ses parents adoptifs, c'était des Franco-Américains et ils demeuraient en Nouvelle-Angleterre. Le père, Wilfrid, était émigré de Rivière Ouelle, Québec aux États-Unis avec sa famille. Il n'avait alors que cinq ans. La mère, Rella, fut née à Eagle Lake, Maine. Wilfrid est décédé en 1987 alors que sa femme est décédée un an après la mort de son mari.

Voici l'histoire de Michel. Un jour, en l'an 2003, Michel reçut un coup de fil de sa cousine, Carol, lui demandant s'il était assis ou non. «Pourquoi»? lui répondit Michel. «Parce que», lui dit la jeune femme. Il lui dit qu'il était bien assis et qu'il attendait la surprise s'il y en avait une. Elle lui révéla donc qu'elle était bien sa soeur et non sa cousine parce que sa mère, Bernice, lui avait révélé qu'elle était la vraie mère de Michel. «Tante» Bernice était la plus jeune de sa famille. Tous les autres oncles et tantes de Michel étaient déjà morts. Michel visitait sa tante à peu près une fois par an lors de sa promenade dans le Maine car il la considérait sa tante favorite de toutes les tantes qu'il avait connues.

Après la mort de ses parents adoptifs, Michel contacta une organisation qui vient en aide aux enfants adoptés afin de retrouver leurs parents naturels, si possible. Tel n'était pas le cas pour certaines gens puisque les certificats de naissance authentiques étaient fermés au public en ce temps-là. On sait bien qu'aujourd'hui c'est possible de demander et recevoir un certificat de naissance pour les enfants nés et dans l'État du Maine et l'État du Massachusetts. Après la révélation de Carol, Michel a poursuivi ses recherches au niveau de l'État et il a donc pu recevoir le document nécessaire pour prouver que sa «tante» Bernice était en réalité sa vraie mère.

Sa soeur, Carol, avoua à son frère retrouvé qu'elle avait pensé depuis le tout début que le père de Michel fut un soldat pendant la Deuxième Guerre mondiale, tué sur le champ de bataille. Cependant, puisque la date de naissance de Michel est au mois de juillet, il faut croire qu'il fut conçu en octobre précédent 1945 après la fin de la guerre. Alors, l'hypothèse de Carol ne tenait pas debout.

L'appel de Carol à son cousin/frère fut précipité par le fait que Bernice avait le cancer et son médecin lui avait donné seulement six mois à vivre. Carol, qui avait découvert le secret pour la première fois vingt ans auparavant et qui avait promis à sa mère de ne pas le déceler à personne surtout pas à Michel, convainquit sa mère que c'était le temps de révéler la vérité à son fils. Michel voyagea au Maine un vendredi en février 2004 pour visiter sa tante/mère. Il y alla le coeur un peu inquiet et la tête bouleversée par les nouvelles qu'il avait reçues de sa cousine/soeur. Lorsqu'il arriva à la demeure de Bernice il y trouva beaucoup de gens. Il y en eut toute cette fin de semaine, le vendredi, samedi, et dimanche. Michel ne put trouver le temps pour avoir une conversation privée avec sa tante/mère. Enfin, de bonne heure lundi matin le 24 février, il se rappellera toujours de cette date, Michel et Bernice purent parler ensemble sans contrainte et sans gêne. La première chose qu'elle lui a dit c'est que sa soeur, Rella, n'aurait aimé aucune épouse quelle qu'elle soit pour Michel. Elle était jalouse de son fils adoptif, jalouse qu'elle pouvait le perdre à une autre femme, il faut croire. C'est peut-être pour cela que la femme de Michel aimait bien tante Bernice et se sentait mal à l'aise avec la soeur, Rella, qui était sa belle-mère. Elle aimait Bernice parce qu'elle était franche et sincère. Quoique la femme de Michel ne méprisât pas Rella, il n'y avait aucune intimité entre bru et belle-mère.

Bernice continua son histoire en insistant qu'elle n'avait pas voulu abandonner son enfant mais que son père, Onésime, lui avait dit après l'aveu éploré de sa fille, «Tu ne peux pas amener ce petit bâtard-là dans cette maison». Bernice était tout à fait démunie. La nouvelle lui avait porté un coup terrible. Quoi faire? Bernice tenta de trouver un moyen de garder son enfant et c'est ainsi, pour le moment, qu'elle le plaça dans une famille d'accueil à Caribou, Maine qui se situe à quarante miles de Fort Kent où était sa demeure à elle. Michel avait toujours su qu'il était adopté mais il ne savait pas qu'il avait vécu les premiers six mois de son existence avec une famille d'accueil. Personne ne lui avait dit. C'est alors que Bernice pouvait visiter régulièrement son fils. Quoiqu'elle eût vingt-six ans quand elle mit au monde son fils, elle n'avait pas d'autres choix que de rester avec ses parents, car on comptait sur elle pour prendre soin de ses parents âgés. Après tout, elle était la dernière, la seule enfant à la maison maintenant. Elle se rendait compte qu'elle ne pouvait absolument pas apporter son bagage avec elle à la maison. Un enfant bâtard en ce temps-là était considéré comme un excédent de bagages, un rappel indiscret sinon honteux. Toute la famille était de l'avis que Bernice devait sacrifier ses propres sentiments maternels pour se vouer au soin de ses vieux parents. Après tout, c'était en guise de réparation pour la honte qu'elle leur avait causée, disaient les gens. Les parents ont donc vécu avec Bernice jusqu'à leur mort.

Onésime voulait tant que Bernice donne son fils en adoption à sa soeur aînée, Rella, parce que celle-ci était mariée depuis six ans et ne pouvait concevoir un enfant. Après six mois de peine et de misère et se sentant délaissée par sa propre famille, Bernice se laissa fléchir et abandonna, à contrecoeur, son enfant à sa soeur. C'est ainsi que Michel se trouva à Biddeford avec la soeur et le mari qui travaillaient tous deux dans les filatures de cette ville.

Lors de l'entretien entre Michel et sa tante/mère, elle lui raconta qu'elle avait rencontré sa demoiselle d'honneur dans une maison pour les mères célibataires à Bosotn. Oui, Bernice s'était mariée par la suite, mais pas avec celui qui lui avait fait un bébé. La jeune fille s'appelait Clair Rossignol et elle venait du Massachusetts. Bernice et Clair s'entretinrent pendant plusieurs heures et elles parlèrent de bien des choses. Après que Bernice lui eût mentionné le nom de cette jeune fille, Michel lui donna un coup de fil. Elle reconnut sa voix et le désigna donc comme le fils de Rella et de Wilfrid. Elle lui raconta qu'elle se rendait à Biddeford de temps en temps afin d'y rejoindre Bernice, qui venait visiter son cher fils chez sa soeur et son beau-frère. Oui, un fils donné. Clair dit à Michel qu'elle avait connu tous ses oncles et ses tantes qui habitaient alors Biddeford: Gertrude, Mabel, Sadie, et Anna ainsi que leurs époux. Elle lui dit que c'était des réunions agréables. Par la suite, Michel s'est rendu compte que ses oncles et ses tantes savaient bien l'histoire de l'enfant donné, mais personne ne la lui avait dite. Pourtant il avait passé des semaines, deux et trois à la fois, chez ses tantes Sadie et Anna lorsque Rella fut hospitalisée et nulle d'elles lui avait confié son histoire à lui. Elles la gardaient secrète parce que Michel était considéré comme l'enfant de la famille et elles se sentaient obligées par la force du devoir de prendre soin du «neveu» et le protéger des indiscrétions à tout prix.

Tendrement Bernice continua son histoire en fixant son regard sur Michel. Elle ajouta que c'était son médecin de Fort Kent qui lui avait renseigné à propos de la maison pour les mères célibataires à Boston. Il lui avait même aidé à faire les arrangements nécessaires. Elle quitta Fort Kent au mois de janvier 1946 avant que se manifesta la grossesse. Son frère l'emmena à la gare. Elle n'avait qu'une toute petite valise. Quelle excuse a-t-elle utilisée pour expliquer son absence, Michel ne l'a jamais sue. En ce temps-là, on avait appris à bien «abrier» les choses.

La maison à Boston s'appelait *Talitha Cumi*. Fondée par le **New England Reform Society**(une société vouée au redressement moral), elle avait existé plus de cent ans lorsque Bernice franchit ses portes.La maison était située dans la section de Jamaica Plains. Bernice se rappelait que les filles aménageaient l'attente avec du tricot afin de confectionner des petits vêtements pour leurs bébés qui verraient jour dans une demeure hors du sein de la famille. Elles allaient aussi voir un film une fois par semaine. En plus, le Franklin Park Zoo n'était pas loin et c'est là que les filles faisaient souvent des promenades dans le parc.

Au dix-neuvième siècle, la société exhortait les filles de garder leurs bébés, basé sur la théorie qu'un bébé aiderait une jeune maman d'atteindre plus vite un niveau de maturité. Aussi, on encourageait les jeunes femmes de se trouver un travail domestique où elles pourraient faire leurs travaux et en même temps prendre soin de leurs bébés. Bernice expliqua à Michel que le nom *Talitha Cumi* était tiré de la Bible et voulait dire, «Lève-toi, jeune fille». Bernice avait les larmes aux yeux à ce point et c'est alors que Michel changea de discours et lui demanda comment elle avait rencontré son mari, Benjamin. Elle lui dit qu'elle l'avait rencontré un an après la naissance de son enfant. Il était commis-voyageur et demeurait à Lewiston, Maine. Un jour, il s'était rendu à Fort Kent et a vendu de la marchandise à son père, Onésime. C'était l'année 1947. L'année d'ensuite, Bernice et Benjamin se marièrent. Les parents s'en réjouirent. On avait donc évité le scandale. Michel se rappela qu'on lui avait raconté qu'il était venu aux noces de sa tante/mère avec ses parents adoptifs.

Bernice rassura Michel dans leur longue conversation que Benjamin était bien au courant de l'histoire de Michel. Michel était heureux de savoir que son oncle savait les données de l'histoire et il pensa immédiatement aux liens qui avaient toujours existés entre lui et Benjamin, car celui-ci l'avait toujours bien traité. Michel commença à penser comment difficile fut le cas de son oncle, Benjamin, surtout aux fêtes comme la Noël alors que toute la famille se réunissait et tout le monde connaissait bien «l'histoire». Bernice et Benjamin déménagèrent de Fort Kent à Lewiston après cinq ans de mariage. Onésime et son épouse les ont suivis pas trop longtemps après.

Ayant connu Michel toute sa vie et sachant bien de quel caractère et de quel tempérament il était revêtu, Bernice continua son discours. «Ton père naturel». lui dit-elle, «était un gentleman-farmer qui s'appelait Luc Cyr. Il était marié et il avait deux enfants, un garçon de douze ans et une fille de onze ans. Je l'ai rencontré dans un bowling». Elle finit par lui dire qu'elle pensait que Luc était mort en l'an 1982 dans un accident de bateau sur le fleuve Allagash. Michel trouva que la conversation était très émotionnelle à ce point et qu'il avait assez de précisions pour ses recherches sur la famille de son père, et c'est alors qu'il quitta Bernice pour aller prendre l'avion afin de se rendre chez lui en Virginie. Plus tard, il ressassa la conversation qu'il avait eue avec sa «vraie» mère et crut qu'il aurait dû lui avoir demandé plus de précisions, mais le temps se faisait alors court et les gens arrivaient déjà, ce qui voulait dire que la conversation n'aurait plus été privée.

Après leur conversation, Michel s'est demandé pourquoi Bernice ne s'était pas rendue à Biddeford où il y avait une maison pour les mères célibataires qui s'appelait «La Maison et Hôpital St André». Elle avait ouvert ses portes en 1940. Peut-être parce que ses soeurs qui demeuraient à Biddeford ne savaient pas encore qu'elle était enceinte. Un autre choix aurait été au Québec. La ville de Québec avait alors une grande maison pour les mères célibataires appelée «La Crèche» située beaucoup plus proche de Fort Kent que Boston. Apparemment, Bernice avait choisi la maison à Boston avec l'encouragement de son médecin.

Quand Michel est retourné chez lui en Virginie, il s'est mis à son ordinateur recherchant un Monsieur Cyr de Fort Kent qui aurait à peu près 69 ans. Il a trouvé quelqu'un avec le même profil que l'ami de Bernice. Il avait le même nom, Luc Cyr. Il écrivit à ce monsieur lui expliquant qu'il faisait des recherches sur les fermiers franco-américains dans la vallée d'Aroostook au Maine. Michel lui expédia un exemplaire de son livre, la publication de sa thèse de doctorat qui se porte sur les Franco-Américains de Biddeford, Maine. Il ne voulut point aborder la vraie raison pour laquelle il voulait parler à cet homme parce qu'il n'était pas sûr qu'il avait trouvé le bon Luc Cyr. Michel a fait suite à sa lettre par un appel téléphonique. Le fils de Luc qui portait le même nom que le père, expliqua à Michel que son père avait vendu la ferme après la Deuxième Guerre mondiale et puis il avait acheté une compagnie de manufacture de chaussures. Il lui apprit que son père était mort de cause naturelle en 1982. De plus, il y avait aussi une soeur, un an plus jeune que lui.

Michel est retourné à Lewiston en avril parce que la santé de Bernice s'était détériorée. Seuls enfin, mère et fils parlèrent de souvenirs. Il lui raconta la collation de diplômes à l'école secondaire St Louis de Gonzague à Biddeford, le bachelier ès art qu'il avait reçu au Collège Bowdoin à Brunswick, Maine ainsi que son mariage et le mariage de sa fille, tous des événements auxquels Bernice avait assisté. Ils ont aussi parlé du cadet, Grégoire, qui se préparait pour sa propre collation de diplômes à l'Université de Virginie au mois de mai. C'est pendant cette conversation que Michel demanda à Bernice si Luc Cyr avait vraiment acheté une manufacture de chaussures. Après une courte réflexion, elle lui dit, «oui». Bernice avait vécu à Fort Kent après la naissance de Michel jusqu'en 1953. D'ailleurs, elle habita pendant les sept premières années la ville où Luc s'était établi comme gérant et propriétaire de sa propre compagnie.

En juin, Michel reçut un appel de sa soeur retrouvée, Carol, qui le sollicita avec urgence de venir au chevet de Bernice. «Viens vite, tout de suite, Bernice n'a pas longtemps à vivre», elle lui dit. Michel arriva par avion le 4 juin et trouva Bernice comateuse. Elle avait choisi de rester chez elle plutôt que d'aller à l'hôpital. La maison était remplie de gens. En premier lieu, les garde-malades qui venaient lui donner les piqûres nécessaires et lui rendre les soins voulus, et puis la famille et les enfants.

Michel avait contacté Luc Cyr, fils, avant de quitter la Virginie afin de lui dire qu'il le visiterait pendant son séjour au Maine. Le 7 juin après une visite à la demeure de Bernice à Lewiston, Michel se rendit à Fort Kent pour amorcer un nouveau stage de ses recherches. Il avait prévenu Luc de son arrivée vers les dix heures le samedi matin, ne sachant pas si Luc et sa femme ne travaillaient cette journée-là, car il ne voulait aucunement déranger leur routine de la semaine.

Michel ne pouvait pas dormir le soir avant son départ à force qu'il était agité. Il est parti de Lewiston dans la nuit et arriva au nord du Maine après six heures de trajet. Il était neuf heures moins le quart du matin. Il se décida d'aller visiter le Canada pas trop loin de la frontière entre le Maine et le pays d'en haut. Il n'y avait que le pont à traverser entre Fort Kent et le village de Claire au Nouveau Brunswick. Avant de franchir le pont, Michel fit certain qu'il avait la documentation nécessaire pour rentrer au Canada. Quand il eût traversé le pont, l'officier d'immigration canadienne ne regarda même pas le passeport que Michel lui tendit et lui demanda seulement sa nationalité. «Américaine», lui répondit Michel avec fierté. «Combien de temps passez-vous au Canada»? «Une heure», vient la réponse. De plus, il y avait deux ou trois monuments historiques dans la région de Fort Kent dont il avait lu les données et qu'il voulait visiter. Il s'est décidé de retourner à Fort Kent bien avant l'heure de la rencontre parce qu'il craignait la rentrée aux États-Unis puisque c'était, après tout, moins de deux ans après la date qui reste collée dans l'esprit de maints Américains, le 11 septembre. Cependant, l'officier américain a simplement jeté un coup d'oeil sur le passsepart de Michel et lui fit signe de passer. Michel commença avoir mal au coeur parce que l'heure de sa visite avec Luc approchait. Il ne savait pas à quoi s'y attendre. Il avala sa peur et se mit en route pour ce qui serait, sans doute, la visite de sa vie. L'auto roula lentement vers **Northern Maine Medical Center** qui se trouvait à quelques pas de la demeure de Luc et sa femme. Michel tremblait au dedans de lui. Il sentit son coeur débattre et ses mains devenir froides. Luc était dehors qui l'attendait. C'était un homme dans sa soixantaine. Il était bien habillé et arborait un gentil sourire.

Les deux hommes pénétrèrent dans le salon où l'épouse, Rachel, les attendait. Après les échanges de politesse avec Michel, elle offrit au deux hommes quelque chose à boire et disparut dans la cuisine. Michel parla un peu de son livre sur les Franco-Américains et du coin de l'oeil aperçut des photos de la famille de Luc dévinant bien que le père y figurait. Après un instant, un cousin de Luc arriva avec un bouquin intitulé, *«How the Acadians Came to Maine»*. Il était muni d'une carte de l'Acadie. Luc dit à Michel qu'il avait plus de soixante cousins parce qu'il venait d'une très grande famille. De sa part, Michel leur parla un peu de la famille Daigle et de son grand-père, Onésime, qui était homme d'affaires à Fort Kent avant de déménager à Lewiston en 1953 pour rejoindre sa fille, Bernice. Après une heure et demie de conversation, le cousin partit. Luc s'est aperçu que Michel regardait la photo de la famille et lui montra des photos du père, de la mère, de ses oncles et ses tantes. Il lui dit que Luc, père, fut né en 1915 et toute sa vie il avait souffert du diabète. Il était mort d'une complication de cette maladie. Quant à sa mère, elle était décédée en 2001. Michel se sentit soulagé du fait que l'épouse de Luc, père, n'était plus vivante, car il n'aurait pas aimé entamer le propos alors que l'épouse vivait encore.

La conversation terminée, Luc invita Michel à partager un repas avec lui au terrain de golf. Plus tard, Michel raconta à Luc l'histoire de Bernice et le fait qu'elle était sa mère naturelle. Michel fut surpris que Luc ne semblait vouloir prolonger ce volet de la conversation. Une fois arrivé au terrain de golf, Luc alla à la rencontre de plusieurs gens, les salua et l'histoire de Bernice se dissipa. Le déjeuner terminé, Luc emmena Michel voir l'Université du Maine à Fort Kent. Michel la connaissait déjà puisqu'il y était allé pour prononcer un discours en 1973. Soudain, il songea à la possibilité qu'il aurait eue à cette époque de rencontrer son vrai père, mais tel ne fut le cas puisque Bernice ne lui avait pas encore révélé son histoire. Par la suite, Luc se décida d'emmener Michel chez sa soeur, Éloïse Hébert, afin qu'il puisse la rencontrer. Elle avait un an plus jeune que son frère. Elle aussi habitait Fort Kent. Michel aurait bien voulu rencontrer cette dame qui pouvait être sa soeur mais le mari lui dit que sa femme prenait un petit repos car elle venait juste de participer à une fête, le *baby shower,* d'une de ses amies. Alors, Luc et Michel causèrent avec le mari qui leur dit que Luc Cyr, père, avait des tonneaux avec ses initiales LDC (Luc DamasCyr) sur les côtés de chacun. Michel se souvint d'une photo de Bernice la montrant ramasser des patates et à côté d'elle un grand tonneau. Michel s'est immédiatement promis, une fois rentré, il récupérerait la photo afin de vérifier si le tonneau avait les initiales LDC.

Michel et Luc firent ensuite une petite tournée dans les bois et se dirigèrent vers un chalet pour les athlètes olympiques du biathelon (le ski et le tir) où ils s'entraînaient puisque Fort Kent est le lieu international d'entraînement. Luc expliqua à Michel qu'il était volontaire pour l'organisation qui s'occupait des facilités et des pistes dans le bois. Après avoir parlé avec plusieurs athlètes qui venaient de presque toutes les parties du monde, ils sont retournés à la maison.

Michel voulait bien parler de sa mère, Bernice, encore une fois avec Luc puisqu'il voulait lui dire la raison pour laquelle il se trouvait à Fort Kent, mais il hésitait à cause du genre du sujet et de ses nerfs qui l'agaçaient. Une fois arrivés à la maison, Rachel leur offrit une tasse de thé. Il était presque quatre heures de l'après-midi et Luc avait passé presque toute la journée avec un soi-disant étranger. Michel ne lui avait pas encore révélé qu'il était son frère. Il se sentait agité par ce besoin d'ouvrir son coeur à quelqu'un qu'il croyait être du même sang que le sien. C'est alors que Luc et Rachel l'invitèrent à dîner avec eux à Eagle Lake dans leur roulotte. Arrivés au lac, les deux époux retrouvèrent plusieurs amis. Une autre occasion râtée pour parler de sa raison d'être venu à Fort Kent. Mais quand aurait-il l'occasion de parler seul avec Luc?

Par la suite, Michel et les deux époux sont retournés à la roulotte et Rachel se mit à préparer le dîner. Après le repas, Luc et Michel ont fait une courte promenade au bord du lac. Michel mentionna à Luc une autre fois l'histoire de Bernice et de sa propre naissance à Boston. Cette fois-ci Luc lui posa des questions, ce qui releva le moral de Michel.

«Combien de jours après que tu as su que Bernice était ta mère naturelle m'as-tu contacté»?

Michel n'a pas hésité, «Sept jours, Luc».

Finalement, Michel raconta à son soi-disant frère ce que Bernice lui avait dit le 24 février, jour où Michel apprit les faits concernant sa naissance et son adoption. Il avait été donné.

Après un instant qui fut imprégné d'un profound silence, Luc lui répondit, «C'est donc pour ça que tu es venu ici aujourd'hui»?

«Oui», retorqua Michel.

«Alors, nous sommes frères»?

«Oui, selon les précisions que j'ai pu relever».

«Tu penses que mon père le savait»?

«Je ne crois pas».

Vraiment Michel ignorait si son père le savait ou pas.

La conversation terminée, Luc dit à son frère retrouvé, «Je savais bien du moment que tu es venu chez moi ce matin que tu étais un Cyr».

Il était neuf heures et demie du soir. Il faisait nuit et c'est alors que Michel se dirigea vers son hôtel à Ste Agathe. Avant de quitter Luc, il lui donna son adresse et son numéro de téléphone et puis il mentionna que peut-être les deux frères devraient suivre un examen de l'ADN. Luc ne dit rien. Michel promit à Luc de lui écrire une fois rentré chez lui en Virginie. Michel frémissait au dedans de lui et tout son corps en tremblait. Il lui a fallu se calmer avant de commencer à conduire. Cette rencontre sembla avoir changé sa vie, tellement il se sentait fier d'avoir retrouver ses souches familiales.

Michel ne se rappela même pas de la route qu'il avait prise cette journée-là pour aller à son auberge. Tout ce dont il se rappela c'est que la route n'avait aucune indication et il lui a fallu arrêter pour prendre des renseignements. Il frappa à la porte d'une maison et une jeune femme apparut. Elle lui dit de tourner à gauche au prochain coin de rue. «À la Sinclair», lui dit-elle, «tu verras des indications pour Ste Agathe». Enfin, il se rendit à l'auberge, **Long Lake Motor Inn**. Il avait choisi cette auberge parce que la fille de sa cousine, la nièce de Bernice, travaillait là. Elle avait presque le même âge que lui. Cependant, il ne l'avait jamais rencontrée. Elle s'appelait Lucille Cyr. Sa mère, Doris, habitait Lewiston et Michel l'avait rencontrée lorsqu'il était arrivé à Lewiston afin de voir Bernice pour la dernière fois. Il lui avait parlé et lui avait demandé si elle le savait que Bernice était sa mère. Elle lui a répondu qu'elle le savait. Doris précisa qu'elle avait vingt ans lorsque Bernice avait quitté Fort Kent pour Boston. Quand Michel lui dit qu'il partait pour Fort Kent afin de retrouver son père, elle lui confia qu'elle-même avait accouché d'une fille en tant que mère célibataire. Son père l'avait chassée de la maison paternelle et elle s'était enfuie au Connecticut afin de rejoindre son frère où elle donna naissance à sa fille, Lucille. Tout comme Bernice, Doris avait tenté de garder sa fille avec elle mais elle n'a pas pu le faire. Il lui a fallu trouver un domicile pour sa fille chez la parenté. Quant à Lucille, elle a toujours su qui était sa vraie mère et elle s'est tenue en contact avec elle toute sa jeune vie.

Michel n'a pas voulu expliquer pourquoi il s'était rendu à Fort Kent pour la simple raison que la jeune femme portait le nom de Cyr et il craignait être parent avec elle. Lucille et Michel eurent une longue conversation et il lui montra des photos de la famille Hébert. Elle ne les avait jamais rencontrés ces gens-là. Le lendemain, Michel s'est levé tôt et il s'est rendu à Lewiston afin de revoir Bernice. La garde-malade lui dit que Bernice n'était pas sortie de son coma et que le médecin ne lui donna pas plus d'une semaine à vivre.

Le jour après son retour à Lewiston, Michel parla à son fils, Grégoire, qui lui dit qu'Éloïse Hébert avait appelé à la maison en Virginie. Michel demanda ensuite à son fils s'il connaissait l'identité de cette femme. Il lui répondit, «non». Michel lui dit que tout probablement c'était sa tante à lui, le fils. Michel ne perdit aucun temps pour téléphoner Éloïse et ils eurent une très longue conversation, la plus longue que Michel n'avait jamais eue. Éloïse lui donna beaucoup de précisions à propos de la famille Cyr. C'est alors que Michel lui révéla tout ce qu'il savait et tout ce qu'il avait entendu à propos de son histoire à lui. Les deux, frère et soeur, se décidèrent de se soumettre à l'examen ADN. C'était le neuf juin. Bernice est décédée moins d'une semaine après.

Carol, nouvelle soeur retrouvée, appela Michel pour lui dire que leur mère était morte. Michel prit la charge d'appeler tous les neveux et les nièces de Bernice qui demeuraient soit à Lewiston soit à Sanford afin de leur communiquer la nouvelle. De sa part, Carol se décida de révéler à son frère, Richard, qui passait la semaine entière à Lewiston anticipant la mort de leur mère, tout ce qu'elle avait appris du rapport entre Bernice et Michel. Michel a donc pu parler de son histoire à ce nouveau frère retrouvé avant les funérailles. Richard ne pouvait pas comprendre pourquoi Michel avait voyagé jusqu'à Fort Kent pour rechercher sa famille paternelle. Apparemment, Richard n'estimait pas l'amant de Bernice et le considérait pas un gentleman-farmer. Il l'appela par d'autres termes non-flatteurs puisqu'il était convaincu que Luc Cyr avait abandonné sa mère, Bernice. Tout ce que Michel put répondre c'est que les rapports entre Luc et Bernice furent consentants et qu'à son avis, Luc n'a jamais su l'histoire de la naissance de son fils naturel.

Le jour des funérailles le soleil resplendissait. Puisque Bernice faisait partie d'une chorale locale, plus de vingt membres du choeur de chant vinrent lui porter respect en chantant à ses funérailles ce matin-là. Michel fut porteur avec ses cousins. Il quitta Lewiston immédiatement après les obsèques et se rendit chez sa belle-soeur à Saco. Il devait prendre l'avion à Manchester, N.H. le lendemain. Il eut l'occasion de visiter deux cousins avant de quitter Saco. Il leur apprit l'histoire de Bernice, mais ils lui dirent qu'ils savaient déjà le secret de famille. Il s'imagina alors combien d'autres membres de la parenté savaient cette histoire qui avait été cachée de lui.

Michel s'est ensuite rendu en Virginie où il s'empressa d'écrire une longue lettre à Luc, son soi-disant frère. Il avait aussi récupéré la photo de Bernice ramassant des patates tout près d'un tonneau marqué des initiales LD. Il pensa Luc Damas. Peut-être le «C» était caché vu l'angle de la prise de photo, se dit-il. Dans sa lettre, il raconta, le mieux qu'il put, l'histoire de la famille ainsi qu' un peu de sa vie à lui. Il informa Luc qu'Éloïse et lui s'étaient decidés de se soumettre à l'examen ADN. Par la suite, Michel a fait tous les arrangements pour l'examen et la compagnie médicale les a fourni d'une pochette avec plusieurs instructions. Tous deux ont reçu des *Q-tips* avec lesquels ils devaient frotter leurs gencives, puis les expédier au laboratoire.

Éloïse, qui habitait la Floride en hiver, passa par la Virginie fin octobre pour avoir des pourparlers. Elle et Michel avaient tracé des plans pour se rencontrer au foyer d'un hotel, le 26 octobre, tout près où demeurait Michel. Cependant, Michel n'avait pas encore reçu les résultats de son examen. Il appela le laboratoire pour demander les resultats puisque la rencontre se faisait le lendemain. L'examen fut complété le 24 octobre 2003. Il se souvenait trop bien de cette date. Il se souvenait aussi qu'il s'est mis à trembler à la vue de l'enveloppe avec l'adresse de **Fairfax Identity Laboratories.** Il s'est même dépêché à l'ouvrir avant de rentrer chez lui. Il déplia la lettre et lut: «*The probability that Michel Daigle and Éloïse Hébert are second degree relatives is 9.91%. Therefore, it is doubtful that Michel Daigle and Éloïse Hébert are related as half siblings*». (La probabilité que Michel Daigle et Éloïse Hébert soient du deuxième degré de parenté est de 9.91%. Alors, il est fort douteux que Michel Daigle et Éloïse Hébert soient apparentés comme demi-frère et demi-soeur.)

Michel ne croyait pas de ses yeux et ne pouvait pas comprendre pourquoi les résultats n'étaient pas à ce qu'il s'attendait. Il fut déçu et ressentit de l'embarras. Il se dit que souvent il y a des hommes qui subissent cet examen et qui souhaitent avoir des résultats négatifs, mais lui avait espéré des résultats positifs. Il désirait tant une clôture à la question brûlante dans cette période de sa vie. Il appela Luc immédiatement et lui confia les résultats. Luc partageait la peine de Michel puisqu'il savait trop bien que Michel était à la recherche de son père naturel.

Le lendemain, Michel alla à la rencontre d'Éloïse. Elle lui avait envoyé sa photo. Michel l'a reconnue tout de suite. Même avant de se rendre au restaurant pour prendre le repas convenu, Michel donna à Éloïse une copie des résultats tout en s'excusant d'avoir dérangé la famille Cyr. Il faut donc croire que le petit déjeuner ne fut pas le point culminant dont il s'attendait.

Aujourd'hui, Michel continue ses recherches. Il a découvert qu'il y avait un bon nombre d'hommes appelés Luc Cyr dans les environs du comté d'Aroostook, soixante ans passés. Michel est assidu dans son travail puisqu'il veut absolument trouver qui était son père. Entre-temps, il demeure en contact avec ses trois demi-frères et demi-soeurs du côté de sa mère, Bernice. En tant qu'enfant adopté, Michel était fils unique, car il n'avait ni frère ni soeur lorsqu'il grandissait. C'est tout un événement pour lui d'avoir enfin découvert des liens fraternels même s'ils furent établis tard dans sa vie. Il avait connu ces gens-là comme cousins, mais maintenant ils les connaissait comme ses frères et soeurs. Peut-être un jour il retrouvera d'autres frères et soeurs du côté de son père naturel qu'il n'a, jusqu'alors, connus. Tout de même, il se dit souvent qu'il est heureux d'avoir retrouvé sa mère, sa vraie mère. Cependant, soyez à l'écoute, l'histoire n'est pas terminée.

LA TOUPIE et THÉOPHILE

Normand Dubé

La Toupie

À Noël,
Je pense toujours aux toupies
Aux toupies
Que je voulais à cinq ans
Et que je n'ai jamais reçues.

Une toupie,
C'était un de mes rêves
De chevelure blonde
Le cadeau des autres
Que je désirais
Sans l'entendre
Sans la toucher
Sauf dans mes rêves
De petite chevelure blonde.

Moi,
Le seul cadeau que je recevais,
C' était un regard tendre
De papa et de maman.
Un regard tendre et muet
Qui répétait chaque année:
Petite chevelure blonde,
Tout ce que l'on peut te donner,
C'est l'amour d'hier.
On en a encore pour aujourd'hui.
Une toupie?
Demain, peut-être.
Mais notre amour,
C'est plus certain.
C'était ça Noël
De l'amour vrai
Dans une toupie imaginaire
Toujours bouclée de pauvreté.

J'ai eu six ans.
Sept ans.
Et mes toupies tournaient à chaque Noël
Dans la chevelure blonde de mes rêves
Rêves qui me semblaient
De plus en plus enfantins
Mais d'autant plus chers
Plus je vieillissais.
Et les toupies changeaient
Dans mes rêves
De celles aux couleurs de Noël
À celles qui fredonnent
Des cantiques d'hiver glacé.

J'avais sept ans.
Je pouvais imiter
Toutes les ondulations
De toutes les toupies
Que j'avais vues
En métal et en plastique,
Les minces et les plus bombées,
De magasin et de salon de voisins
Toutes les toupies
Que j'avais vues
Sans jamais en avoir reçu.

J'avais sept ans.
Et en ce soir de Noël,
J'en ai vu une par ma fenêtre
La grosseur d'une étoile
Filant sur le plancher de la nuit
Comme une danseuse de ballet
Qui pirouette
Sur les calendriers de cuisine.
Elle tournait toujours,
La toupie argentée,
Lorsque je me suis endormi.

Le matin,
J'avais encore la toupie

Dans l'oeil.
Mais elle était beaucoup plus belle
Parce que c'était une vraie
Une toupie qui remplissait
Les deux mains de papa.

Elle me semblait
Vêtue de tous mes rêves,
De toutes les toupies
Que j'avais vues.
Quand je l'ai fait
Danser et chanter.
Je savais
Que papa et maman avaient mis
Beaucoup d'amour dedans.
Toute la journée de Noël
J'ai entendu,
Dans la toupie,
Leur refrain d'hier:
Je t'aime.
Je t'aime.
Je t'aime.
Et je savais
Que je pourrais l'entendre demain
Parce que l'amour dedans
Était pour toute l'année.

Théophile

Lorsque Théo était vivant
Le village nous était un paradis
Lorsque Théo était vivant

Il était raconteur
Il était vieux-sage
Il était bouffon
Il était ratoureur
Travailleur
Mangeur de boudin

De tourtière
De 'plogue'
De creton
Comme il était Acadien

Il avait les yeux chétifs
Très bruns
Il avait les cheveux touffus
Très blancs
Il était pâle,
Il avait les épaules courbées
Il avait le pas lourd
Parfois chancelant
Toujours mesuré
Jamais pressé
Comme il était Acadien

Il était pour les quadrilles
Il était pour les folklores
Il était pour les enfants
Les jeunes
Les coeurs grands
Il était pour le soleil sur le sarrasin
La pluie sur les noisettes
Les patates terreuses
Les grands bouleaux
Les sapins
Le bleu de l'Atlantique
Le drapeau
Le porc-épic
Comme il était Acadien

Il avait toujours son chapelet
Il avait souvent la parole
Il avait parfois 'son petit coup'
Il avait peu d'argent
Beaucoup de douceur
Beaucoup de temps
Peu d'argent

Comme il était Acadien
Théo

Il pleurait aux funérailles
Il saluait tous les amis
Il parlait aux veuves
Il souriait aux enfants
Il buvait 'son coup'
Un peu partout
Avec n'importe qui
Pour le moindre prétexte
À Noël
Les anniversaires
Le vendredi
Théo

Comme il était vivant
Comme il était Acadien
Sa plus grande vertu était
D'être humain.

BILLETS DE RAPHAËLE
Louise Péloquin

[Ces billets parurent dans le Journal de Lowell de 1991 jusqu'avant sa disparition en 1995. Le Journal de Lowell fut le seul journal franco-américain exclusivement francophone qui existait durant ses années de publication.

Le Journal de Lowell est né en février 1975 à l'initiative de Raymond J. Barrette. Très vite, Albert et Barbara Côté se sont attelés à la tâche de poursuivre la tradition jounalistique de langue française dans la ville de Lowell[Massachusetts] où plus de 23 journaux franco-américains avaient servi les lecteurs francophones pendant un siècle. Le Journal de Lowell a suivi la lignée de ces journaux de langue française publiés à Lowell depuis le milieu du 19ème siècle. Le plus célèbre fut le quotidien **L'Étoile** dont le propriétaire, Louis-A Biron, a fait un journal diffusé dans toute la Nouvelle-Angleterre de 1910 à 1957. Sa fille, Marthe Biron Péloquin, y a travaillé comme reporter et éditorialiste. Sa petite fille, Louise Péloquin, fière de la tradition familiale, continue à oeuvrer pour la promotion de l'héritage franco-américain au sein de la francophonie mondiale].

1.PERMETTEZ-MOI DE ME PRÉSENTER

Il y a un peu plus d'un mois, je suis entrée dans la communauté franco-américaine. Comme l'a exprimé un ami me souhaitant la bienvenue en ce monde, je suis même doublement franco-américaine: Française et Américaine par mon Papa et ma Maman et "Franco" par mon heritage de la Nouvelle-Angleterre. Je ne peux pas encore lire le JOURNAL DE LOWELL bien que le froissement de ses pages, dévorées par mes parents, soit déjà familier à mes petites oreilles. Je le lirai avec plaisir un jour et je le montrerai à ma maîtresse d'école et à mes copains de classe. En attendant, je veux me présenter à vous tous qui avez manifesté tant d'affection à ma Maman l'été passé quand elle anticipait ma naissance. Je vous ai bien entendus, vous savez! J'étais déjà curieuse, toute repliée dans mon cocon. Et puis, j'avais si hâte d'arriver sur votre planète.

Je m'appelle Raphaële. Avant d'être le nom d'un grand peintre italien et d'une tortue Ninja, ce fut celui de l'Archange qui accompagna le fils de Tobie sur son mystérieux voyage dans l'Ancien Testament. Ce prénom signifie «Dieu nous accompagne» et «Dieu nous guérit». Ça me plaît assez, même si ce n'est pas un nom courant pour une petite fille.

Je suis venue au monde à 7h20 du soir, le 19 septembre, à Argenteuil dans une Clinique à l'ombre du pont rendu célèbre par Monet,au bord de la Seine. Ma famille ne m'attendait que le 30 septembre mais moi j'avais envie d'arriver onze jours plus tôt. J'ai peut-être hérité du brin d'impatience de Maman. La journée fut radieuse, douce et ensoleillée comme l'été indien en Nouvelle-

Angleterre. J'ai trouvé que ce jeudi serait parfait pour faire mon entrée en société. À 4h30 du matin, j'ai commencé à m'agiter. J'ai bien fait attention de ne pas trop inquiéter Maman. J'ai presque vu le jour dans la voiture de Papa mais on m'a fait attendre 50 minutes après mon arrivée à la clinique.

J'ai fait ma sortie et je me suis tout de suite testé la voix, bien forte pour un petit être. Le médecin m'a présentée à Maman. Elle m'a regardée très émue, les larmes aux yeux. Moi aussi je voulais la voir. Tout de suite, je me suis levé la tête et j'ai ouvert les yeux bien grands pour la regarder en pleine face. Cette jeune femme pâle et émerveillée était donc ma Maman? Je l'ai acceptée car j'ai tout de suite senti la force de son amour.

Juste au moment où nous nous découvrions, Maman et moi, la sage-femme m'a enlevée pour me donner mon premier bain. C'est alors que j'ai rencontré Papa qui nous a suivies en disant qu'il ne voulait pas me perdre de vue. J'ai conclu que Papa m'aimait déjà beaucoup, donc je l'ai adopté, lui aussi.

Deux kilos 800 grammes(6.16 livres) et 47 centimètres (environ 18-1/2 pouces), voilà mes premières mesures. Je suis blonde vénitienne (c'est plus joliment dit que «fraise-blonde» en anglais) et j'ai déjà les yeux qui virent au bleu clair (comme mon Papa et mes cousins Thibodeau du Québec). Ma Grand-mère venue exprès des États-Unis pour me dorloter pendant mon premier mois, me trouve très belle mais elle n'est pas objective du tout. En tout cas, j'ai la vigueur de mes ancêtres pionniers francophones. Pour le reste, je me dévoilerai au fur et à mesure des mois qui passent.

2.DOUZE JOURS AVEC MAMIE (juin 1994)

Elle s'appelle Marthe Biron Péloquin. C'est ma Mamie. La motivation initiale pour pousser Mamie à traverser l'océan Atlantique en mai 1994 était de participer au colloque international de la fancophonie à l'Universié d'Angers. Elle y a brillé, comme une Étoile. Ce n'est pas moi qui le dit mais Tonton Professeur Joseph Garreau, l'un des organisateurs. J'y suis allée, à Angers, moi aussi. J'ai même assisté, très sagement, à une demi-heure de conférence linguistique. Mais puisque le programme empiétait sur mon horaire de sieste, je me suis retirée gracieusement, routine oblige.

Je me flatte quand même de penser que Mamie est venue en France un peu, même beaucoup, pour me voir, moi sa seule petite fille franco-américaine et blonde vénitienne de surcroît. Je dis ça car, à chaque instant, Mamie m'a enchantée. Elle m'a appris de nouvelles chansons: «*En roulant ma boule, en roulant. En roulant ma bou-ou-le*»! Elle m'a confectionné des cocottes en papier en forme de fleurs pour orner ma chevelure nouvellement coiffée, à sa suggestion, à la Jeanne d'Arc. En m'offrant un petit rateau à ma taille, elle m'a initiée aux joies du jardinage. Elle m'a fait faire des pas dans mon développement gustatif en me faisant manger des asperges blanches jusqu'alors ignorées. Elle m'a couverte de bisous des pieds à la tête. Surtout, elle m'a prise longtemps dans ses bras. J'y ai trouvé là le repos le plus doux, le plus chaleureux, le plus accueillant. J'y ai senti tout l'amour qu'elle avait transmis tout le long de sa vie. Elle m'a parlé français tout le temps, pas de séances d'anglais comme le fait Maman pour «*m'entraîner l'oreille*».

C'est dans ce domaine, celui de la langue, que j'ai étonné Mamie autant qu'elle m'a enchantée. Mon grasseyement ajouté à mon vocabulaire l'ont étonnée. «*Je vais RÉCUPÉRER mon ballon oublié dans le salon*», «*Il faut tenir la BALUSTRADE pour bien monter les escaliers*». Mamie aimait bien ces phrases-là. Elle admirait également la façon dont je plaçais l'expression «par contre» dans mes phrases: «*je veux un oeuf en chocolat; PAR CONTRE, j'ai fini mes épinards*». Elle adorait ma récitation sur la tortue qui se lamentait, car elle avait perdu sa «*CARAPACE*». Mamie a fièrement conclu que je faisais «*le pont entre les deux cultures*», puisque je connaissais aussi bien Cookie Monster et Barney que Tintin et Milou, et Babar. Chacune de mes performances était applaudie par Mamie. «*Now I know my ABC's*» et le poème appris à l'école la semaine de son séjour, «Petite fleur». Permettez-moi de vous l'interpéter:

Petite fleur je te cueille,
Je voudrais tant te garder.
Mais voici que tu t'effeuilles,
Je crois que tu as pleuré
«Oui je regrette mon pré».

Je l'ai fièrement déclamé dans les jardins du Prieuré Saint Cosme, la dernière demeure d'un monsieur qui s'appelait Ronsard. Mamie et Maman m'ont expliqué comment lui aussi, il y a bien longtemps, s'amusait beaucoup avec les mots, comment il créait de la beauté en imaginant de nouvelles phrases. Tout ça m'a fait rêver!

Eh oui, on a fait beaucoup de belles choses avec Mamie. Après les roseraies de Ronsard, on s'est balladé dans l'ancien domaine de Charles Perrault, le célèbre conteur, «La Pérraudière» à Saint-Cyr-sur-Loire. On a visité la ville d'Orléans sous une pluie battante pour suivre les traces de Jeanne d'Arc. On a savouré un sorbet aux fruits exotiques sur une terrasse de café à l'ombre du Château de Langeais, en Touraine. On a déambulé dans les allées de la ville de chasse de Talleyrand, à Rochecotte. Mamie aime l'histoire, comme vous le devinez. Parmi tous ces souvenirs qu'elle garde de son trop bref séjour en France en mai 1994, je crois qu'elle chérira tout spécialement cet instant. Vingt-quatre heures à peine après son arrivée, je l'ai prise par le cou, très énergiquement et je lui ai dit: «On est des amoureux».

3.L'ÉCOLE EST FINIE   (juillet 1994)

Cela fait un mois que l'école est finie. Et déjà les journaux et les télés parlent de la rentrée («*back-to-school*»). À deux ans et onze mois, pourquoi est-ce que je parle de l'école? Eh bien, tout simplement parce que je suis, depuis le 10 janvier 1994, une véritable petite écolière. Eh, oui, mes chers amis, ma carrière estudiantine est lancée!

En France, les enfants ont la possibilité d'intégrer la maternelle dès l'âge de deux ans, pourvu qu'ils soient «propres». À deux ans et quatre mois, j'étais tout à fait «propre» et très fière d'étrenner mes petites culottes roses à froufrous dentelés pour mon début dans le monde du savoir. Mon établissement s'appelle l'École Jean Moulin, nommé en honneur du célèbre resistant français de la Seconde Guerre mondiale. C'est une petite maternelle ancrée au coeur d'un village, Saint-Cyr-Sur-Loire, qui surplombe la Loire face à Tours, la ville principale de la région appelée «le jardin de la France». Je vous raconterai d'autres histoires sur la Touraine où j'habite depuis déjà plus d'un an à cause d'une «mission professionnelle» de Papa ici au coeur du pays des châteaux. Je vis à deux pas du lieu où le Chat Botté et Cendrillon ont vu le jour. Mon aire de jeux préférée est le parc enchanté de l'ancien domaine de Charles Perrault, «la Perraudière». C'est là où je me suis intitiée à l'art du tobogan et à la technique de la balançoire. C'est là où j'ai appris le nom de dizaines d'arbres, du cèdre du Liban au platane français et l'érable du Canada. On comprend comment Monsieur Perrault a pu imaginer de si belles histoires puisqu'il habitait un endroit si magique. Maman et moi ne nous lassons jamais de nous y ballader.

Ma maîtresse à l'École Jean Moulin cette année s'appelle Mme Jacquet. Elle est blonde et très grande, presqu'autant que mon Papa. Elle porte de grosses lunettes décorées de taches de léopard et est toujours habillée en pantalons. Maman dit qu'elle ressemble à une amazone, ce qui veut dire une dame à cheval. Nous, les enfants de l'école, n'avons jamais vu sa monture mais elle nous a quand même fascinés tous les jours. Elle nous a appris des tas de choses. Jamais je ne me suis ennuyée. Cette année, je n'y suis allée que le matin. L'après-midi, les enfants font la sieste à l'école. Moi, j'ai toujours préféré mon propre lit. Il ne faut tout de même pas trop me demander! J'ai mes habitudes et j'y tiens!

Avec Mme Jacquet, j'ai appris à faire des collages, à dessiner proprement, à plier des morceaux de papier coloré pour collectionner des marionettes, plein de gestes qui me serviront sûrement lorsque je serai grande. Mme Jacquet nous les enseignait selon les periodes de l'année et les saisons. Ainsi, lors de ma toute première semaine à l'école, j'ai appris la chanson de la Fête des Rois: *«J'aime la galette/Savez-vous comment/Quand elle est bien faite/Avec du beurre dedans/Tra-la-la-la-lère...»*. Quand il a commencé à faire un peu froid, on a récité «Les Trois Canards»: *«Ils avaient froid les trois canards/Froid de canard dans le blizzard/ Ils n'aimaient pas la bise/ Ils en pleuraient sur la banquise.»*. Un dimanche de janvier, je l'ai déclamé pour Mamie au téléphone et elle m'a dit que chez elle il faisait encore plus froid que chez les trois canards. Ici, le froid ne nous a jamais empêchés de faire notre tour quotidien à la Perraudière!

Pour Mardi Gras, nous nous sommes tous déguisés et nous avons fait la fête en dansant et en chantant, «Voici le carnaval/Nous allons tous danser/ Voici le carnaval/ Nous allons tous au bal». Moi jétais habillée en fée avec une couronne dorée, une baguette magique et une robe à volants jaunes et blancs. J'étais très fière de ma personne et je suis certain que même le Prince Charmant aurait été saisi par mon éclat. Papa lui, se montrait admiratif et ému en disant à Maman: «C'est une vraie petite fille maintenant. Elle n'est plus un bébé»! Il en a pris du temps pour s'en apercevoir!

Quand le printemps est arrivé, nous avons appris cette belle récitation :

Au printemps, on est un peu fou,
Toutes les fenêtres sont claires,
Les oiseaux chantent à tue-tête

139

Et tous les enfants sont contents.
On dirait que c'est une fête!
Ah! Que c'est joli le printemps.

Quand Mamie est venue nous rendre visite en mai, nous organisions, toutes les deux, des soirées poétiques après le dîner pour distraire pauvre Papa et Maman revenus fatigués du travail. Nos regards langoureux et nos gestes dramatiques amusaient beaucoup et surtout faisaient oublier l'heure fatidique du coucher.

Ma première année d'école a été exceptionnelle à tous les points de vue mais surtout parce que moi j'étais un cas exceptionnel. J'étais la cadette de toute l'école et j'occupais donc le rang de petite reine de l'établissement. Chaque matin, à mon arrivée, on me saluait de «Bonjour ma poupée»! ou bien «Voilà notre bébé»! J'appréciais nettement moins le deuxième salut mais, noblesse oblige, je tolérais élégamment. Jamais je ne laissais transparaître la moindre irritation, étant soucieuse de paraître digne à chaque instant, digne d'être admise au temple du savoir à un si jeune âge. Ainsi, je ne pleurais pas quand Maman et Papa m'amenaient à l'école. Je ne laissais pas transparaître ma lassitude après une mauvaise nuit de sommeil ou une digestion difficle de flocons de maïs.

En tant que petite reine, j'avais à mon service non seulement le personnel de l'école pour m'aider à boutonner les cardigans et monter les fermetures éclair mais aussi une suite de chevaliers servants. Il y avait Nicolas qui suçait toujours les petites échelles de la cour extérieur. Il y avait aussi P'tit Pierre qui ne lâchait jamais sa Maman le matin avant de lui faire quatre bisous et deux câlins. Ainsi rempli de tendresse pour la journée, il pouvait aisément semer ses sourires et ses regards châtoyants à tout un chacun. Les plus doux étaient réservés à sa chère «Fata», ainsi m'appelait-il. Le plus dévoué et le plus ardent de mes chevaliers était Sébastien, le fils de ma gardienne. Je ne pouvais faire un seul geste sans qu'il me surveille, qu'il me tende la main, qu'il ramasse mes crayons par terre, qu'il aille chercher mon manteau, qu'il me mette mon bonnet. Son dévouement a fini par exaspérer Mme Jacquet car elle a rapporté à Maman que je ne voulais plus rien faire sans l'aide de ce fidèle Sébastien. Au cours des dernières semaines de classe, Sébastien s'émancipa. Il me couvait un peu moins tandis que je m'affirmais un peu plus. Les choses se remirent en place sans l'intervention des grandes personnes!

Maintenant que l'école est finie, je jongle tous les souvenirs dans ma tête et je me demande comment sera la suite de ma carrière d'écolière. Je ne manquerai pas de vous en parler!

4.LE BALLON VIOLET

Le 19 septembre 1994, j'ai eu 3 ans. J'ai fêté mon anniversaire trois fois: Le jour même avec mes copains d'école, Sébastien, Benjamin, et Anne Laure; le samedi suivant avec Tonton Jeannot qui m'a encore offert d'énormes joujoux au grand désespoir de Maman qui doit toujours ranger; et le 10 septembre chez Mamie. Elle aussi elle fêtait son anniversaire. C'est drôle. Mamie est plus grande que moi. Elle a donc plus de trois ans. Pourtant, elle n'avait que deux bougies sur son gâteau. Je n'ai toujours pas compris ce tour de magie.

La belle maison blanche vibrait de joie ce jour-là car elle accueillait beaucoup de monde. Ma tante Marie et mon oncle Daniel sont venus du Canada avec Émilie devenue bipède. Ma tante Caroline et mon oncle Bernard ont amené Anne Marie et Christine qui avait appris, elle aussi, à déambuler. Tout le monde avait apporté des paquets envelopés de papier brillant. Après une semaine de pluie torrentielle, le firmament souriait. Mamie a dit que même les anges nous souhaitaient une bonne journée.

La fête a démarré dès le matin avec les crêpes au sirop d'érable de Tonton Daniel puis le visionnement de mon émission préférée, *Sesame Street*. Ensuite on a joué dans la belle cour de Mamie. J'ai cueilli les quatre tomates qui avaient réussi à rougir après tant de jours sans soleil. Bijou a eu son exercice au bout de sa laisse. On a même trouvé un nouveau compagnon de jeux, une souris apprivoisée qui jouait à cache-cache dans les herbes hautes. Un vent frais nous faisait respirer le parfum sucré des pommes déjà mûres. Les premières feuilles flamboyantes volaient dans les airs comme de petits cerfs-volants joyeux. La fête se manifestait partout!

Au réveil de ma sieste, j'ai trouvé la veranda toute décorée en honneur des «filles de septembre». Mamie et moi. La table était ornée d'une belle nappe à boutons de rose. À chaque place se trouvait un chapeau pointu de carnaval et un sifflet. Au milieu de la table reposait un gâteau décoré de clowns jaunes, verts et oranges et de confettis en sucre. Un énorme numéro 3 complétait la décoration du chef-d'oeuvre. Une douzaine de ballons dansaient au plafond avec chaque souffle de la brise de l'été qui semblait vouloir recommencer. C'est Anne Marie qui m'avait offert les ballons car elle savait que rien ne me faisait plus plaisir. Elle m'a quand même signalé qu'il fallait en donner un à tout le monde et que le bleu lui était réservé. Alors, j'ai fait la ronde des convives pour que chacun choisisse sa couleur préférée. Mamie a pris le jaune. Tante Marie le rose, Christine le rouge et ainsi de suite. Avec nos chapeaux rigolos et nos ballons flottant jusqu'au plafond, on faisait bel effet. Anne Marie a ensuite pris les choses en main en disant: «Maintenant que tout le monde est là et que les ballons et les joujoux sont distribués, on peut manger ton gâteau, Raphaële, mais il faut souffler les bougies d'abord et moi, je veux un gros morceau avec un clown en sucre dessus»! Personne n'avait goûté et la faim se faisait sentir. Mais les choses allaient trop vite pour moi et je sentais quand même que la fête n'était pas complète. Pendant qu'Anne Marie mettait discrètement son doigt au glaçage pour prendre un avant goût des délices à venir et que Maman allait chercher de la limonade fraîche, j'ai demandé à Tonton Daniel de m'accompagner un instant sur la pelouse. Le ballon que j'avais choisi était violet, un peu plus clair qu'une aubergine et un peu plus foncé qu'une prune. Arrivée dehors avec Tonton, j'ai lâché mon ballon. Très vite il était au-dessus de nos têtes, plus haut que les arbres, en route pour les nuages. «Pourquoi as-tu fais ça»? m'a demandé Tonton qui a bien vu que c'était exprès. Je lui ai expliqué que mon Papa ne pouvait pas être parmi nous pour la fête car il avait dû prendre un gros avion blanc pour rentrer travailler en France. Mon beau ballon violet allait le rejoindre pour qu'il puisse, lui aussi, s'amuser un peu. C'était mon cadeau pour Papa.

Le lendemain, je me suis moi-même embarquée dans un gros avion blanc avec Maman. Nous allions rejoindre Papa. Je savais qu'il était impatient de nous retrouver.

5.UN "ASKIDENT"

J'aurais aimé vous raconter des tas de choses sur mon dernier séjour chez Mamie, mais les instants se sont échappés sans que je puisse les retenir pour mieux les savourer.

Oui, j'ai passé neuf jours d'un février capricieux au pays des mes aïeuls, la Nouvelle-Angleterre. Vous n'avez même pas vu le bout de mon petit nez car celui-ci n'a guère affronté les éléments.

Le premier jour, j'ai eu l'immense joie de rencontrer une mes fidèles lectrices en la personne de Madame William Toupin, au bras de Monsieur, à l'Église Notre-Dame de Lourdes de Lowell. Elle m'a couverte de compliments: que j'étais très jolie, très fine; que mes histoires de petite fille l'intéressaient bien, et ainsi de suite pendant de glorieuses minutes. Ça m'a fait tellement plaisir que j'en oubliais ma fatigue de décalage horaire et le vent polaire qui nous enveloppait. Merci Madame Toupin, vous m'encouragez à continuer mes «reportages»!

Hélas, une double otite m'a empêché de multiplier les aventures hivernales chez Mamie. Mais qu'importe! Après tout, j'étais venue essentiellement pour Elle, pour me noyer dans ce regard noir, pétillant et coquine; pour me faire embrasser et câliner comme personne ne pourra jamais le faire. L'objectif de mon passage transatlantique a donc été atteint.

J'ai quand même fait une expérience intéressante malgré mes 104 degrés de fièvre et mes nuits blanches. J'ai été reçue par un médecin américain. Pour vous, ça semble peut-être tout bête, voir un médecin. Mais, comme on dit en France, ce n'était «pas évident»! Pour Maman, ma secrétaire, il a d'abord fallu dire qui elle était; pouquoi elle téléphonait au médecin de mes cousines de Westford; comment elle allait payer la consultation avec une assurance européenne (la France fait partie d'une autre galaxie peut-être?); où elle logeait; pour combien de temps; et ainsi de suite pendant une demi-heure. Maman qui n'est pas connue pour sa patience, a été très bien servie, croyez-moi. Malgré la douleur dans mes oreilles, j'ai tout entendu. La conversation n'était pas triste!

Après maintes répliques, les unes plus trépidantes que les autres, j'ai finalement vu un médecin, mais pas avant avoir été auscultée par deux infirmières différentes, très gentilles d'ailleurs. Ce n'est pas tous les jours qu'elles voient une petite Parisienne devenue Tourangelle!

Enfin le médecin est venu. Il m'a parlé français et a écouté mon coeur avec un stéthoscope décoré d'une petite souris grise. Il était souriant et sa voix, très douce. Il ne me faisait pas peur. Il m'a raconté combien il voudrait que ses petits enfants à lui parlent français mais que, pour l'instant, ceux-ci apprenaient le chinois car lui était chinois. J'ai bien aimé ce docteur.

Maman n'était pas satisfaite de notre trop bref séjour chez Mamie.Elle aurait voulu faire tous les magasins, aller au cinéma chaque soir, manger du mexicain, de l'indien, du chinois, de l'italien, du grec, du Texan, que sais-je encore.Elle est repartie pour la France sans avoir assouvi sa faim de «la vie américaine». Pour la consoler, je lui ai dit que je ne tomberai pas malade au prochain voyage. Cette fois-ci, c'était un «ASKIDENT» (accident). Moi, en tout cas, je n'ai pas besoin de frénésie d'activités pour être heureuse. Et même avec mes journées confinées au fauteuil de Mamie, «J'ai plus de souvenirs que si j'avais mille ans». (Charles Baudelaire dans *Fleurs du Mal*).

6.MON QUATRIÈME ÉTÉ

Les images de l'été dansent dans ma tête comme les flocons colorés qui tournent, insaisissables, au fond d'un kaléidoscope. Je voudrais les retenir pour faire durer mon enchantement mais, aussitôt aperçues, aussitôt disparues!

Mon quatrième été sera marqué à jamais dans ma mémoire comme une période de nouvelles expériences de «premières». J'ai participé à mon premier banquet de la Semaine Franco-Américaine de Lowell. Là, ma tête rousse et mon regard de coquine en ont séduit plus d'un. Il faut dire que j'ai distribué les baisers avec générosité, aux messieurs de préférence, n'est-ce pas Monsieur Albert?

J'ai vu mon premier film dans un grand cinéma bien sombre. C'était «Pocahontas». Alors que mes cousines s'occupaient à engloutir un énorme seau de popcorn arosé de *root beer,* moi, j'étais vissée à mon siège, hypnotisée par la magie que m'offrait le grand écran. La féérique Pocahontas est alors entrée dans mon palmarès de princesses préférées, avec Cendrillon et la Belle au Bois Dormant.

Je suis montée dans des manèges pour grandes personnes à Canobie Lake: la grande roué, une montagne russe, le plus haut des carrousels. Je n'étais pas toujours bien rassurée mais personne ne s'en est aperçu. J'ai assisté à ma première pièce de théâtre: des saynètes tirées de «La Lettre écarlate», de «Les Sorcières de Salem» et des poésies d'Edgar Allen Poe. J'ai développé une telle fascination pour les sorcières que je voudrais célébrer «Halloween» tous les jours! Les explications de texte de mon Papa, si vives et excitantes, ont bien fait tourner mon imagination.

En tant que citoyenne française à part entière, aussi bien qu'Américaine, j'ai célébré la Bastille en grande pompe dans un salon lumineux donnant sur les quais du port de Boston. Les ballons tricolores, les petites bouchées de gâteries succulentes, la fanfare entonnant les hymnes nationaux, tout m'a grandement amusé. J'étais particulièrement flattée par le fait d'être remarquée et complimentée par de nombreuses personnes à l'air bien digne et princier. Maman, elle, s'est sentie légèrement délaissée face à toute l'attention que l'on me prodiguait à moi toute seule, elle qui avait acheté une nouvelle robe pour l'occasion et qui avait passé plus d'une heure à se maquiller! J'étais la seule convive de trois ans et dix mois parmi tout ce beau monde. Ça fait un effet d'être petite; pourquoi ne pas en profiter?

Je suis allée à mon premier *lobster bake* dans un agréable restaurant installé sur une île au milieu du fleuve Merrimack. Quand le serveur nous a présenté une montagne fumante de crustacés rouges, je fus saisie d'émotion. J'aurais préféré rapporter mon homard chez moi, bien vivant. Il aurait fait un si bon camarade pour mes poissons rouges. Heureusement qu'un monsieur très gentil m'a aidé à sortir de mon désarroi. C'est Monsieur Louis qui m'a encouragé à ne plus penser aux homards défunts en m'enseignant la technique difficile de clignoter d'un seul oeil tout en conservant un regard charmant. Je me suis entraînée pendant tout le repas, guidé par un si gallant tuteur. J'ai appris plus tard que Monsieur Louis n'était pas encore officiellement grand-père. Puisque mes Papys sont là-haut dans le ciel, je me ferai un plaisir d'être votre petite fille quand vous voudrez, Monsieur Louis!

Oui, l'été m'a bien souri. J'aurais tant d'autres choses à vous raconter: comment j'ai appris à nager dans le lac de Mamie; comment j'ai assimilé les subtilités de la langue anglaise en allant au *summer school* à Westford et en ne ratant aucune épisode de *Sesame Street* ; comment j'ai dansé le *two-step* au rythme de Michael Doucet & Beausoleil, le groupe louisianais venu secouer les Lowellois un beau soir d'août; comment s'est déroulé le baptême de Gabrielle, le septième petit ange de Mamie; comment j'ai éduqué Bijou à me suivre docilement en laisse malgré ses cent livres et envies de bondir sur tout ce qu'elle voit. Chaque jour a porté une nouvelle expérience, une nouvelle découverte. Pour vous, les grandes personnes, ces parcelles de vie paraissent plutôt banales. Pour nous, les enfants, elles sont toutes magiques! C'est peut-être pour ça que l'on n'a pas envie de faire dodo la nuit; on ne veut pas perdre de temps!

Maintenant que ces beaux jours sont loin, les images de l'été semblent encore plus merveilleuses. Je démarre maintenant l'année scolaire. Puisque j'ai quatre ans, j'y assisterai l'après-midi bien que le matin. Comme dirait mon ami Tintin, «en route pour de nouvelles aventures».

SOUVENANCES D'UN ENFANT DE CHOEUR

Michel Courchesne

En 1964 la Paroisse St Pierre et St Paul de Lewiston, Maine était florissante avec des milliers de paroissiens. Beaucoup d'entre eux appartenaient à la classe ouvrière. Les ouvriers de moulins et de manufactures de chaussures élevaient leurs familles dans les traditions franco-américaines et catholiques comme leurs ancêtres l'avaient fait avant eux. Les changements du Concile du Vatican II n'avaient pas encore pris effet à Lewiston. Ce fut précisément à ce temps, en 1964, où je suis entré dans le service des enfants de choeur de cette paroisse.

Plusieurs enfants des maintes familles de la paroisse servaient soit à l'école soit à l'église où ils assistaient à la messe. Plusieurs élèves participaient aux activités scolaires et d'autres se lançaient dans les équipes de sport. Il y avait aussi ceux qui venaient en aide aux Soeurs dominicaines et aux Frères du Sacré-Coeur, parfois dans les salles de classe ou bien, comme quelques uns le faisaient, dans les jardins des soeurs tout près de l'école. Plusieurs garçons chantaient dans le choeur de chant qu'on appelait très convenablement, «Les Petits Chanteurs de la Paroisse St Pierre et St Paul». Ce groupe formé d'une centaine de jeunes garçons sous la tutelle du Frère Raymondien s.c., avait beaucoup de talent et l'exploitait tout en chantant aux grand-messes du dimanche, aux services religieux pendant le carême et l'avent ainsi que dans d'autres activités sociales des différents groupes franco-américains de la région tels l'Institut Jacques Cartier, La Survivance Française, et l'Association Canado-Américaine. «Les Petits Chanteurs» sont devenus très populaires durant ce temps-là. Tout le monde chantait leur gloire de petits artistes. Ils ont même enregistré leurs chants sur un disque qui se vendait dans les magasins locaux, tel le magasin Blanche Turcotte sur la rue Lisbon ou chez Victor News sur la rue Ash près de l'église St Pierre et St Paul. Je n'étais pas appelé à chanter mais je crois bien que j'avais une inclination pour servir les prêtres qui présidaient aux services religieux de tous les jours. Ce qui m'attirait fut en grande partie dû à la conscience de mes parents qui eux pensaient qu'assister à la messe tous les dimanches était très important à ma croissance. Ils m'indiquèrent sérieusement que je pourrais donc servir aux messes à l'église.

J'ai commencé mon expérience religieuse avec les Soeurs dominicaines en tant qu'élève à l'école paroissiale St Pierre et St Paul.

En tant qu'élève d'une école catholique, les sacrements devenaient une partie importante de notre jeune vie. Lorsque nous apprenions les sacrements, nous apprenions aussi les responsabilités qui allaient comme suite des sacrements même. Au printemps de ma première année scolaire, nous avons tous fait notre première communion qui fut précédée par le sacrement de la confession. En classe, lorsque Soeur Mère du Carmel nous instruisait à propos de la Sainte Eucharistie, elle nous a dit que nous ne pouvions recevoir la communion qu'avec un coeur pur. C'est alors que je me suis dit que je ne voulais pas la désappointer. Alors, quand nous avons assisté au premier vendredi du mois, un seul étudiant du premier niveau n'est pas allé recevoir parce qu'il avait péché. C'était moi. Mère Marie du Carmel m'a aperçu et elle m'a demandé une fois rendu en classe, pourquoi n'avais-je pas communié, «Michel, pourquoi n'es-tu pas allé à la communion ce matin? Tous les autres enfants de ta classe y sont allés». Je lui ai répondu, «Mère, vous avez dit que si quelqu'un avait péché, le coeur n'est pas prêt à recevoir Jésus. Alors, mon coeur n'était pas prêt à le recevoir. Je devais me rendre à la confession avant de communier». Elle m'a embrassé fermement et j'ai vu une larme dans ses yeux. Peu de temps après, je me suis trouvé au bureau du Père Jean-Paul Cossette, l'aumonier de l'école, qui a entendu ma confession. Il m'a ensuite donné la communion dans son bureau même. Le Père Cossette m'a dit, «Retourne avec tes amis en classe et continue d'être un bon garcon. Le Bon Dieu est très content avec toi aujourd'hui». C'était un très bon moment pour moi. Le Bon Dieu était content de moi, mais encore plus important à cet instant, Mère Marie du Carmel était contente de moi aussi. Bien que je n'étais pas au courant ce matin-là, ce fut ce moment même qui m'a laissé l'impression que les dominicains étaient ici afin de pourvoir à nos besoins religieux actuels alors que nous grandissions comme jeunes catholiques.

Au mois de juin, ma famille et moi nous nous réunissions pour le baptême de ma soeur, Denise. C'est à cette occasion que j'ai eu la bonne fortune de rencontrer le Père Jean-Marie LaPointe, père dominicain qui desservait la paroisse et qui l'a fait pendant plusieurs années avec dévouement et persévérance. Après le baptême de ma soeur, mon père, Maurice, qui m'avait souvent encouragé de devenir enfant de choeur comme lui l'avait été dans son enfance, m'a donné littéralement la poussée dont j'avais besoin. J'étais très timide et j'hésitais, et pour un petit moment, j'ai pensé de courir par la porte la

.

plus proche, mais mon père n'était pas pour me laisser râter cette heureuse chance. Une occasion singulière! Il m'a conduit jusqu'au bon Père LaPointe et il m'a dit, «Envoie p'tit boy, parles-y». Alors, avec un peu de courage retrouvé, j'ai pris la parole et j'ai commencé par dire, «Cher Père, est-ce que je peux devenir un "Walter Boy" icite à ton église»? Pour un long moment qui me sembla éternel alors qu'il me regardait à travers ses lunettes, je me sentis un peu effrayé par son habit blanc monastique, un peu comme un fantôme de mes rêves. Tout à coup, il m'a répondu, «Icite, à mon église? Mon bon garcon, je suis bien certain que tu peux devenir un enfant de choeur. Je veux que tu saches que c'est notre église, et c'est plus important de savoir que nous sommes dans la maison sainte de Dieu». Tout le monde rassemblé dans la petite chapelle souriait et quelques uns riaient. «Je vais demander au Frère Albert, le sacristain, quand tu pourras revenir et commencer ton travail ici». Je n'ai pas compris quand il a dit «icite à mon église» car il trouvait certainement ma question un peu drôle. Pendant toutes les années que je l'ai connu, il n'a jamais dit le mot «icite». Car, le bon Père LaPointe était un perfectionniste tout particulièrement pour la langue française. Je l'ai connu durant plusieurs années et il était un homme qui parlait bien, se portait comme il faut et puis il détestait les erreurs. Alors, nous sommes allés au bureau du presbytère où mon père a laissé mon nom et le numéro de téléphone avec le frère portier qui nous a rassuré qu'on me contacterait bientôt pour me donner des précisions à propos de quoi faire.

Mes parents ont bientôt reçu un coup de téléphone du Frère Gilles, le portier au monastère, pour les informer que je devais faire rendezvous avec le Frère Albert et un autre enfant de choeur qui s'appelait Ronald Lemay, le prochain mardi après les cours, au vestibule du sous-bassement de l'église. J'y suis arrivé l'après-midi du jour indiqué où le Frère Albert m'a accueilli et quelques minutes après, Ronald Lemay arriva.

Le Frère Albert était un homme très calme qui ne parlait pas beaucoup. Il m'a montré les armoires où j'aurais ma place. Il m'a donné le numéro 22. «Tu garderas tes soutanes, ton surplis et tes souliers ici», me dit-il. «De temps en temps, tu demanderas à ta mère de laver tes habits et de les repasser». Le Frère Albert m'a ensuite donné un nouveau surplis blanc, et puis il a choisi deux soutanes, une rouge et une noire. J'ai revêtu la soutane rouge et le surplis. Puis, il m'a donné une paire d'espadrilles blanches. «Tu porteras toujours ces souliers dans le sanctuaire afin d'être propre et pour ne pas faire du bruit sur les planchers. C'est important d'observer le silence. Et, on porte le noir pour les funérailles ainsi que pendant l'avent et le carême. À toutes les autres messes, tu porteras le rouge». Pour le moment, je me sentais chanceux. J'étais content et un peu fier. À l'âge de huit ans, je rendrais service en travaillant à la vigne du Seigneur.

Le Frère Albert m'a ensuite laissé travailler avec Ronald, l'enfant de choeur. Lui m'a montré comment servir la messe comme un enfant de choeur doit le faire. Il joua le rôle du prêtre. Il m'a montré comment marcher en procession, faire une génuflexion, et suivre le prêtre. J'ai appris comment verser l'eau et le vin des burettes, porter le gros missel à l'autel, et avant de partir, j'ai commencé à apprendre comment réciter les prières en latin. Il fallait apprendre ces prières par coeur pour avoir la chance de servir la messe, sinon, pas de service. Tout le temps que je suis allé à la messe avec mes parents, je n'avais pas realisé qu'il fallait prier avec les dominicains en latin. Là, je me suis senti nerveux. Le latin? Je ne comprenais rien du latin. Comment allais-je apprendre des prières que je ne comprenais pas?

Je suis rentré chez moi et le soir même j'ai commencé à apprendre mes petites prières en latin. Tous les soirs suivants j'ai pratiqué mon latin. Des fois je pratiquais avec ma mère et d'autres fois avec mémère Fournier. Ma grand-mère habitait au premier étage. Alors, quand ma mère était occupée, ma grand-mère aidait ses petits enfants avec leurs devoirs. Pour le reste de l'été, j'ai assisté à la messe tous les dimanches à huit heures et demie. J'entrais avec tous les enfants de choeur en procession et je m'asseyait dans le sanctuaire et j'observais les garçons plus vieux que moi servir la messe. Parfois, j'étais un peu triste parce que je trouvais le temps long. Il me semblait que j'étais destiné à être seulement assis au service du Bon Dieu. Rien d'autre.

Je ne me suis pas rendu compte mais ce qui se passait fut l'occasion de changements dans ma jeune vie. Lorsque le temps passait et j'observais les plus âgés qui servaient devant moi, c'est là que j'ai commencé à faire de nouveaux amis et ma timidité a ainsi diminué. Ces garçons ont fait ressortir le meilleur en moi, je crois. Le Frère Roland Ouellette, membre des Frères du Sacré-Coeur et enseignant d'histoire et de géographie à l'école St Pierre, dirigeait le groupe d'enfants de choeur pendant l'année scolaire. Il a créé une concurrence parmi nous, les enfants de choeur, et a produit pour nous un grand placard qu'il a placé dans la salle où nous nous préparions pour les messes. Il suivait notre adhérence aux messes et affixait une petite étoile tout près de chaque nom pour indiquer notre présence. Alors, la compétition commença pour nous jeunes servants. On ne pouvait pas s'empêcher de vouloir faire mieux que l'autre. C'était presque impossible de finir le premier parce qu'il y avait toujours un ou deux autres garçons qui semblaient être là tous les jours même si mes amis et moi nous étions là aussi souvent qu'eux. Je crois que des événements comme ceux-ci m'ont toujours poussé à faire mieux à l'école, au moins le désir y était, et pas seulement à l'école mais avec ma famille, mes amis et maintenant avec mes élèves et mes copains de travail.

Les beaux résultats provenant d'être enfant de chœur retombaient, je crois bien, sur les pères et les frères dominicains qui ont travaillé avec nous. J'ai toujours admiré les pères dominicains car ils avaient toujours un air de confiance et de savoir faire. Ils rigolaient avec nous autres souvent et nous posaient des questions à propos de notre éducation. Ils voulaient savoir si nous lisions souvent. Les dominicains étaient bien instruits et bien renseignés sur plusieurs sujets. À tous les dimanches, les dominicains prêchaient en chaire avec une connaissance et une vitalité remarquables, et qui portait fruit dans les conversations des paroissiens entre eux. Souvent mes parents et mes grands-parents parlaient avec la parenté et les voisins au sujet de ce que le père avait prêché le dimanche d'avant. La plupart de ces prédicateurs n'utilisaient jamais de notes. Ils étaient toujours préparés, bien préparés. On observait qu'avant aller à la chaire, le prédicateur marchait du long en large d'un vaste couloir du monastère, le moine plongé dans une profonde concentration. Nous pouvions facilement identifier le prédicateur le dimanche matin parce qu'il portait une chappe noire qui faisait contraste avec sa soutane blanche. Tous les autres dominicains n'avaient que leur habit blanc. Le Fère Albert nous informa sur un ton sérieux qu'il fallait être «bien préparé pour prêcher et annoncer l'Évangile».

La prière jouait un rôle important dans la vie des dominicains. L'église supérieure St Pierre et St Paul avait un chœur pour les moines derrière le maître autel. Les dominicains se rassemblaient dans cette chapelle vers onze heures du matin chaque jour avant la messe de midi pour prier et chanter l'Office divin. J'ai tout récemment appris que l'Office avait lieu le matin avant le déjeuner vers midi et l'après-midi avant le dîner vers les huit heures. Cette scène des dominicains disant l'Office a toujours été, pour moi, remarquable et s'est calquée dans ma mémoire comme un fidèle dessin. Je sais qu'ils priaient souvent et qu'ils étaient dans la chapelle tous les jours à onze heures. Presque tout le momde le savait. Il y avait des paroissiens qui arrivaient avant la messe de midi pour entendre les dominicains en prière. Leurs chants-prières furent une source d'inspiration et donnèrent la confiance que tout était bien dans le monde. La chapelle est tranquille et silencieuse aujourd'hui depuis que les dominicains sont partis.

De temps en temps, nous, les enfants de choeur, nous avons été témoins aux débats impromptus entre les pères et les frères dans leur réfectoire. Les conversations se déroulaient sans trop de formalité après les repas. Elles couvraient souvent la politique américaine et canadienne, les livres, l' histoire, et les auteurs qu'ils avaient lus. Souvent pendant l'hiver, on parlait des équipes de hockey, en particulier les Canadiens de Montréal. Pour la plupart des dominicains, «Les Canadiens» étaient toujours les meilleurs. À notre grande déception, d'autres équipes que nous, les gars, admirions étaient rejeté nettement par les dominicains parce qu'ils ne pouvaient pas comparer aux Canadiens de Montréal. Ceci dit, la grande majorité des dominicains à Lewiston venaient du Canada.

Pendant les années que j'ai passées dans la paroisse St Pierre et St Paul, j'ai souvent été témoin de la compassion et des soins que les dominicains apportaient à tous ceux et celles de cette grande paroisse. Tellement plus, les dominicains faisait prévaloir l'éducation pour les jeunes. Le fondateur de l'École St Dominique, le Père Hervé Drouin, a guidé la communauté afin de prélever des fonds et trouver des éducateurs religieux pour établir cette école secondaire. Quant à moi, ce qui est le plus important ce sont les bonnes oeuvres que les dominicains ont faites parmi la population ici à Lewiston. Ils ont aussi conseillé maintes fois les paroissiens; ils ont fait beaucoup de visites aux malades dans les hôpitaux et à l'Hospice Marcotte ainsi qu'aux écoles St Pierre et St Dominique. Souvent, ils ont pris le temps de bénir un chapelet ou une statue d'un saint ou autres objets de piété. Le Frère Irenée Richard qui est encore ici à Lewiston m'assure que les dominicains sont encore actifs dans la paroisse et contemplatifs dans leurs vies spirituelles. Ils ont été tout au long de leur carrière religieuse de bons modèles de rôle pour nous les enfants de choeur.

À tous et chacun des enfants de choeur, les dominicains demandaient de bons efforts et de la préparation. Je fus envoyé au miroir de la sacristie à maintes reprises pour me peigner les cheveux et redressir ma soutane afin d'être présentable. Au commencement de la messe, si j'oubliais mes prières en latin ou si je mangeais mes mots, on me faisait rester après la messe avec le Père Camille Bouvier ou le Père Luc Aubin comme mentor. Je suis resté assez souvent avec ces deux prêtres qui patientaient avec moi et ma récitation du *Confiteor* afin qu'elle soit clairement dite. La prochaine fois que je servis la messe, j'avais mon petit livret de prières en latin dans ma poche d'en arrière afin de pouvoir faire une revue des prières que j'allais dire.

Les dominicains qui ont desservi à Lewiston semblaient mener une vie assez normale quoiqu'il y en avait un qui a beaucoup souffert physiquement. Nous ne sommes pas toujours conscients des épreuves que certaines personnes ont dû soutenir. Le Père Dominique Doyon a servi avec une diminution de capacité pendant des années. Il participait à l'Office divin et jouait de l'orgue dans la chapelle monastique et puis il distribuait la communion aux messes de temps en temps. Il offrait le sacrifice de la messe dans la chapelle St Dominique par lui-même. Récemment, j'ai appris que le Père Doyon avait servi comme aumonier au Pacifique pendant la Deuxième Guerre mondiale. Il fut fait prisonnier par les forces japonaises. Le Père Doyon en captivité distribuait l'Eucharistie aux prisonniers afin de les rapprocher des sacrements et en même temps rehausser leur moral.

Alors que je grandissais, plusieurs de ces prêtres furent soit rappelés au Québec soit ils sont devenus semi-retraités à Lewiston. L'ordre dominicain est composé de deux niveaux, les prêtres et les frères. Les frères étaient reconnus comme moines mais ils n'étaient pas ordonnés prêtres. Ils suivaient les mêmes règles et se trouvaient sous la direction du prieur comme tous les moines. J'en ai connu plusieurs. Il y avait le Frère Jérôme Desmarais, le cuisinier. Il était jeune lorsque je l'ai connu. Il préparait les repas de tous les jours pour une vingtaine de religieux dominicains. Frère Jérôme s'habillait simplement et ne portait pas toujours son habit en raison des exigences de travail dans sa grande cuisine. Sa cuisine et son réfectoire étaient toujours très propres. Et les arômes qui venaient de sa cuisine nous faisaient sentir que nous étions les bienvenus. Je l'ai rencontré un matin de Pâques avec mon ami, Roger Philippon, un autre enfant de choeur, quand nous sommes allés au réfectoire pour une pause. Ce fut une des premières occasions où j'ai mangé au réfectoire. Le carême terminé, on a mangé des oeufs pochés dans du sirop d'érable. J'ai trouvé les oeufs tellement sucrés que je pouvais à peine les manger. Nous sommes retournés de temps en temps au réfectoire et le bon Frère Jérôme avait toujours quelque chose de préparé pour nous. Il était excellent cuisinier.

Il y avait aussi le Frère Marcolin Lachance qui avait la charge du couvent. Il entretenait les gazons et les jardins de fleurs. En outre, le Frère Marcolin lavait les planchers et les fenêtres. Aussi, il faisait de nombreux emplois qui exigeaient un menuisier. Sa chambre était située près du jardin. On aurait dit que c'était une cabane de jardin. Il gardait ses outils et tous les matériaux dont il avait besoin pour accomplir son travail. Il passait presque tout son temps dehors et c'était plutôt facile de le trouver si on voulait le voir. Il fumait toujours un long cigare vert. Si l'on sentait la fumée de cigare, le Frère Marcolin n'était pas loin. Je crois que le sanctuaire était le seul endroit où il ne fumait pas. Quelquefois il remplaçait le sacristain, le Frère Albert. Et puis, il appréciait l'aide des enfants de choeur avant les messes. Il trouvait le moyen de nous laisser servir la messe sous une surveillance bienfaitrice.

Le Frère Richard, natif de Lewiston, est arrivé en 1975 du couvent Fall River, Massachusetts. Son travail chez les dominicains de Lewiston fut de prélever des fonds pour les missions et d'assister dans le domaine de la vocation religieuse chez les jeunes de notre région. Il est ensuite devenu administrateur des finances pendant plusieurs années. Il a aussi travaillé avec l'équipe pastorale de la paroisse en tant que préposé au service des jeunes. Quant au Frère Irenée, il reste aujourd'hui au service de Lewiston. Il est le fondateur et directeur exécutif du refuge pour les sans-abri, hommes et femmes, sous la protection de St Martin de Porres (*St. Martin of Porres Shelter for Homeless Men and Women)* qui est situé dans l'ancien couvent dominicain. Sous sa direction habile, le refuge offre à chacun un domicile temporaire afin de recommencer après être tombé sur la route de la vie. Le travail du Frère Irenée, qui est devenu sa mission, comprend plus d'une centaine de bénévolats qui assistent les pauvres gens démunis à commencer à nouveau. Plusieurs ont connu l'aide de ce refuge depuis 1991.

Le frère portier, connu vraiment sous le nom du Frère Gilles Cormier, était le réceptionniste du prieuré. Il y avait quelques dames qui travaillaient au bureau paroissial, mais le Frère Gilles desservait directement le couvent dominicain. Il répondait à la porte et faisait bon accueil aux visiteurs, prenait des messages téléphoniques, et fixait des rendez-vous pour les pères dominicains. Il était court et corpulent et arborait un large sourire, signe d'un bon sens d'humour. Souvent le Frère Gilles servait de chauffeur pour les prêtres qui ne conduisaient pas. Le frère portier aimait conduire et conduire rapidement. Maints sont ceux qui auraient voulu un autre au volant. Je me souviendrai toujours d'un certain *Memorial Day* en mai alors que nous allions au cimetière St Pierre pour une messe le matin de cette fête. Nous étions avec le frère sacristain et nous avions apporté les vêtements sacerdotaux et les autres habits pour la célébration de la messe. Le Frère Gilles a pris le volant et nous sommes partis pour le cimetière à toute vitesse. J'étais assis au centre du siège en arrière et j'observais le compteur de vitesse qui indiquait quatre-vingt miles à l'heure sur la rue principale, la rue Main. Ce fut vraiment une aventure! Je n'avais jamais voyagé si rapidement de ma jeune vie! Le Frère Gilles est démarré aussi vite après qu'il nous avait laissé descendre de la voiture. Je ne me souviens pas comment je suis revenu à l'église après la messe. Il faut croire qu'avec les années, j'ai perdu le fil de cette expérience.

Le Frère Albert Pellerin était le sacristain. Il était le plus important des dominicains vis-à-vis des enfants de choeur. Il était venu à Lewiston du Québec et il a desservi la paroisse pour presque trente ans. Bien qu'il fût le sacristain, ses fonctions et son influence furent très répandues. Il était occupé du matin au soir. C'est lui qui ouvrait les portes de l'église à cinq heures du matin, prenait soin des vêtements sacerdotaux de tous les prêtres pour toutes les messes, préparait tout ce qu'il fallait pour le culte, allumait les cierges et les lumières, remplissait les burettes avec du vin et de l'eau, et faisait sonner les cloches électriques après les messes. Il était responsable pour les décorations aux fêtes religieuses, préparait les salles de réunions pour les groupes religieux de la paroisse et plusieurs autres petites tâches à l'église et au couvent. Il était toujours prêt à assister les Marchandes de Bonheur, les Dames de Charité ou le Groupe St Jude. Il remplissait son devoir avec calme et dignité qui était la marque de tout frère dominicain.

Les messes quotidiennes jouaient un grand rôle à tous les matins dans nos jeunes vies d'enfants de choeur. Elles commençaient à cinq heures et demie. Il y en avait à toutes les demi-heures jusqu'à huit heures suivies parfois de la messe des funérailles, s'il y en avait ce matin-là. Il y avait des funérailles de première, deuxième, troisième, et quatrième classes avec chacune ses propres services. Pour les messes de première classe, il y avait deux célébrants et le cercueil était recouvert d'un différent drap. Aussi, les messes du dimanche étaient célébrées dans l'église supérieure et au sous-bassement. Il fallait se préparer pour sept messes le dimanche, trier les quêtes après les messes et mettre l'argent dans le coffre-fort de l'église.

Une des fonctions du Frère Albert fut le soin des enfants de choeur qui servaient les messes quotidiennes. À certains moments, il pouvait y avoir une centaine de serveurs réunis par groupe. Les fins de semaines, le Frère Roland Ouellette, membre des Frères du Sacré-Coeur et enseignant d'histoire à l'École St Pierre, venait en aide au Frère Albert. La surveillance quotidienne des enfants choeur était l'une des charges du Frère Albert qui en était totalement dévoué. En premier lieu, il fallait avoir les cheveux bien peignés, le visage et les mains propres et l'aspect présentable. Il ne fallait pas oublier nos prières apprises par coeur et fidèlement mémorisées afin de ne pas trébucher. Les soutanes et les surplis devaient être propres et sans vilains plis, les espadrilles blanches et sans taches, bien lacées. Bien entendu, il fallait surtout que les messes soient bien servies. Jamais devait-on agir bête aux messes. Le Frère Albert était toujours très attentif à notre comportement et nous corrigeait si nous faisions des erreurs ou des faux pas. De plus, il avait la charge de nous payer le temps venu, d'habitude le vendredi. Il sortait un vieux petit sac en cuir rempli de monnaie. Il nous regardait chacun dans les yeux, comptait sérieusement l'argent, pièce par pièce, et nous rendait la monnaie gagnée.Tout de suite, je mettais mon argent dans ma poche et je partais soit pour l'école ou soit pour chez moi.

Un bon nombre d'entre nous enfants de choeur, nous avons appris à mieux connaître le Frère Albert puisque nous avons passé beaucoup de temps avec lui. Lorsqu'il nous laissait, nous apprécions lui venir en aide avec ses multiples tâches. Roger Philippon, un bon ami qui a grandi avec moi, nous sommes restés souvent derrière avec le Frère Albert afin de lui porter bonne main. Lorsque que nous avons atteint l'âge pour entreprendre certaines responsabilités, il nous laissait allumer les cierges, les lumières de l'église et beaucoup d'autres tâches qui retombaient sur ses épaules. Au fil du temps, Roger et moi, nous sommes devenus amis avec le Frère Albert. Une amitié qui durera pour plusieurs années.

Lorsque nous sommes entrés au *high school* nous avons continué notre service auprès des dominicains. Nous avons travaillé partout dans la grande église, même dans les recoins, ce que nous considérions comme un privilège puisque les autres garçons n'avaient ni l'accès ni la confiance des religieux comme nous l'avions. Après la fin de nos années au secondaire, Roger et moi nous sommes allés à l'université. Roger a pu continuer ses services auprès du Frère Albert puisqu'il faisait ses études un peu plus proche de la paroisse que moi. J'allais visiter le bon frère durant mes vacances. Je crois bien que les services rendus aux dominicains nous ont fourni l'occasion d'apprendre la valeur du service rendu aux autres, pour l'église et pour Dieu. Tout cela s'est transféré facilement dans nos oeuvres communautaires et surtout dans la vocation de chacun de nous deux, l'enseignement. Les jeunes nous sont à coeur en tant que service et le partage du savoir. Tout comme les soeurs, les frères et les prêtres de notre jeune temps. Il faut dire que les dominicains ont desservi la paroisse plus de cent cinq ans. À mon avis, la marque des dominicains chez nous durera aussi longtemps qu'il y aura des jeunes et les souvenances des enfants de choeur.

MON ABSORPTION DANS LA FRANCO-AMÉRICANIE

Juliana L'Heureux

Amour ourdit les trames de ma vie. Pierre De Ronsard (1524-1585)

É crire la rubrique hebdomadaire,«Les Franco-Américains», pour le journal quotidien, le *Portland Press Herald*, est véritablement un rêve realisé pour n'importe quel journaliste. Combien d'écrivains peuvent réclamer vingt ans de feed-back positif du public en ce qui concerne leur métier avec très peu de critique à propos de leur travail?

J'attribue ce succès à la matière elle-même. Sans doute, mes écrits sont moyens mais le sujet de ces écrits élicite des notes extraordinaires de la part des gens qui aiment les Franco-Américains et, par extension, tout ce qui est français.

En fait, je grandis à Baltimore, Maryland. Ma mère parlait «le vrai italien», aimait-t-elle dire. Ses parents furent des émigrés qui, en 1913, traversèrent l'océan pour arriver au havre de New York après avoir quitté leur demeure en lieu sûr à Arezzo en Italie. Elle grandit à Monesson en Pennsylvanie.

Mon père est né en 1908 à Shenandoah en Pennsylvanie. Il était le fils des émigrés ukrainiens qui ont dit, lors du recensement de 1910, qu'ils venaient de la région de l'Empire d'Ottaman connu sous le nom de la Galatie. Mes parents m'ont appris à aimer mon héritage divers.

Ma révérence pour le français dérive de mon expérience au Maryland où les Français furent considérés comme des héros de la Révolution Américaine. Jean-Baptiste Donatien de Vimeur, comte de Rochambeau (1725-1807) a mené l'Armée du Nord et fut un allié du Général George Washington. Certains appelaient le bien-aimé Marquis de Lafayette (1757-1834) et cher ami de Washington, le fils que le général n'avait jamais eu. Alors, ce fut une bonne décision de ma part d'écrire «Les Franco-Américains» quand les journaux de Portland sont mis à recruter un chroniqueur pour une rubrique hebdomadaire.

Néanmoins, la plupart des gens croyaient que j'allais rencontrer un blocage d'écrivain après environ trois mois de travail, car j'allais me trouver à court de sujets. Évidemment j'avais besoin beaucoup d'aide. Nonobstant ce désavantage, mon nom franco-américain de L'Heureux portait un certain prestige dans l'en-tête de mon premier article. Mon mari Richard jouit d'une très grande parenté franco-américaine qui partage une ascendance prestigieuse digne de mon "heureux"nom de famille. Cependant, c'est le premier groupe de gens qui se sont demandé comment une personne non-franco de Baltimore pouvait en toute possibilité écrire l'histoire de leurs vies.

J'aime dire que la vie de mon époux, en tant que la vie d'un Franco-Américain francophone, est devenue l'âme de chaque rubrique intitulée, «Les Franco-Américains». Son amour pour la culture française, l'histoire de la famille, et la langue sont évidents dans chacune des histoires que je raconte à propos des Franco-Américains.

Parmi plusieurs douzaines de ressources formidables pour les précisions qui servent souvent de base pour ce que j'écris, il y a deux spécialistes, tels que Normand Beaupré, professeur émérite à l'université de la Nouvelle-Angleterre et Christian Potholm, professeur au Bowdoin College auxquels j'ai souvent recours. Grâce à ces deux amis fidèles, j'ai été stimulée et enrichie d'ardeur pour mes écrits sur les Franco-Américains.

L'écrivain franco-américain, Rhea Côté Robbins, m'a offert, une fois, un bon avis. «Pourquoi ne pas écrire à propos de ta propre famille d'émigrants»? m'a-t-elle demandé. Et bien, simplement dit, on ne m'a jamais offert l'occasion de suivre sa gentille initiative. Accolades à part, alors que le sujet du français revendique un intérêt universel remarquable, écrire une rubrique m'a donné la chance de documenter l'expérience des émigrés hors de mes propres expériences.

Effectivement, il y a de nos jours tant de personnes qui écrivent à propos des Italiens et des Ukrainiens. Mais, peu de gens écrivent à propos des Canadiens français et de l'expérience franco-américaine. Alors, vous voyez bien que j'aime toutes choses françaises ainsi que rédiger la rubrique,«Les Franco-Américains».

Parce que, «Amour ourdit les trames de ma vie».

(Traduit par Normand Beaupré)